F. W. Hackländer

Der Roman meines Lebens

Zweiter Band

F. W. Hackländer

Der Roman meines Lebens
Zweiter Band

ISBN/EAN: 9783743361850

Hergestellt in Europa, USA, Kanada, Australien, Japan

Cover: Foto ©Andreas Hilbeck / pixelio.de

Manufactured and distributed by brebook publishing software (www.brebook.com)

F. W. Hackländer

Der Roman meines Lebens

Der
Roman meines Lebens.

Von

F. W. Hackländer.

Zweite Auflage.

Zweiter Band.

Stuttgart.
Verlag von Carl Krabbe.
1879.

Inhalt.

		Seite
Neuntes Kapitel.		
Unsere Sturm- und Drangperiode		1
Zehntes Kapitel.		
Bur Brautschau nach Palermo		70
Elftes Kapitel.		
Vermählung des Kronprinzen		126
Zwölftes Kapitel.		
Feste in der Heimath und Ungnade		174
Dreizehntes Kapitel.		
Soldatenleben im Kriege. I.		241
Vierzehntes Kapitel.		
Soldatenleben im Kriege. II.		295
Schlußwort		335

Neuntes Kapitel.

Unsere Sturm- und Drangperiode.

Da bei unserer Abfahrt von Rom ein sehr trübes und nebeliges Wetter war, so kam der Tag aus dem Morgengrauen eigentlich gar nicht heraus und brachte besonders für mich die trostloseste Aschermittwochsstimmung, die ich jemals wieder erlebt. Dazu kam gleich zu Anfang die Fahrt durch den langen, öden Corso, der mit seinen zertretenen, durchfeuchteten Confettimassen, seinen zerzausten Blumenresten, mit den melancholischen Spuren von Flittergold, mit den noch überall verschlossenen Balkonen und verhängten Fenstern, den leeren Schaugerüsten an der Straße, wo noch hie und da Lichterstumpen klebten, kurz, mit seinem ganzen übernächtigen Anblick bei der naßkalten Morgenluft etwas unaussprechlich Katzenjämmerliches hatte. Wir wickelten uns fest in unsere Mäntel und ich schaute betrübt auf die Straße, wo hie und da einzelne tief verschleierte Frauen vorbeihuschten, um die

Frühmesse zu besuchen. Das erregte meine Aufmerksamkeit, denn ich dachte an Nina, und als wir bei S. Marcello vor= überfuhren, sah ich sie wirklich dort an der Kirchenthüre stehen und, nur mir verständlich, ein letztes Lebewohl winken! —

Draußen in der mit Dunst und Nebel erfüllten Cam= pagna war es noch trostloser, und da meine beiden Begleiter, die, wie sie versicherten, außerordentlich gut geschlafen hatten, anfiengen, mit kleinen Anzüglichkeiten und Spöttereien unseres römischen Aufenthaltes zu gedenken, so drückte ich mich in meine Ecke, um anfänglich Schlummer zu heucheln, zuletzt aber in einen so soliden Schlaf zu verfallen, daß ich nur bei den Stationen aufwachte, um Pferde und Postillone zu be= zahlen, und erst völlig munter wurde, als wir hinter Albano gegen die pontinischen Sümpfe hinabrollten. Auch hatte sich das Wetter etwas aufgeklärt, weßhalb wir auf der Höhe bei Velletri schon das tyrrhenische Meer in einem tiefblauen Streifen glänzen gesehen, und als wir auf den dunklen Sumpfboden der Niederung kamen, den aber eine prachtvolle, breite und meistens schnurgerade Chaussee durchschneidet, war die Sonne so freundlich, die ernste Scenerie etwas aufzu= hellen, trübe Wasserlachen zu vergolden und uns Schaaren von Büffeln deutlich sehen zu lassen, die theils zwischen dem Schilfgrase weideten, theils in Wassertümpeln lagen, so daß nur ihre dicken unförmlichen Köpfe mit den boshaft leuch= tenden Augen hervorblickten.

In Terracina, wo wir eine Weile rasteten, begrüßten wir, für mich als orientalische Erinnerung doppelt interessant, die erste hoch und frei wachsende Palme, dann gedachte ich des großen Räubers Fra Diavolo, dem ich, wie früher schon erzählt, einstens seinen Mantel nachtragen mußte, und ein paar Stunden später erreichten wir im Molo di Gaëta unser heutiges Nachtquartier, einem der reizendsten, im südlich üppigsten Pflanzenschmucke prangenden Orte dieser schönen Küste des lateinischen Meeres; hier waren Orangen= und Citronengebüsche endlich einmal zur vollen Wahrheit geworden, hier gab es Mitte Februar mindestens damals keinen Winter mehr, die herrlichste Frühlingszeit duftete in Veilchen und Blüthen aller Art und als ich spät Abends im wunderbarsten Mond= schein noch durch die Gärten unseres Gasthofes spazierte, fühlte ich mich berauscht wie in einer Zaubernacht.

Leider war hier unseres Bleibens nur bis zum Morgen, da der Kronprinz schon in Neapel angekündigt und dort im Laufe des Tages erwartet wurde; auch er wäre lieber für einige Zeit hier im Molo di Gaëta geblieben, denn wenn auch die hochbelobten Umgebungen von Neapel reizten, gab es doch dort einen königlichen Hof, was immerhin zur Schatten= seite des Reisens gehörte. Wie begreiflich zieht man sich nach ermüdender Fahrt gerne so bald als möglich in die Stille seines Zimmers zurück und verwünscht alles Ceremoniell, was uns zwingt, ergebenste Empfangsbegrüßungen höflichst zu beantworten und sich für unterthänigste Fragen nach gutem Befinden und glücklicher Fahrt wenigstens durch freundliche Mienen zu bedanken.

Wer die riesige Hauptverkehrsader, die Strada Toledo mit ihrem unglaublichen Verkehr an Fahrzeugen aller Art, an Reitern zu Pferd und Esel, an Fußgängern und Lustwandelnden jeder Gattung kennt, wer es erlebt hat, wie sich der Verkehr so zu stocken vermag, daß man nur mit der größten Mühe durchkommen kann, der mußte es als eine große Aufmerksamkeit betrachten, daß der Kronprinz schon vor dem Thore der Hauptstadt durch unser Glockenmitglied, den hier lebenden Herrn W. Sick, empfangen wurde, der ihm eine leichte, elegante zweispännige Kalesche zur Verfügung stellte, vermittelst der er nicht nur den am Meer gelegenen Gasthof in ungleich kürzerer Zeit als mit seinem schweren, vierspännigen Reisewagen erreichen konnte, sondern auch zugleich einen Ueberblick über die Stadt und ihr Treiben erhielt.

Wir kamen eine gute halbe Stunde später an den Gasthof Hôtel de Rome und versäumten dabei glücklicherweise den feierlichen Empfang durch den Grafen von Syrakus, Bruder des Königs Ferdinand, der mit verschiedenen Herren des Hofes und zugleich mit einigen Gesandten erschienen war, um den Kronprinzen von Württemberg zu begrüßen. Ihn selbst hatte dieses Ceremoniell nervös aufgeregt, auch die Fahrt ermüdet und so fand ich ihn ausruhend, ja kaum dazu gestimmt, das wundervolle Panorama, wie es sich von dem Altane vor seinem Zimmer dem entzückten Blicke darbot, zu betrachten. Dazu ist wohl das Hôtel de Rome am besten gelegen, da man beinahe von Capo di Monte an das gewaltige Landschaftsbild mit den weichen malerischen Höhenzügen des Vesuvs, mit den reizenden Gestaden bei Portici, Castellamare, Sorrent bis zum Cap Miseno, dann von Capri, Ischia bis zum Posilipp mit seinen zahllosen, prachtvollen Villen vor sich hat. Ich war glücklich, das Alles nach so kurzer Zeit und in so ganz unveränderter Lage wieder zu sehen. Sick, der die Wohnung für den Kronprinzen besorgt, hatte unter anderen freundlichen Empfangsfeierlichkeiten in einem der Salons eine Pyramide erbaut, bestehend aus allen Früchten und feinen Weinen des glückseligen Campaniens, einem riesigen Dessertaufsatz, den in kurzer Zeit zu plündern wir uns Alle zur angenehmsten Pflicht machten. Ueberhaupt war Sick, der schon seit vielen Jahren in Neapel wohnte, ein ebenso angenehmer Cicerone wie Kolb in Rom, und seine Kenntniß des Landes, sowie sein unermüdliches Bestreben, dem Prinzen das Interessante auf die bequemste Art zugänglich zu machen, konnte nicht dankbar genug anerkannt werden.

Auch hier in Neapel waren wir vom herrlichsten Frühlingswetter begünstigt; ich erinnere mich, selten anders als im leichten Rocke ausgegangen zu sein, und wenn wir häufig nach der Dämmerung noch im offenen Boote auf dem herrlichen

Golfe fuhren, so umspielten uns laue Lüfte, wie in einer heimathlichen Sommernacht. Auf's angenehmste entwickelt war auch schon die Vegetation und bei den Massen von frischem, grünem Gemüse, besonders jener köstlichen, kleinen Erbsen, konnte man kaum glauben, sich noch im Wintermonate Februar zu befinden. Durch üppiges Grün, Blumen und Blüthen aller Art, durch den Glanz des Meeres und der durchsichtig feinen Luft, durch die unbeschreiblichen Schönheiten der Bucht von Neapel mit ihren weichen Linien und ihrer stets wechselnden farbenreichen Beleuchtung vergrößert sich stets der Gegensatz zu dem ernsten ruhigen Rom, an das man aber doch bei allem Glanze und aller blendenden Pracht hier stets wie an eine liebe vertraute Heimath zurückdenkt. Bei jedem meiner späteren Aufenthalte in Neapel habe ich diesen Kontrast stets schärfer ausgeprägt gefunden, und wenn ich nach Rom zurückkehrte, das süße Bewußtsein gehabt, wie wenn man von einer sonnighellen, lärmenden, mit allen Genüssen ausgestatteten Landpartie spät Abends ermüdet zwischen seine traulichen vier Wände zurückkehrt.

In gesellschaftlicher Beziehung hatten wir es hier ungleich ruhiger als in Florenz und Rom, auch war die eigentliche Saison, die mit dem Karneval zusammenhängt, vorüber, und dann fühlte sich auch der Kronprinz etwas angegriffen, ja ermüdet, so daß nur die nicht zu umgehenden Einladungen und ein paar allerdings sehr glänzende Hoffeste angenommen wurden. Liegt doch auch der Hauptreiz Neapels in seiner herrlichen, hochinteressanten Umgebung, und da das Alles in bequemster Art auch für den Kronprinzen zugänglich gemacht werden konnte, so reihte sich ein Ausflug an den andern, zwischen denen nur hie und da Gallerien und Kirchen und häufig das Museum Borbonico besucht wurde. Wie entzückt war ich, in letzterem wieder von den griechischen Skulpturen und Statuen, von den reizenden eleganten Wandmalereien aus Pompeji, von den eben so zierlichen als nützlichen Haus=geräthen, welche die Erde zweitausend Jahre getreu aufbe=wahrt und die nun hier oft gänzlich unverletzt an einander gereiht vor uns liegen, als seien sie erst gestern im Gebrauch gewesen; sehen wir darunter doch Dinge, wie wir sie genau so heute noch benutzen, andere weit praktischer und in weit edlerer Einfachheit, wie zum Beispiel jene Zimmerglocke, eine kleine in der Mitte durchlöcherte Broncescheibe an einem Stricke aufgehängt, woran mit einem hölzernen Klöpfel geschlagen wurde.

Nach dem öfteren Anblick dieser Schätze genießt man erst recht den der verschütteten Stadt selber, wenn man die reizend ausgemalten Zimmerchen in Gedanken mit den oft so üppigen Haushaltungsgeräthen kompletirt oder wenn man sich Plätze und Forum wieder im Glanze der einstigen Aus=stattung vorzustellen vermag, die mit Guirlanden bekränzten Götterbilder, die Bronce= und Marmorstatuen, die Opferaltäre,

die Rauchpfannen auf kunstreichen Füßen, die Vasen voll
duftender Blumen. Und wie leicht wird es hier der Phantasie
gemacht, in der Vergangenheit zu schwelgen! Erscheinen doch
die Häuser, besonders aber die Straßen genau so, wie sie
vor zweitausend Jahren gewesen, das Pflaster mit den aus-
gefahrenen Wagengeleisen, die Uebergangssteine, um bei Regenwetter trockenen Fußes über die Straße zu hüpfen, die einfache und so gut erhaltene Mühle, als sei gestern dort noch
Getreide gemahlen worden, die eingemauerten Oelkrüge des
Händlers, der Ofen des Bäckers mit seinem schwarzen Ruße
und jenes hübsche Atrium mit seinen Wandmalereien. Bildsäulen, Brunnen und Marmorbassin! Alles verlockt uns zu
dem Glauben, plötzlich Gestalten in der Tunika und der Toga
um jene Straßenecke biegen zu sehen; erhöht wird dieser
Zauber noch durch den majestätischen Anblick des Vesuvs, der
heute noch wie damals eine fein gezeichnete graue Rauchwolke oft in Gestalt einer riesigen Pinie auf dem tiefblauen
Himmel zeigt.

Wie gewöhnlich beim Besuch hoher Personen wurde
auch für den Kronprinzen eine Ausgrabung veranstaltet, doch
nichts Bemerkenswerthes gefunden, wogegen es mir unter der
Hand gelang, ein paar Kleinigkeiten zu erwerben, die mir viel
Freude machten und die nebst ähnlichen Raritäten von meiner
orientalischen Reise, sowie aus Florenz und Rom, mich veranlaßt haben, jahrelang und nicht ohne Erfolg, wie man

heute noch bei mir sehen kann, der Jagd auf Alterthümer und dergleichen eifrigst zu pflegen.

Ueberaus angenehm waren unsere Ausflüge nach Sorrent, von dort mit einem Segelboot nach Capri, wo vor allem die blaue Grotte einen großen Eindruck auf mich machte, dann der Besuch des Vesuvs, den ich früher mit Taubenheim schon bestiegen, auf dessen Spitze wir aber dießmal noch Schnee fanden, vortrefflich geeignet, um die Champagnerflaschen darin zu kühlen; überhaupt wurde auf solche Art stets das Angenehme mit dem Nützlichen verbunden, und so erinnere ich mich heute noch mit wahrem Entzücken unserer Partieen auf der unnennbar schönen Posilippstraße nach Puzzuoli und Bajä mit seinen reizenden Umgebungen, sowie eines Frühstücks am Lago Fusaro, zu welchem wir selbst die Austern vom Grunde herauf fischen halfen, nachdem wir die nothwendigen Citronen frisch vom Baume gepflückt.

Doch hatte ich dabei schon öfters bemerkt, daß der Kronprinz, der sonst nach weit ermüdenderen Fahrten frisch und munter blieb und mit sichtbarer Lust und Interesse alle diese Naturschönheiten auf sich einwirken ließ, schon seit einiger Zeit theilnahmloser, ja zuweilen abgespannt erschien, auch hie und da über Mattigkeit klagte und es öfter vorzog, ausruhend in seinem Zimmer zu bleiben. Auch bei General Maucler zeigten sich fast gleichzeitig ähnliche Symptome von Unwohlsein und nachdem Beide ein paar Tage lang das Bett

gehütet, vernahmen wir zu unserer großen Bestürzung die
Befürchtungen unseres Arztes, daß er die Krankheit für ein
noch allerdings leicht auftretendes Schleimfieber ansehe, gegen
welches eine rasche Luftveränderung auch von dem Arzte der
österreichischen Gesandtschaft dringend anempfohlen wurde.
Da aber unter diesen Verhältnissen an die Rückreise nicht zu
denken war, so wurde eine Uebersiedelung von der unmittelbaren Nähe des Meeres hinweg nach einem etwas erhöhten
Punkte der Umgegend vorgeschlagen und zu diesem Zwecke
das leerstehende Landhaus des Fürsten Ottajano bei S. Jorio,
am Fuße des Vesuvs gelegen, gemiethet. Das große schloß-
ähnliche Gebäude, welches ich mit Sick sogleich in Augenschein
nahm, war allerdings vollständig möblirt bis auf die Küchen-
einrichtung, die zugleich mit einem Koche beschafft werden mußte,
und für letzteren fand sich in einem Franzosen, Monsieur
Heucleur, die geeignete Persönlichkeit, den wir engagirten und
mit einem ganzen Wagen voll Kasserolen, Bratpfannen und
allem nöthigen Tafelgeschirr hinaus sandten. Heucleur war
ein Künstler in seinem Fach, der sich auf seinen täglichen
Menu's den Titel eines Officier de la bouche de son
Altesse royale le prince royal de Wurttemberg beilegte
und nur den kleinen Fehler hatte, daß er stets nach Beendigung des Diners total betrunken war und es sich alsdann
nicht nehmen ließ, den Kronprinzen, wenn er ausfuhr, oft
mit einem so tiefen Bückling zu begrüßen, daß er bei seinen

schwankenden Verhältnissen nicht selten hinter dem davon=
rollenden Wagen der Länge nach auf den Boden fiel.

Dieß Schloß des Fürsten Ottajano, welches wir mit
besagtem Koche, unserer Dienerschaft und zwei neapolitanischen
Kutschern allein bewohnten, war recht behaglich eingerichtet
und seine Lage am Anfange eines großen Parkes mit pracht=
vollem Blick auf den unmittelbar dahinter aufsteigenden Vesuv,
sowie einer Fernsicht auf den Golf mit seinen leuchtenden
Ufern würde unter anderen Verhältnissen und zu anderer
Jahreszeit der angenehmste Landaufenthalt gewesen sein; doch
waren auch hier bei der immerhin noch winterlichen Saison
die Landhäuser ringsumher verlassen und die Abende lang=
weilig und zuweilen recht kühl. Alle unsere freundschaftlichen
Verbindungen mit Neapel waren jäh abgebrochen worden,
unsere Logen in den Theatern standen allabendlich leer und,
statt mich in dem heiteren Straßenleben von Neapel zu ver=
gnügen, hatte ich hier in dem stillen, einsamen und deßhalb
auch melancholischen Parke Gelegenheit, über den raschen
Wechsel alles Irdischen nachzudenken. Glücklicherweise war
bei dem Kronprinzen die befürchtete Krankheit nicht zum Aus=
bruch gekommen; doch befand er sich so leidend und matt,
daß die unbedingte Ruhe hier außen ihm außerordentlich wohl
that und er seine Zimmer fast nur verließ, um mit Herrn
von Berlichingen eine Spazierfahrt zu machen. General
Maucler aber war schwer erkrankt und es dauerte einige

Wochen, ehe unser Arzt mit Sicherheit eine beginnende Genesung konstatiren konnte.

Auch hier bewies sich Sick als getreuer Freund, sorgte nicht nur auf's beste für unsere Bedürfnisse, sondern kam auch jeden Samstag heraus, wo er dann bis zum Montage blieb, wenn ihm nämlich drei scherzhaft aufgestellte Bedingungen erfüllt wurden; es mußte ihm Abends, wenn er im Bette lag, ein leichtes Souper servirt werden, er durfte Morgens ein vortreffliches englisches Rasirmesser, das ich besaß, benutzen, und ferner machte ich mich verbindlich, ihm bei Regenwetter hie und da vorzulesen, während er behaglich auf einem Divan ausgestreckt lag. Was thut man nicht zur Belebung der Einsamkeit und zur Vertreibung der Langeweile! Doch war dieß nur ein einziger Tag zwischen zwei Abenden in der Woche. Sonst herrschte tiefe Stille in den Räumen des Schlosses, wir schlichen alle auf den Zehen umher, und selbst unsere einzige Unterhaltung, Spaziergänge in die allerdings reizende Umgebung, konnte nur spärlich genossen werden, da man nie lange ausbleiben durfte, weil der Kronprinz begreiflicherweise bald nach diesem, bald nach jenem von uns verlangte.

Nur den Abend und die frühen Morgenstunden hatte ich uneingeschränkt für mich und benutzte die letzteren öfter zu weiteren Touren in die Ebene oder, indem ich den Vesuv bis zum Eremiten hinaufritt, um mit demselben ein Glas

vortrefflichen Lacrymä Christi zu frühstücken; ein paar Mal
unternahm ich auch mit Berlichingen und Klein die vollständige Besteigung bis zur Spitze des Kraters, der gerade wieder
einmal angefangen hatte unruhig zu werden und nicht selten
zwischen seinem dichten Rauche glühende Steine unter donner-
ähnlichem Getöse auswarf. Eine unvergeßlich großartige
Partie dieser Art war ein abendlicher Besuch, wo wir vor
Sonnenuntergang hinaufstiegen und droben bei den in Schnee
gekühlten Flaschen den Aufgang des vollen Mondes erwarteten, dessen helles Licht Land und Meer, das leuchtende
Wasser des schönen Golfs, die Berge von Castellamare und
Sorrent bis zum Cap Miseno, die wie träumerisch in der
Fluth ruhenden Inseln, dann die gewaltige Stadt mit ihren
Tausenden von Lichtern, kurz Alles, Alles mit unsagbar
mildem Glanze übergoß. Besonders großartig und wild-
prächtig war der Anblick des brodelnden Kraters, dem man
der auffliegenden glühenden Steine und des betäubenden
Schwefeldampfes wegen nur mit äußerster Vorsicht nahen
durfte, indem die Führer rechts und links unsere Arme ergriffen, um eine Ruhepause benutzend, im raschesten Laufe
den Kraterrand zu erreichen. Dort blickte man in die Hölle
hinab, die Lava leuchtete in allen möglichen Farben und die
tief unten aufsteigende Gluth zeigte zwischen dem qualmenden
Rauch rothe, grüne, blaue und gelbe Lichter, bis es mit
einem Male war, als halte der dröhnende Berg plötzlich den

Athem an, das Zeichen für uns, rasch zurückzulaufen, denn nach wenigen Sekunden hauchte er Rauch und Feuer so gewaltig von sich, daß die weichen, glühenden Lavakuchen hoch emporfliegend oft dicht in unserer Nähe niederstürzten — sehr willkommen unseren betriebsamen Führern, die dann mit Instrumenten wie große Waffeleisen rasch zufuhren, um die weiche Masse zu pressen und als Erinnerungsstücke mit der Jahreszahl versehen zu verkaufen.

In früheren Zeiten, so lange ich bei der Artillerie diente, hatte ich mich eine Zeitlang des Guitarrespiels befleißigt, und da sich ein solches Instrument im Schlosse vorfand, so stellte ich es nothdürftig wieder her und zupfte zuweilen Abends einige klägliche Akkorde, sehr zum Entzücken unserer neapolitanischen Kutscher, die sich, fern von den Freuden der Hauptstadt, gleichfalls gewaltig langweilten und dann ihre kurzen Pfeifen rauchend zuweilen mit melancholischem Gebrumme mein Spiel begleiteten. Einer derselben, ein kurzer, runder und dicker Kerl mit verschmitzten Augen, dem der Kronprinz dieser rundlichen Formen wegen und auch, weil Nase und Mund etwas rüsselartig vortrat, treffend den Namen des „Meerschweinchens" beigelegt hatte, redete mich eines Abends mit der Bemerkung an, daß es allerdings hier draußen sehr schön sei, daß er sich auch glücklich fühle bei so gutem Verdienst und angenehmer Behandlung, daß es aber doch traurig für einen Familienvater sei, so gar nie die Seinigen sehen zu können, und knüpfte daran die Frage: ob ich nicht vielleicht Abends einmal etwas in Neapel zu thun hätte und ihm in dem Falle nicht die Freude machen wolle, daß er mich hinein und wieder herausführe.

Daran hatte ich bei dem weiten Weg — es gab damals noch keine Eisenbahn — und bei der Befürchtung, seine Pferde zu sehr zu ermüden, nicht gedacht; er aber schnippte lustig mit den Fingern und meinte, den Thieren, die doch hier draußen so gut wie gar nichts zu thun hätten, wäre eine solche Bewegung sehr zuträglich. Kurz, schon am nächsten Tage nach dem Diner bat ich um einen Urlaub nach Neapel, und die Sache gieng ganz glatt und behaglich ab, Meerschweinchen fuhr mich auf der ebenen, größtentheils mit breiten Lavaplatten gepflasterten Straße, die bei eingebrochener Dunkelheit nicht so belebt war wie sonst, in einer unglaublich kurzen Zeit nach der Stadt. Darin können überhaupt die dortigen Kutscher das Außerordentlichste leisten, sowohl im unbarmherzigen Antreiben ihrer Thiere, seien es Pferde, Maulthiere oder Esel, sowie auch im Beladen ihrer Fahrzeuge. Habe ich doch öfter ein sogenanntes Corricolo, jenes einfache Fahrzeug auf zwei hohen Rädern, zwischen denen sich ein Sitz für nur zwei Personen befindet, mit einem Pferde in der Gabel bespannt, gesehen, das mit vierzehn bis sechzehn Personen beladen war. Gewöhnlich nahm eine vollbusige Bäuerin und irgend ein Mönch oder Pfaffe die beiden Sitzplätze ein, er die Zügel haltend, während der Eigenthümer des Fahrzeuges mit der Peitsche bewaffnet hinter ihnen stand, an den sich nun in malerischem Durcheinander die übrigen Passagiere, aus den verschiedensten Ständen bestehend, anschlossen, theils thatsächlich, indem sie sich an seiner Schulter festhielten, oder indem sie sitzend und liegend den Raum anfüllten, ja zuweilen noch ihre Zuflucht zu dem unter dem Karren befindlichen Netze nahmen.

In Neapel besuchte ich irgend eines der kleineren Theater, soupirte etwas im Café de l'Europe, wo mich Meerschweinchen abholte, und dann gieng es, was die Pferde laufen konnten, wieder nach S. Jorio zurück, eine herrliche Fahrt, rechts das leuchtende Meer, vor mir in dunklen Umrissen der Vesuv, von Zeit zu Zeit Feuer aushauchend, was in der Finsterniß gerade so aussah, als würde droben eine Riesencigarre geraucht.

Den Kronprinzen unterhielt ich am andern Morgen von den Erlebnissen meiner Fahrt, etwas Wahrheit und Dichtung durcheinander mengend, und amüsirte ihn dadurch so, daß er selbst verlangte, ich solle recht bald wieder nach der Stadt fahren. Hier hatte ich schon früher verschiedene Häuser und Familien besucht, unter anderen die des Generalconsuls von Juß, des Schwiegervaters meines Freundes Alfons Reichmann in Mailand, wo sich mehrere Abende in der Woche stets eine heitere Gesellschaft zusammenfand. Herr von Juß

hatte außer Donna Emilia in Mailand noch zwei andere
verheirathete Töchter, eine Gräfin und eine Herzogin, deren
Männer ich aber nie gesehen habe, da sie stets allein in das
elterliche Haus kamen, um den bald größeren, bald kleineren
Kreis dort auf's angenehmste zu beleben. Es waren große,
prachtvolle Gestalten, heiter und wohlwollend, die mich häufig
wie ein Spielzeug betrachteten, sich nebenbei aber auch mit
meiner Bildung beschäftigten, indem sie mir die Feinheiten
des Ecarté und sonstiger angenehmer Dinge beibrachten —
alles in allem eine liebenswürdige Familie, der ich, von
meiner Einsamkeit von draußen hereinkommend, manche ver=
gnügte Stunde verdanke. Berlichingen begleitete mich ein=
oder zweimal in die Stadt und in's Theater; doch fand er
die Fahrt zu anstrengend und gieng lieber frühzeitig zu Bette,
wogegen ich mich stets auf den Heimweg freute, besonders
um, wenn ich in meinen Mantel gewickelt in der Ecke des
Wagens lag, dem periodisch aufleuchtenden Feuer des Vesuvs
zuzuschauen.

Merkwürdigerweise fiel es mir, während unseres mehr=
wöchentlichen Aufenthaltes auf dem Schlosse Ottajano trotz
der vielen Zeit und Langeweile, die ich hatte, niemals ein,
Papier und Feder zu nehmen, um irgend etwas Schriftstel=
lerisches zu arbeiten, ja es war mir gerade so, als hätte ich
darin noch gar keine Versuche gemacht, und brachte es kaum
hie und da zu den flüchtigsten tagebuchartigen Aufzeichnungen;

es war eben nichts da, was mich zum Arbeiten nöthigte. und wirkte dieß S. Jorio, zugleich mit meinen nächtlichen Fahrten nach Neapel, wie ein anderes Capua verderblich auf mich ein.

Endlich mit dem Besserwerden des Kronprinzen, sowie des Generals Maucler, schlug unsere Erlösungsstunde aus dem unfreiwilligen, winterlichen Landaufenthalte, zugleich aber auch die des Schlusses unserer Reise, indem wir von Stuttgart den Befehl erhielten, direkt über Genua, Mailand und den Splügen nach Hause zurückzukehren, damit sich der Kronprinz dort vollständig erhole. Schade drum! Sizilien hatte in Aussicht gestanden, sowie später von Mailand eine Reise über Venedig, Udine, Graz nach Wien, von dort ein Abstecher nach Pest und Ofen und dann erst zurück auf einem angenehmen Umwege über Carlsbad, Franzensbad und Nürnberg nach Stuttgart.

Auf der Seefahrt von Neapel bis Genua hatten wir vollkommene Meeresstille und glückliche Fahrt und fuhren am andern Morgen nach Mailand weiter, wo wir im Hotel meines Freundes Reichmann ein paar Tage zur Erholung unserer beiden noch immer Kranken blieben. Dann gieng es weiter, längs dem herrlichen für mich so erinnerungsreichen Comersee nach Chiavenna, und dort die prächtige Alpenstraße hinauf, für mich wieder, weil in anderen Verhältnissen, neu, interessant und im höchsten Grade genußreich. Der Kronprinz hatte den Herrn von Berlichingen in seinem Reisecoupé, in unserer Kalesche befand sich der noch immer weit kränkere General Maucler mit dem Arzte allein, denn, wie ich schon früher bemerkte, machte ich die ganze Tour von Genua nach Stuttgart, um dem Kranken möglichst bequeme Lage zu verschaffen, auf dem Bocke des Wagens, hatte dafür aber auch eine wunderbare Rundsicht, wahrhaft großartig, besonders hier in der Alpenregion, wo es mich, es war Mitte April, sehr interessirte, den nach und nach eintretenden Wetterwechsel zu beobachten, wie sich allmählig der noch in Chiavenna so klare tiefblaue Himmel nebelhaft umzog und verdüsterte, wie sich bald zwischen Steineichen und anderen immergrünen Pflanzen, kleine Schneefleckchen zeigten, die bald größere Dimensionen annahmen, dann Eiszapfen an Quellen und Häusern bei bald so durchdringend eisigem Hauche aus Norden, daß ich, dem Postillon folgend, meinen wärmenden Mantel anzog und mich durch den aufgeschlagenen Kragen vor dichten Schneeschauern schützte, die uns nach weiterem Aufsteigen umsausten, um droben am Zollhause das Bild des tiefsten Winters zu finden. Eine mühsam geschaufelte Bahn, hohe Schneewände auf allen Seiten, worin das graue Zollgebäude mit seinem qualmenden Rauchfange fast versteckt lag, frierende Douaniers und Postillone und dazu der tröstliche Bescheid, wegen des großen Schneefalls auf der Schweizerseite, von hier nur noch im Schlitten weiter zu können.

Welcher Unterschied gegen gestern noch, wo wir in Chiavenna bei wahrer Frühlingsluft zwischen Lorbeer und Citronen gewandelt, nun hier, wo in die dunstig heiße Stube nur spärliches Licht durch die mit Eisblumen bedeckten Fenster drang, dazu heulender Sturm um das Haus, bei dem die Postillone bedenklich mit den Achseln zuckten, während sie mir und der Dienerschaft halfen, unsere Wagenkasten von den Rädern zu nehmen und auf die kleinen einspännigen Schlitten zu vertheilen, deren ich sechzehn Stück gebrauchte, um alles verladen zu können. Es war schon spät am Nachmittag, als unsere Karawane sich endlich in Bewegung setzte, zuerst ein Führer mit vielen Gepäckkisten, dann der Kronprinz in seinem Coupé, General Maucler in unserer Kalesche, dann zwölf Schlitten mit den Rädern, Deichseln, dem übrigen Gepäck und der Dienerschaft, und zuletzt ich, um das Ganze vor mir zu haben und überwachen zu können.

Um uns bildeten die weiten Berghalden eine einzige weiße Schneefläche, aus der nur hie und da schroffe Felsmassen und Gruppen dunkler hoher Tannen hervorragten. Die Zickzacklinien der Straßen waren gänzlich verschwunden, wurden auch bei diesen Winterfahrten nicht benutzt, indem es möglichst schnurgerade und oft so erschreckend steil abwärts gieng, daß sich die Pferde nicht selten auf's Hintertheil setzten, um rutschend den Schlitten aufhalten zu können. So lange es Tag war, gieng das alles prächtig und ohne Unfall und

Aufenthalt von statten, nachdem man aber bei dem rasch hereinbrechenden Abend trotz des leuchtenden Schnees nur noch wenige Schritte vor sich hinsehen und kaum noch die sehr einfache Fahrbahn erkennen konnte, fiel bald hier, bald da ein Schlitten um, und mußten die Wagentheile und Gepäckstücke mühsam zusammen gelesen und wieder aufgeladen werden, auch war ich nicht mehr ganz sicher, meine sechzehn Schlitten beieinander zu haben, denn ein paar Mal waren welche der erwähnten Unfälle wegen zurückgeblieben, doch versicherte mein alter Postillon, ich könne ganz ruhig sein, denn die Pferde seien so an einander gewöhnt, daß keines zurückbleibe.

Es mochte neun Uhr geworden sein, als wir unten im Dorfe Splügen, wo das Nachtquartier für den Kronprinzen brieflich bestellt war, ankamen und wir mit großem Behagen gut erwärmte Zimmer und ein vortreffliches Souper fanden; doch hatte ich mich umsonst darauf gefreut; denn als ich meine Schlitten abzählte, fehlte mir einer mit den Rädern vom Wagen des Kronprinzen. Vergebens erwarteten wir ihn fast eine Stunde, während dessen ich die übrigen Wagen zusammenrichten ließ, und es blieb mir am Ende nichts übrig, als frische Pferde einspannen zu lassen, um selbst nach dem Verlorenen zu suchen, der, wie ich mich jetzt ganz genau erinnerte, ein ganz junger Bursche von vielleicht zwölf bis vierzehn Jahren war.

Langsam gieng es in dem tiefen Schnee und der dunkeln Nacht aufwärts, und der Weg wollte um so mehr kein Ende nehmen, als wir jetzt den Zickzacklinien der Straße folgen mußten; es wurde elf Uhr, es wurde Mitternacht, wir waren nicht mehr weit vom Zollhause entfernt, als wir endlich seitwärts der Straße deutliches Rufen hörten und den jungen Burschen weinend bei dem umgestürzten Schlitten fanden, den er aufzurichten nicht die Kraft gehabt hatte; glücklicherweise war nichts verletzt und nachdem wir Pferde und Schlitten mühsam wieder auf die Fahrbahn gebracht, gieng es abermals lustig abwärts. Doch war es gegen zwei Uhr, als wir das Wirthshaus im Dorfe Splügen wieder erreichten, wo ich mich über die immer noch hellerleuchteten Fenster wunderte und, tief gerührt über die Theilnahme des Kronprinzen, erfuhr, daß er sich nicht eher zur Ruhe habe begeben wollen, als bis ich von meiner Bergpartie glücklich zurückgekehrt sei; auch erwartete mich noch ein vortrefflicher Punsch mit nicht zu verachtendem Imbiß und darauf ein so tiefer Schlaf, daß mir sechs Stunden wie **ebenso** viele Sekunden vergiengen.

Unsere weitere Reise nach Stuttgart bot nichts Bemerkenswerthes und war nur für mich insofern interessant, als ich einzelnes an Gegenden, Ortschaften, ja Wirthshäusern wiedersah, an denen ich noch vor Kurzem zu Pferde vorübergekommen war, ein immerhin angenehmer Unterschied, indem

ich das alles nun behaglich vom Bock der Kalesche aus be=
trachtete.

Die Wohnung in der Kanzleistraße hatte ich begreiflicher=
weise aufgegeben und fand bei der Rückkehr zwei freundliche
Zimmer für mich und eines für meinen Diener in den oberen
Räumen des neuen Schlosses, allerdings Mansardenzimmer,
wie die meisten hier oben, aber hoch und geräumig. Neben
der großen Treppe führte eine kleine, etwas dunkle, unmittel=
bar zu den Gemächern des Kronprinzen im Parterrestocke,
wo dann auch sogleich wieder meine oft stundenlang dauern=
den Morgenrapporte begannen, das heißt: ich hörte meistens
schweigend zu, wenn der Kronprinz mir anfänglich seine
Reiseeindrücke schilderte, bald aber darauf zu sprechen kam,
wie er seine eigene hohe Familie und das Leben bei Hof
und der sogenannten Gesellschaft wiedergefunden, dabei machte
er artige Pläne für die Zukunft, wollte den König, seinen
Vater, bitten, ihn auch in die Staatsgeschäfte einführen zu
lassen, hatte zeitweise Lust, mit dem praktischen Militärleben
zu beginnen und schwärmte daneben für kleine Männer=
gesellschaften, für Musik und ein Liebhabertheater, womit die
Abende ausgefüllt werden sollten.

Da er nun bei unserer Rückkehr seine eigene Haus=
haltung begonnen hatte, so gab es anfänglich für mich genug
zu thun, um Manches einzurichten oder seinen Wünschen an=
zupassen, auch gab es sogleich eine weitläufige Korrespondenz

und zahlreiche Verrechnungen, bei denen ich um so umständ=
licher zu Werke gehen mußte, als ich mir vorgenommen hatte,
ihm alles vorzulegen und ihn über die unbedeutendsten Dinge
selbst entscheiden zu lassen. Er bekam dadurch einen Blick in
sein eigenes Rechnungswesen und interessirte sich auch dafür,
besonders bei den Geldbewilligungen über die zahllosen Bitt=
gesuche, die oft von ganz amüsantem Inhalte waren. Im
Allgemeinen hatte er, wie so viele junge vornehme Herren,
durchaus kein Vergnügen, ja kaum ein Verständniß für
geschäftliche Abwicklungen, wenn sie nicht irgend eine seiner
Liebhabereien betrafen, langweilte sich bei meinen Vorträgen
und unterbrach mich häufig ohne jede Veranlassung meiner=
seits, nur um mir irgend einen Vorfall zu erzählen, zuweilen
aber, besonders wo seine Unterschrift nöthig war, war ich ge=
zwungen, ihn fest bei der Sache zu behalten und mußte,
selbst auf die Gefahr hin, ihm langweilig zu werden, stets
wieder auf die Sache zurückkommen. Allerdings nahm er
meine Rechnungsablagen selbst in Empfang, doch hatte ich
zur schließlichen Erledigung das Gespenst der mir wohl=
bekannten Hofkammer vor Augen und habe es auch später
sattsam erfahren, welche haarsträubende Ausstellungen sie an
der Form und dem Inhalte meiner Rechnungen zu machen
versucht.

Zu meinen vielen Schreibereien wurde mir stundenweise
ein Hilfsarbeiter gestattet, und da ich überzeugt war, meinem

ehemaligen Schreiber Lindner in jeder Hinsicht vertrauen zu
können, so nahm ich ihn auf das kronprinzliche Bureau und
begründete dadurch, wie ich es später für viele gethan, seine
Zukunft. Bei seiner Anstellung will ich ehrlich gestehen, daß
ich auch den Hintergedanken hatte, ihn in meinen Freistunden
bei schriftstellerischen Arbeiten verwenden zu können; doch kam
ich leider fast gar nicht dazu und habe während der Dauer
von fünf Jahren nur einige Märchen geschrieben, um mühsam den ersten Band derselben, zu dem, wie früher erzählt,
„Schloß Schweigern" schon vorhanden war, zu vervollstän-
digen; auch auf Zureden Lewald's, der für sein Europa etwas
von mir haben wollte, den ersten Theil der Wachtstubenabenteuer.

Das Soldatenleben im Frieden gieng vortrefflich, hatte
schon eine neue Auflage erlebt und über meine Reise in den
Orient rieb sich Verleger Krabbe im Geheimen freundlich
schmunzelnd die Hände. Wenn er auch mir gegenüber oft
über schlechte Zeiten und Mangel an Nachbestellungen klagte,
und zu Vorschüssen, die mir anfänglich sehr erwünscht waren,
nie besonders geneigt war, so bin ich ihm doch großen Dank
schuldig, da er stets mit der gewissenhaftesten Treue unsere
Abrechnungen besorgte und zu dem raschen Bekanntwerden
meines Namens dadurch beitrug, daß er den Muth hatte,
von meinen Schriften nach den ersten theuren Auflagen wohl-
feilere Ausgaben, und diese in Lieferungen zu veranstalten,

die es auch dem Unbemittelten möglich machten, sich so nach und nach meine Bücher anzuschaffen.

Adolf Krabbe, der ein tüchtiger Buchhändler und Geschäftsmann war, hatte beinahe ohne alles Vermögen mit einem Associé, Julius Jenisch, einem wohlhabenden, jungen Manne angefangen, aber zuerst so wenig Glück gehabt, daß die Firma schon in der Zeit, als er mich gewann, auf schwachen Füßen stand, wobei ich mich noch des komischen Umstandes erinnere, daß, trotzdem mein erstes Buch „Vier Könige", dessen zweite Hälfte aus dem „Soldatenleben im Frieden" bestand, gleich anfangs sehr gut gegangen war, Herr Jenisch sichtbar erschrak, wenn ich auf das Comptoir kam, und mich flehentlich bat, den leichtsinnigen Krabbe, wie er sagte, nicht für etwas Neues „breit zu schlagen", sie hatten damals durch ein paar verfehlte Unternehmungen unter anderem „Spinoza" und „Dichter und Kaufmann" von Berthold Auerbach, Geld verloren und vom zweiten dieser Werke konnte Krabbe mit seiner dünnen Stimme, während er sich wie verzweifelt mit den Fingern in sein spärliches Haar fuhr, ausrufen: „Das Buch ist ein Weltwunder, denn es ist ein Exemplar mehr davon zurückgekommen, als ich ausgegeben habe — wollen Sie dieß merkwürdige Exemplar sehen — da ist es!" —

Was nun meinen Gehalt als Sekretär des Kronprinzen anbetraf, so war derselbe für die neuen glänzenden und da-

durch kostspieligen Verhältnisse, in denen ich mich nun be=
fand, sehr gering, schien aber wahrscheinlich der betreffenden
maßgebenden Stelle für den so plötzlich empor gekommenen
Fremden genügend zu sein, und so betrachtete auch ich mein
spärliches Einkommen gegenüber meinem früheren mühevolleren
Verdienst als ausreichend und unerschöpflich. Nebenbei hatte
ich ja freie Wohnung und Holz, sowie die damals noch
üblichen Naturalien; auch vollkommen freie Station bei den
vielen Reisen des Kronprinzen, und wenn man dazu nimmt,
wie leicht es damals, wie heute noch, für Jemand von irgend
welcher guten ächten oder auch schwindelhaften Stellung in
Stuttgart möglich war, die umfassendsten Schulden zu machen,
so brauche ich wohl kaum zu sagen, daß ich, der ich stets
gern hoch und flott und unbekümmert auf den Wogen des
Lebens schwamm, meine Lage auch in pekuniärer Hinsicht als
eine äußerst glänzende betrachtete.

Daß ich für Handschuhe und feine Cigarren, letztere für
mich, sowie für die vielen Bekannten und Fremden, die ich
bei mir empfangen mußte, mehr als ein Drittel meines Ein=
kommens ausgab, kümmerte mich wenig, und wenn sich je
einmal die Rechnungen dafür und für Aehnliches zu sehr
anhäuften, so wurde Krabbe trotz seines Weigerns doch
öfters auf Rechnung zukünftiger unsterblicher Werke „breit
geschlagen".

Mit Franz Dingelstedt, der 1843 nach Stuttgart ge=

kommen und Bibliothekar und sogenannter Vorleser des Königs geworden war, obgleich Seine Majestät ihn nie in den
Fall gebracht, dadurch den boshaften Vers von Heine:

> „Er liest die Gedichte von Matzarath,
> Ein Dolch ist jede Zeile;
> Der arme Tyrann, früh oder spat,
> Stirbt er vor langer Weile! —“.

wahr zu machen, hatte ich mich bald und innig befreundet.
Theilten wir doch in Stuttgart das gleiche Schicksal be-
günstigter und unverantwortlich bevorzugter Ausländer, Leute,
die nur Dichter und Schriftsteller waren, die man mit
großem Mißtrauen betrachten und von denen man sich so viel
als möglich abschließen mußte. Mehr als heute lebte man
in Stuttgart damals noch in kleinen engbegrenzten Kreisen,
jede Rangklasse für sich, und darf ich hier wohl sagen, daß
in meiner kleinen Geschichte aus damaliger Zeit „Laternen-
unglück“ sehr viel Wahres liegt. ·

Gesellschaftliche Vereinigungen, wo sich Künstler und
Männer der Wissenschaft fanden, waren kaum vorhanden;
August Lewald hatte allerdings einen Versuch dazu gemacht,
indem wir uns auf dem ehemaligen Postplatze im russischen
Hofe trafen; doch war dieser Versuch nicht lebensfähig, weßhalb Dingelstedt und ich im Oktober 1843 die Gründung
einer Gesellschaft beschloßen, die theils aus Künstlern, Schrift-
stellern und Gelehrten, anderntheils aus gescheidten Leuten

jedes nur möglichen Standes bestehen sollte. Zu den ersten Berathungen zogen wir die Maler Karl Kurz, Müller und Rustige bei, und da die Sache lebhaften Anklang fand, auch Alles aus den oben genannten Kreisen es sich zur Ehre rechnete, dieser Gesellschaft beizutreten, so war sie baldigst constituirt und trat, ihre wöchentlichen Sitzungen im Café Marquardt haltend, in's Leben. Gegliedert und zusammengesetzt war sie wohl wie nie eine ähnliche; sie hieß „die Glocke", Protektor war der Kronprinz, der den Sitzungen fast regelmäßig anwohnte, als Glockenmeister fungirte der Prinz Hugo von Hohenlohe-Oehringen, die Beamten hießen: der Sprecher, Altgeselle, Hammer, Mantel, Seil und Schwengel, Strang und Junker, der Schatzmeister Klingelbeutel und so weiter, die übrigen Mitglieder Glockenzieher, unter denen neben Allem, was in Malerei, Dichtkunst, Architektur und sonst mit Auszeichnung genannt wurde, sich auch Graf Wilhelm von Württemberg, Graf Alfred Neipperg, Baron von Taubenheim, Obermedizinalrath von Hardegg, General von Rüpplin, Baron vom Holz, Graf Taube, Baron Hügel und Andere, Mitglieder der besten Häuser des Adels, die sich für Kunst und Wissenschaft interessirten, sowie hochgestellte Beamte befanden.

In den ersten Zeiten der Glocke waren Geibel und Liszt in Stuttgart, ersterer als launiger Stegreifredner gefeiert, letzterer noch ganz besonders als Komponist des Glockenbundesliedes, das mit den Worten begann:

„Heil unserer Glocke, heil,
Heil Hammer, Mantel, Seil,
Heil unserer Glocke, heil!"

und stets zur Eröffnung der Arbeit gesungen wurde. Alle nöthigen Zeichen gab der Meister vermittelst einer großen Glocke, die von der Decke hieng, und wurden diese Zeichen, wo es nöthig war, vermittelst kleiner Glocken in der Hand jedes Mitgliedes (Glockenziehers) erwiedert. Der erste Paragraph der Gesellschaftssatzungen hieß:

„Der Zweck der Gesellschaft ist: gesellige Unterhaltung und gegenseitige Mittheilung literarischer und artistischer Arbeiten."

Für jede Sitzung wurde abwechselnd von den Mitgliedern ein Protokoll geführt, was nach und nach eine interessante, launige und theilweise auch höchst geistreiche Chronik bildete. Dazu hatte jeder das Recht und die Verpflichtung, durch Vortrag über Erlebtes, sowie aus wissenschaftlichen und künstlerischen Gebieten zur Belehrung und Unterhaltung die sogenannte Glockenspeise beizutragen. Die Maler brachten Skizzen und Zeichnungen, häufig auch die damals so beliebten Karrikaturen, hauptsächlich Glockenmitglieder darstellend, von denen sich bald eine große Anzahl vortrefflich gelungener in den Mappen ansammelten, die heute noch theils im Besitz des Bankdirektors von Sick, theils in dem meinigen sind. Ungefähr ein Jahr nach dem Entstehen der Gesellschaft baute dieselbe auf Aktien ein eigenes

Lokal im Hofe des Café Marquardt, bestehend aus einem geräumigen Saale, dessen gewölbte Decke nach Art alter Glockenstuben konstruirt war.

Daß über diese Gesellschaft, in der sich neben dem Kronprinzen und Mitgliedern des höchsten Adels des Landes junge, auch unbedeutendere, wenn nur strebsame Künstler befanden, gerade durch diese zwanglose Zusammensetzung manche schiefe und böswillige Urtheile gefällt wurden, verstand sich bei der Stuttgarter Verläumdungssucht ganz von selbst, und wenn gewisse Kreise, für welche der Glockensaal allerdings hermetisch verschlossen war, über unsere Versammlungen sprachen, so geschah das häufig mit aufgehobenen Händen und dem innigsten Bedauern, daß der Thronerbe in so ruch= lose Hände gefallen sei. Und doch gieng es bei uns, wenn gleich oft recht lustig, doch stets hochanständig und sittlich zu, und alles, was von Orgien der Glocke damals gefabelt wurde, war blos lügenhafte Erfindung. Auch der Kronprinz lernte gerade in der Glocke ausgezeichnete Leute kennen, die ihm vielleicht sonst fremd geblieben wären, und hat es, wie ich weiß, nie bereut, dort Bekanntschaften gemacht zu haben, denen die Hofkreise allerdings verschlossen waren.

Dingelstedt lieferte längere Zeit noch eine besondere Wochenchronik der Glocke, oft in sehr lakonischer Kürze, wie zum Beispiel eines Abends, wo er mit seiner gewaltigen Stimme daraus deklamirte: „Liszt ist angekommen!" Geibel, der den ganzen Winter durch Glockenzieher war, erfreute uns gern mit seinen neuen Gedichten, und Etzel, damals schon ein bedeutender Ingenieur, unterhielt uns von seinen Arbeiten, die sich zu jener Zeit gerade sehr interessant auf die Durchbohrung des Rosensteins bezogen und oft schwierig ja gefährlich wurden, weil der Tunnel unter dem königlichen Landhause in unliebsame Berührungen mit den Fundamenten des Schlosses zu kommen drohte. Verschiedene Male machten wir dort alle mit einander praktische Studien, indem uns Etzel in tiefer Mitternacht hinausführte, um das Thun und Treiben seiner Arbeiter zu erklären.

Was mich anbelangte, so trat ich in der Glocke mit manchen mir bisher fremdgebliebenen Persönlichkeiten von hoher Stellung in nähere Berührung, von denen mich verschiedene liebgewannen, andere aber mindestens fanden, daß ich nicht so gefährlich sei, wie man mich häufig darzustellen liebte.

Für die Vorstellungen des königlichen Hoftheaters hatte ich durch Taubenheim, der neben seinem Amt als erster Stallmeister des Königs immer noch die Leitung des Instituts unter sich hatte, meinen Freiplatz in der ersten Reihe der Sperrsitze begreiflicherweise bestätigt erhalten, wovon ich jahrelang den ausgiebigsten Gebrauch machte. Es vergieng wohl kein Abend, wo ich nicht mindestens eine viertel oder halbe Stunde im Theater war, und wo ich nicht einen Besuch auf der Bühne machte, um dort mit meinen Bekannten und

Freunden, zu denen ich das ganze Personal, vom letzten Zimmermann bis zum hochgebietenden Intendanten rechnen durfte, zu verkehren. Diese Stunden hinter den Coulissen haben damals mit zu meinen angenehmsten und lehrreichsten gehört, und wenn zu irgend welcher Beschreibung praktisch erworbene Kenntnisse nothwendig sind, so zu dem hochinteressanten Theaterleben, wie es sich hinter dem großen Vorhange abspielt; es ist das in der That eine wundervolle Welt für sich, mit ganz eigenen Anschauungen, Voraussetzungen, Ursachen und Wirkungen.

Zu jener Zeit aber stand auch das Stuttgarter Hoftheater in vollster künstlerischer Blüthe, im Höhenpunkte eines Glanzes, von dem heute kaum mehr die Spur eines matten Schimmers übrig geblieben ist. Graf Leutrum, der Theaterchef vor Taubenheim, hatte weder die künstlerische Befähigung zu seinem Amte, noch war er dafür wissenschaftlich genug gebildet, worüber man sich artige Anekdoten erzählte, so unter Anderem, daß, als ihm der berühmte Seydelmann, damals Regisseur, meldete, Immermann sei angekommen, er ihm in seiner heftigen Sprachweise zur Antwort gab: „Bedaure sehr, bedaure sehr, kann ihn nicht spielen lassen, ist unmöglich!" — „Ich sprach von Immermann, Herr Graf." — „Nun ja, ich habe Sie wohl verstanden, kann ihn aber doch nicht spielen lassen." Er hatte an den Schauspieler Jermann gedacht. — Mir gab er eines Tages, in jener Zeit, als er mich als Fra Diavolo's Bedienten debütiren

ließ, nach langem vergeblichen Bitten ein Billet für das Cann=
statter Theater, rief mir dann aber nach: „Hören Sie, ich mache
eine Bedingung. Wenn es sehr voll wird, so versprechen Sie
mir, daß Sie wieder hinaus gehen." — „Gewiß, Herr Graf."

Uebrigens war Graf Leutrum ein wohlwollender und
vornehm aussehender Herr, eine jener langen, dürren Hof=
gestalten, wie sie heute ganz verschwunden sind, sorgfältig
angezogen, glatt rasirt und möglichst hoch frisirt; seine Augen=
brauen pflegte er bei wichtigen Auseinandersetzungen hoch
empor zu ziehen und das Kinn in die weiße Halsbinde zu
verbergen; er stand aber hoch in der Achtung seiner Unter=
gebenen, ja wußte sich deren Liebe und Verehrung zu erwerben,
da er in jeder Hinsicht sein Institut hoch hielt und vertrat,
nach besten Kräften für dasselbe sorgte, auch die Würde seiner
Stellung mit in der Würdigkeit und Unbescholtenheit seiner
Untergebenen suchte und deßhalb strengstens auf möglichst gute
Sitten hielt.

Taubenheim trat diese wohlgeordneten Verhältnisse an
und war das beste, was er sein konnte, nämlich der liebens=
würdige Vermittler zwischen dem König und den Künstlern,
dort die allerhöchsten Wünsche entgegennehmend, um sie hier,
manche Klippe geschickt umschiffend, zur möglichst guten Aus=
führung zu bringen. Da er sich aber mit seinem wohl=
wollenden ritterlichen Charakter die Liebe und Verehrung
seiner Untergebenen zu erwerben und auch zu erhalten wußte,

stets für jedes ein freundliches zuvorkommendes Wort hatte, ja selten im Stande war, eine Bitte rundweg abzuschlagen, mindestens auf eine spätere Erfüllung hoffen ließ, so thaten die Künstler auch ihrerseits Alles, um einem so angenehmen Chef gefällig zu sein.

Das Stuttgarter Hoftheater hatte damals ausgezeichnete Künstler und vortreffliche Regisseure. Wer, der damals in Stuttgart lebte, erinnert sich nicht der Damen vom Schauspiel: Stubenrauch, Lange, Josetta, von Pistrich, Johanne Wittmann, Abweser, und der vielen jugendlichen Anfängerinnen, die hier beginnend sich später gute Namen erwarben; wer denkt nicht heute wehmüthig an jene Zeit der Eßlair, Seydelmann, Döring, Moritz, Maurer, Gnauth, Petzold und so vieler Anderer; wer erinnert sich nicht mit Vergnügen des reichhaltigen Repertoires unter den Regisseuren: Seydelmann, Moritz, Lewald, Löwe, die bemüht waren, das neueste Gute neu und gut vorzuführen, auch die Aufführung älterer Stücke mit Fleiß zu überwachen und keinerlei Nachlässigkeiten in der Scenirung, in Spiel und Costüm hatten durchgehen lassen. Mit welchem oft ergötzlichem Eifer wurde damals probirt, wobei ich mich erinnere, daß, als bei der Kirchhofscene in „Hamlet" die dänischen Hofherren mit gar so wenig Energie die streitenden Fürsten zu trennen versuchten, Moritz dazwischen springend ausrief: „Wie können Sie sich dabei so ledern und theilnahmlos benehmen; springen Sie doch hinzu, wie Sie thun würden, wenn Sie dazu kämen, wenn der Kronprinz und der Prinz Friedrich so mit einander in Streit geriethen?" oder ein ander Mal, als ein jugendlicher Liebhaber zur Schonung seines Beinkleides nicht völlig niederkniete und ihm der alte Lewald seinen Mantel mit den Worten zu Füßen warf: „Probiren Sie, wie es sich gehört, so thut Lewald für die Kunst und seinen König." Wenn man auch über dergleichen lachte, so wirkte doch ein solcher Eifer wohlthätig und weit besser, als barsches Wesen und unmotivirte Grobheit, wie sie an manchem Hoftheater später eingerissen sind und nur Gleich= giltigkeit zur Folge hatten.

Welch glänzender Reihe gelungener Aufführungen erinnere ich mich heute noch auf's lebhafteste, wie freute man sich damals auf diese oder jene Rolle, ja auf gewisse Künstler, denen und ihren stets vortrefflichen Leistungen zu lieb man auch ein unbedeutenderes Stück mit Begeisterung an sich vorübergehen ließ! Wie würdig und vornehm in ihren Dar= stellungen waren die Pechó, die Stubenrauch, selbst die Lange und Abweser, später die Bröge und die Wilhelmi, wie warm empfindend Johanne Wittmann, wie elegant besonders in Salonstücken Moritz, auch Löwe und später Wentzel, wie vor= nehm Maurer, wie ergötzlich Frau Schmidt, Rohde, Gnauth, und Petzold! Auch die Oper unter Lindpaintner leistete Tüchtiges, das Stuttgarter Orchester, heute noch gut, war damals berühmt; und wenn man Namen aus jener Zeit nennt, wie die der

Balletmeister Horschelt, St. Léon, und die ersten Tänzerinnen, wie Marie Taglioni, St. Romain, Lucil Grahm, so kann man sich einen Begriff machen, wie das Ballet beschaffen war.

Obgleich sich nun der Kronprinz nach der Rückkehr von der italienischen Reise recht bald wieder erholt hatte, so fanden die Aerzte doch einen Landaufenthalt in reinerer Luft für ihn wünschenswerth, weßhalb er, von Berlichingen begleitet, das Bad Gais im Schweizerkanton Appenzell besuchte, dort einige Wochen blieb, um dann das Seebad in Ostende zu gebrauchen. Von Gais aus gab er mir schriftlich einige Aufträge, allerdings in freundlicher Weise; doch da ich es stets verstanden habe, zwischen den Zeilen zu lesen, so konnte mir eine Erkältung, ja etwas wie Mißstimmung nicht entgehen; auch als er wieder heimgekehrt und ich wieder wie früher zum täglichen Rapport kam, fand ich ihn einsilbiger gegen mich und statt des früheren vertraulichen Wesens eine etwas förmliche Höflichkeit. Was da vorgefallen war, vermochte ich nicht sogleich zu ergründen, ich blieb aber in meinem Wesen vollkommen gleich und unbefangen. Dann reiste er ebenfalls mit Berlichingen nach Ostende, ohne mich, wie früher bestimmt war, mitzunehmen; daß er an dem Umgange und den Unterhaltungen seines Adjutanten Geschmack gefunden habe und mich gänzlich vergessen, vermochte ich nicht zu glauben, vielmehr daß irgend eine kleine Intrigue gegen mich eingefädelt worden sei, wahrscheinlich darauf berechnet, den bürgerlichen

Sekretär in seine Grenzen zurückzuweisen, die ihm die Güte des Kronprinzen zu überschreiten erlaubt hatte.

Da, mir ganz unerwartet, vielleicht vierzehn Tage vor seiner Rückkehr, beschied er mich nach Brüssel, ihn dort im Hôtel de Flandre zu erwarten, ein Befehl, der in Stuttgart so erstaunte Gesichter hervorrief, daß ich daran wohl merken konnte, wie unerwartet dieser Befehl gekommen sei. In Brüssel erhielt ich einen Brief Berlichingens, der mir anzeigte, der Kronprinz bleibe noch acht Tage länger in Ostende, wolle mich aber nach Ablauf derselben dort zur gemeinschaftlichen Rückreise nach Stuttgart treffen.

Die schöne, sehenswerthe Hauptstadt Belgiens, ein Paris im Kleinen, hatte ich bald nach allen Richtungen durchstreift, mich auch in den bedeutenden Bildergallerien umgeschaut, vor Allem aber mit größtem Interesse das Atelier des damals viel von sich reden machenden Malers Wiertz besucht. Schon das Aeußere des Gebäudes erregte Aufmerksamkeit, es befand sich in einer Vorstadt Brüssels auf einer kleinen Anhöhe und war den Ruinen eines alten egyptischen Tempels nachgeahmt. Die meisten der schwerfälligen Säulen trugen noch das weit vorspringende Dach, andere aber lagen umgestürzt und zerbrochen am Boden, theils in diesen hineingedrückt oder von Unkraut überwuchert, ringsumher befand sich ein ziemlich großer, wie absichtlich verwildert gehaltener Garten, in welchem für mich das Bemerkenswertheste ein rundlicher, glatt geschorener Rasenplatz war, den man zu einer Landkarte Belgiens eingerichtet hatte, die Landstraßen mit gelbem Sande, Törfer und Städte durch größere und kleinere Häusergruppen bezeichnet, ja in der Hauptstadt selbst sah man bedeutende Gebäude und Kirchen, ziemlich kenntlich bezeichnet, ein hübscher und lehrreicher Spielplatz, da er **groß** genug war, um darin spazieren zu gehen.

Eine schmale Seitenthüre — die ostensible Breite und Höhe des Tempels schien nur gemalt zu sein — führte in den innern Raum, der, obwohl er die Ausdehnung einer mäßigen Kirche hatte, eben nur Platz bot für die bekannten riesigen Kompositionen Wiertz's. Da dieselben dieser Größe, auch der eigenthümlichen Sujets wegen von keiner Gallerie, geschweige denn von einem Privatmanne angekauft werden konnten, so hatte sie der belgische Staat in lobenswerther Munificenz sammt dem Gebäude angekauft und gegen ein mäßiges Eintrittsgeld für den Besucher eröffnet. Mit Staunen sah ich hier diese Arbeiten in riesenhaftem Maßstabe, von denen ich schon einige aus Beschreibungen und Nachbildungen kannte, all diese merkwürdigen, oft fast ganz unmalbaren Dinge: den Fußtritt eines Gewaltigen dieser Erde; drei Epochen nach dem Leben eines Hingerichteten; dann Schrecklich=keiten, wie den Kampf um die Leiche des Patroklus; einen Selbstmörder in dem Augenblick, wie er die Pistole gegen seine Stirne losdrückt; ein Weib, das sich, ihren Säugling auf dem Arm, vor verfolgenden Soldaten fliehend, zum Fenster hinausstürzt; in den Ecken des Raumes aber Wände von Papier, durch welche man vermittelst eines kleinen Seh= loches andere naive Furchtbarkeiten, die, wie alles Uebrige, genial, großartig und effektvoll gemalt, wahrhaft erschreckend wirkten: ein lebendig begrabener Mönch, der sich mühsam dem Sarg entwindet; eine Wahnsinnige, die ihr eigenes Kind zer= stückelt hat und in einem Kessel kocht; die nackte, herrlich gemalte Gestalt eines jungen Mädchens neben einem Skelette mit der Ueberschrift: „La belle Rosine — Sonst und Jetzt." Auch den Meister selbst, eine etwas gebückte, hagere Gestalt, mit eingefallenem Gesichte, dunklem Haar und Bart, sah ich, beneidete ihn aber nicht um seine Wohnung bei all den Gräßlichkeiten seines Ateliers, und war dagegen froh, wieder frei und ungebunden in den Garten hinaustreten zu können, von dem man einen weiten Blick auf die schöne Stadt Brüssel hatte.

Als ich Nachmittags bei einem der Eilwagenbureaus vorüberschlenderte, sah ich dort eine jener Diligencen stehen, die Paris mit Brüssel in der, für jene Zeit, wo es noch keine Eisenbahnen gab, sehr kurzen Zeit von zwölf Stunden, glaube ich, verband; der Konbukteur untersuchte gerade seinen Wagen, und da er mich zuvorkommend grüßte, so knüpfte ich ein Gespräch mit ihm an, dessen Endresultat war, daß er mich in's Bureau begleitete, wo ich noch einen Eckplatz, aller=

dings hoch oben auf dem Wagen, im Coupé der Imperiale, erhielt. Ich gratulirte mir zu dem raschen Entschluß, statt noch acht Tage hier zu bleiben, gleichsam im Fluge Paris zu sehen. Abends um acht Uhr begann die allerdings anstrengende Fahrt. Wir saßen zu Vieren dort in dem ziemlich engen Coupé, neben mir eine ältere Dame mit zwei jüngeren, von denen eine, glaube ich, eingeschmuggelt war, wie ich aus ihrem Lachen und Scherzen, an denen auch der Brüsseler Postillon Theil nahm, zu entnehmen glaubte; da auch sonst alles überfüllt war, so hieng der Kondukteur irgendwo seitwärts am Wagen und wir sahen ihn nur flüchtig beim Pferdewechseln. Die ganze Strecke zwischen beiden Hauptstädten war gepflastert, und kann man sich dabei von dem Stoßen und Rasseln des schwerfälligen Wagens einen Begriff machen, doch war der Lärm noch größer, wenn man, was häufig geschah, anderen Fuhrwerken ausweichen mußte und sich dabei die betreffenden Räder tief in den weichen Boden drückten, dann aber das höchst bemerkliche Ueberhängen des Wagens sämmtlichen Damen Angstgeschrei auspreßte, wobei sich meine Nachbarin meistens fest an mich anklammerte; doch kamen wir glücklich nach Paris und erlebte ich nur das kleine Abenteuer, daß mir die ältere Dame beim Abschiednehmen eine Visitenkarte in die Hand drückte, von der ich aber keinen Gebrauch machte.

Und nun lebte ich die paar Tage in Paris in einem

wahren Taumel des Schauens und Bewunderns. Was war das Leben und Treiben all der großen Städte, die ich schon gesehen, Rom, Neapel, selbst Constantinopel gegen dieß verwirrende Getümmel in den Straßen hier! Wie freundlich, leuchtend und elegant erschien hier Alles, die Magazine mit ihren blendenden Auslagen, das Gewühl auf den Boulevards, das großartige Treiben an der Seine, die hübschen Restaurationen, dann die verschiedenen Theater, wo wunderbar natürlich gespielt wurde, spät Abends bis weit nach Mitternacht, die höchst behagliche Ruhezeit vor den hellerleuchteten Café's bei einem Gefrorenen oder einem riz au lait, der damals in der Mode war, den später so gebräuchlich gewordenen „Boc“ — ein Glas Bier — kannte man zu jener Zeit noch nicht.

In Paris traf ich den Hofschauspieler Löwe aus Stuttgart auf der Hochzeitsreise begriffen, sowie eine Bekannte aus München, die Hofschauspielerin Seebach, die, wie wir Alle von Paris schwärmend, das non plus ultra einer Kaffeemaschine entdeckt hatte, die natürlicherweise von den Deutschen nicht in solcher Vollkommenheit gemacht werden konnte, die aber, als ich sie genau betrachtete, das Firmazeichen der bekannten Fabrik von Deßner in Eßlingen trug, was uns lange Stoff zum Lachen gab.

Nur zu rasch waren die paar Tage verflossen, die ich bleiben konnte, und wenn ich auch Paris nicht gründlich kennen gelernt, so hatte ich mir doch einen besseren Blick über die Weltstadt verschafft, als wenn ich monatelang aus Büchern über sie studirt hätte.

Bei meiner nächtlichen Rückfahrt nach Brüssel gab uns in dem abermals überfüllten Eilwagen ein älterer Herr aus Valenciennes viel zu lachen, der in Paris eine große über- reife Melone gekauft hatte, die er wie seinen Augapfel hütete, die aber, während er schlief, zwischen die Gepäckstücke hinter uns gerieth und dort, einen penetranten Geruch verbreitend, zu seinem unbeschreiblichen Jammer zerquetscht wurde.

Zwei Tage später traf der Kronprinz von Ostende ein und freute sich offen und ohne Rückhalt, mich wieder zu sehen, auch waren nicht nur alle oben erwähnten Schatten verschwunden, es schien ihm leid zu sein, daß ich seine Miß- stimmung empfunden hatte, und nach und nach erfuhr ich auch die Gründe derselben, die sich von der italienischen Reise herschrieben und woran ich allerdings nicht ohne Schuld war. Man hatte meine häufig auch in Gegenwart des Kronprinzen ausbrechende Lustigkeit, mein oft zwangloses Benehmen, das ich aber stets in den Grenzen möglichsten Respektes gehalten, nicht für passend gefunden, man hatte seine Bemerkungen darüber gemacht, daß ich zum Beispiel, wenn wir im zweiten, ge- wöhnlich offenen Wagen durch die Campagna heimkehrten, dort lustige Lieder sang, auch daß ich mir einen weichen Filz- hut, wie ihn die Maler trugen, gekauft, und vor allem war es gelungen, meine berühmte Karnevalsgeschichte in einem sehr gehässigen Lichte darzustellen.

Doch hatte der Kronprinz in seinem Wohlwollen für mich, sowohl bei sich selbst, als auch bei Anderen, meine Entschuldigung übernommen, und indem er mir freundlich gestand, sich sowohl in Gais als auch in Ostende gründlich gelangweilt zu haben, machten wir nach der Rückreise nach Stuttgart die schönsten Pläne für kommende Wintervergnügungen.

Der Kronprinz hatte sich von jeher lebhaft für das Theater interessirt, fehlte bei keiner Vorstellung, las, was von bemerkenswerthen deutschen und französischen Stücken erschien, war auch so musikalisch, um Klavierauszüge von Singspielen und Opern auf seinem Flügel spielen zu können und hatte, wie alle jungen Leute von lebhafter Phantasie, den sehnlichsten Wunsch, selbst einmal — begreiflicherweise aber nur auf einer eigenen Privatbühne — auftreten zu können. Doch waren wir überzeugt, daß dazu die Erlaubniß des Königs nicht leicht zu erhalten sei, und doch mußte diese, da der Kronprinz in der Residenz wohnte, vor allem Andern erwirkt werden; einer jener später noch häufig wiederkehrenden Fälle, wo ich gezwungen war, den geraden Weg zu verlassen, um ohne Vorwissen des Kronprinzen eine schon früher erwähnte Vermittlung zu suchen, deren Resultat er allerdings ohne Rückhalt annahm. Auch gelang es mir, die nöthige Allerhöchste Einwilligung zu erhalten, ja die Erlaubniß, einen großen Salon im Parterrestock des Schlosses zu einer Theater=einrichtung benutzen zu dürfen.

Freiherr von Seckendorf war damals Obersthofmeister und, wie in so vielen andern Fällen, unterstützte er mich auch jetzt mit der bereitwilligsten, liebenswürdigsten Zuvor=kommenheit; überhaupt habe ich ihn während der Dauer meiner Anstellungszeit bei Hofe verehren und lieben gelernt und bewahre ihm heute noch viele Jahre nach seinem früh=zeitigen Tode die dankbarste Erinnerung: er war durch und durch ein Ehrenmann, vornehm ohne Stolz und Hochmuth, einer von denen, die, meine schwierige Stellung begreifend, mich wo sie konnten unterstützten. Er ist mir auch später nach dem plötzlichen Wechsel meiner Verhältnisse ein werther, wohlwollender Freund geblieben.

Da das kleine Liebhabertheater des Kronprinzen mit allen nur möglichen Feinheiten eingerichtet werden sollte, so mußte, nachdem ein Podium gebaut war, auch Gas eingeführt werden, wozu eine neue Erlaubniß des Königs, der dieß bis=her nicht gestattet hatte, einzuholen war; doch kamen wir mit Baron Seckendorf's Hilfe auch über diese Klippe hin=weg, einen hübschen Portalvorhang verschrieb ich aus Paris, und dann gewann ich in Maler Eberlin, später auch in Maler Herdtle und dem holländischen Landschaftsmaler Braak=mann junge Kräfte, um die nöthigen Dekorationen zu malen;

einer der Theatermaschinisten half mir, der ich selbst mit Leib und Seele dabei war, das Theater einrichten, und bald waren wir damit so weit, um spielen zu können. Die Bühne selbst nahm die eine Hälfte des großen Salons ein, die andere diente als Zuschauerraum und hatte rückwärts eine ziemlich tiefe Nische, wo erhöhte Sitze gebaut wurden, und deren Hintergrund Freund Müller, den ich früher schon erwähnt, mit einem hübschen Bilde, schöne Italienerinnen vorstellend, die oben von einer Loge zuschauen, schmückte.

Daß aber mit kleinen bescheidenen Lustspielen oder dergleichen angefangen werden sollte, lag nicht in der Absicht des Kronprinzen, sondern es sollte, wie man heute zu sagen pflegt, mit einer That begonnen werden, mit etwas außerordentlich Großartigem, und dazu entwarf der Glockenbruder Dingelstedt, damals Bibliothekar des Königs, seine berühmte Tragödie „Genoveva", nur für Männer berechnet, in der aber nicht nur Gesang und Tanz vorkam, sondern auch neben der Hirschkuh, die den kleinen Schmerzenreich säugte, verschiedene reißende Thiere, ein Sonnenuntergang in der Wüste und schließlich ein allgemeines großartiges Ballet; die Musik dazu für ein Orchester mit Blas- und Streichinstrumenten arrangirte der Militärkapellmeister Kühner, ein talentvoller und gefälliger Musiker, der heute noch die Kurkapelle in Wildbad dirigirt, und diese Musik war Potpourri aus verschiedenen alten und neuen beliebten Opern. Donner-, Regen-

und Hagelmaschinen wurden gleichfalls hergestellt, und als ich endlich mit meinem Sonnenuntergange, der mir viel Mühe machte, ziemlich im Reinen war, wurde mit den Proben begonnen, an die sich stets ein äußerst heiteres Souper reihte. Ueberhaupt waren diese Proben, wie bei allen ähnlichen Dilettantenvorstellungen, das Angenehmste an der ganzen Sache, weßhalb auch bei uns wochenlang Tag um Tag probirt wurde. Endlich war Alles, auch die schönen Costüme fertig, und nach einer sehr lustigen Generalprobe in denselben kam der Tag der Aufführung. Riesige Zettel verkündigten dem begreiflicherweise nur aus Männern bestehenden Publikum, was es zu erwarten hatte, und diese Erwartung wurde auch nicht getäuscht, wie der oft nicht endenwollende Beifallssturm bewies, mit dem die tolle Komödie zu Ende gespielt wurde. Auch mußte nach einiger Zeit auf allgemeines Verlangen die Aufführung wiederholt werden.

Daß von diesen dramatischen Unterhaltungen besonders bei Hofe, aber auch in der Stadt mit vielfachem ernstlichem Kopfschütteln Kenntniß genommen wurde, brauche ich eigentlich ebensowenig zu sagen, als daß mir, dem gefährlichen Verführer, die größte Schuld zugeschrieben wurde; dazu kam noch, daß es in der Gesellschaft Glocke, deren Sitzungen der Kronprinz als Protektor beinahe regelmäßig besuchte, damals sehr hoch und zuweilen sehr laut hergieng, auch diese oft lärmenden Unterhaltungen nächtlicherweise oder vielmehr früh am Morgen auf den Straßen fortgesetzt wurden, wobei ich mich des ergötzlichen Vorfalls erinnere, daß Franz Liszt, der damals eine Zeit lang in Stuttgart war, uns von einer hohen Treppe an dem Hause von Cotta's Erben eine große Predigt hielt, der wir andächtig zuhörten. Auch wurden zuweilen größere Glockenversammlungen im Saale des Hotels Marquardt gehalten, wo sich einmal unrechterweise Zuschauer eingeschmuggelt hatten, die dann unser an sich harmloses Treiben mit den bedenklichsten Zusätzen weitererzählten, die manche Reden und Toaste als gar zu verfänglich schilderten, und die mit Entsetzen davon sprachen, daß Liszt eine improvisirte Etude mit den Händen begonnen, mit den Füßen fortgesetzt und mit dem Allerwerthesten beschlossen hatte. Es war eben damals unsere Sturm- und Drangperiode und wer, dem selbst ein frisches und heiteres Gemüth nicht fehlt, hätte es uns zu verübeln vermocht, daß wir junge Leute, damals auch nach Beendigung der Glockensitzungen den Ausbruch unserer frohen Lust häufig noch und in sehr lauter Weise im Freien fortsetzten. Schutzmänner von heut zu Tage, die einem oft recht harmlosen Singen so recht die herrische Amtsgewalt entgegensetzen, während sie den wirklichen Uebelthäter sachte vorbeischleichen lassen, gab es damals noch nicht, und die gutmüthigen Nachtwächter drückten gern beide Augen zu. Doch beschränkte sich dieses Ulken auf ganz ungefährliche Dinge. Höchstens wurden Laternen ausgelöscht, Schilder verhängt,

Thüren ausgehoben, Ständchen gebracht, die sich indessen zu=
weilen zu einer Katzenmusik zuspitzten, und einmal mit grün
angestrichenen Bänken, auf denen damals noch der ruhige
Bürger Abends vor seinem Hause frische Luft schöpfte, die
Königsstraße quer herüber verrammelt, so daß der Postillon
des Morgens früh einfahrenden Eilwagens ziemliche Mühe
hatte, die mit Stricken verbundene Barrikade zu trennen, und
wenn man, ohne sich einen Vergleich erlauben zu wollen,
daran denkt, daß Karl August, der Großherzog von Weimar,
und Goethe sich zu ihrer Zeit gestatteten, auf offenem Markte
mit langen Peitschen zu knallen, so hätte man auch uns die
kleinen Vergnügungen nicht übel nehmen sollen. Doch hatte
ich ein paar Jahre früher, und in noch unschuldigerer Weise,
im Polizeiregister einen schwarzen Strich erhalten, weil Freilig=
rath, der während meiner orientalischen Reise in Stuttgart
gewesen war, wegen ähnlicher nächtlicher Ruhestörungen von
der Polizei ergriffen, angegeben hatte, er sei: „F. W. Hack=
länder, aus Burtscheid bei Aachen gebürtig."

Vom Kronprinzen wurde im Frühjahr 1845 die durch
seine Krankheit in Italien unterbrochene Reise insofern wie=
der aufgenommen, als jetzt die Höfe von Wien und Berlin
besucht werden sollten; dazu wurde die Reisegesellschaft ganz
anders zusammengesetzt, und wir erhielten in der Person des
ehemaligen württembergischen Gesandten in England, Baron
Karl von Hügel, einen liebenswürdigen Reisechef; Berlichingen

war allerdings Adjutant geblieben, doch gieng als Arzt der Obermedizinalrath von Hardegg, Leibarzt des Königs, mit, eben so ausgezeichnet in seiner Wissenschaft, als angenehm im Umgange, sowie hoch belehrend und geistreich in der Unterhaltung; meiner nahm er sich auf's freundlichste an und war mir auch später bis zu seinem leider allzu früh erfolgten Tode ein sorglicher Hausarzt und freundlicher Berather; auch hatte ich zu dieser Reise eine eigene Kalesche erhalten, mit der ich, meinen Bedienten auf dem Bock, in der behaglichsten Weise vorausfuhr, um die nöthigen Bestellungen zu machen. Wir fuhren über Ulm und Ingolstadt, dann zu Schiff durch die malerischen Gegenden der oberen Donau nach Regensburg, besuchten die eben fertig gewordene Walhalla und kamen dann zu Wagen über Linz nach Mölk, wo wir mit dem Kronprinzen einem höchst interessanten und gediegenen Frühstück in der großartigen Benediktinerabtei beiwohnten und wo ich zum ersten Mal die köstlichsten österreichischen Weine versuchte. Als ich von hier wieder vorausfuhr, war es bei St. Pölten, wo die Pferde, nachdem sie meinen Wagen langsam einen ziemlich steilen Berg hinaufgezogen, oben etwas rasteten, daß ein älterer Mann in einfacher Joppe und Jägerhut mit Gemsbart und Spielhahnfeder dicht an den Schlag trat und den Hut lüpfend mich in ausgesprochenstem österreichischem Dialekt fragte: „Vielleicht können Sie mir sagen, wenn ungefähr der Kronprinz von Württemberg hier durchkommen wird?" Der

alte Mann hatte ein kluges, freundliches Gesicht und gut=
müthige Augen; während er sprach, senkte er den Kopf etwas
auf die rechte Seite, und obgleich seine Kleidung einfach, aber
höchst anständig war, so wußte ich doch nicht, ob es noth=
wendig sei, einem gänzlich Fremden darüber Auskunft zu
geben, weßhalb ich ziemlich kurz sagte: „Ich weiß nicht, ob
der Kronprinz heute noch oder erst in der Nacht nach
St. Pölten kommt." — „Schauen's," gab er mir zur Ant=
wort, „das thut mir sehr leid, denn ich hätte den Kron=
prinzen gern bei Tage hier gesehen und begrüßt." — „So?
— ja, ich bedaure auch!" — Dann fuhr er fort: „Ich
komme schwerlich in der Zeit nach Wien, um ihn dort zu
sehen, jedenfalls bitte ich ihm zu sagen, daß ich mich hier
nach ihm erkundigt habe — ich bin der Erzherzog Johann."

Daß ich schleunigst zu meinem Wagen hinaussprang,
um Seiner Kaiserlichen Hoheit nun bessere Auskunft zu geben
und um Entschuldigung zu bitten, brauche ich kaum zu sagen;
doch klopfte er mich freundlich auf die Schulter und meinte
lächelnd: „Sie haben ganz Recht gehabt und ich hätte mich
gleich nennen sollen."

Dieß war meine erste Begegnung mit dem späteren
deutschen Reichsverweser.

Am andern Tage, dicht vor Wien, wo alle unsere Wagen
hinter einander fuhren, erwarteten uns Gespanne des kaiserlichen
Marstalls, die mit unseren Postillonen wechselten, eine ehrenvolle

Aufmerksamkeit für den Kronprinzen; die Kutscher und Vorreiter in hellgrauen, mit Silber besetzten, etwas altmodischen Röcken, breite Hüte mit der kaiserlichen Kokarde, schwarz-gelben Feder- büschen auf den Köpfen, die Postillone mit hohen Stiefeln, von einer Schwere, ja Unförmlichkeit, wie ich bisher nichts Aehn- liches gesehen.

So führten sie uns, angestaunt von der Bevölkerung, durch die lang gestreckten Vorstädte bis zur Kärntnerthorstraße, wo im Hotel zum „Erzherzog Karl" die Appartements für den Kron- prinzen bereit waren, und so befand ich mich denn abermals in der mir schon auf meiner orientalischen Reise so lieb gewordenen Stadt, von der es damals mit vollem Rechte hieß:

„'s giebt nur a Kaiserstadt,
's giebt nur a Wien!"

Sechs vergnügte herrliche Wochen verlebten wir hier in einem wahren Strudel von Vergnügungen aller Art, von offiziellen Einladungen wußte ich mich häufig frei zu machen und gieng nur dorthin mit, wo es etwas Interessantes zu sehen gab, was ganz nach dem Sinne des Prinzen war. Er liebte es dann, am andern Morgen mir viele Einzelheiten von der gestern angenehm verlebten oder glücklich überstandenen Soiree zu erzählen. Zu seiner Begleitung war anfänglich der General Giulay bestimmt worden; doch da der Kronprinz in seinem Adjutanten Berlichingen nur einen Rittmeister mit- gebracht, so stellte sich ihm hier in Wien der Oberst Graf

Franz Zichy zur Verfügung, ein heiterer, liebenswürdiger Cavalier, der, Wien und seine Gesellschaft auf's genaueste kennend, ein vortrefflicher Begleiter war. Auch als Schwager des damals noch allmächtigen Staatskanzlers Fürsten Metternich, dem auch wir die Ehre hatten vorgestellt zu werden, war seine Gesellschaft nicht ohne Nutzen. Ein guter Reiter, fuhr er auch ausgezeichnet, selbst vierspännig unter den schwierigsten Verhältnissen, wozu man damals in Wien wohl die Strecke vom Hotel Erzherzog Karl durch die Kärntnerstraße an St. Stephan vorbei und durch die Rothethurmstraße zum Praterstern rechnen konnte. Bei solchen Spazierfahrten unterwies er den Kronprinzen auf's artigste in der noblen Kunst des Kutschirens, gab ihm auch wohl die Zügel der vier schönen feurigen Schimmel in die Hand, wobei es dann aber nicht immer ohne einen gelinden Anprall mit entrüstetem Aufschrei irgend eines berührten Fiakers ablief, was aber Graf Zichy stets auf die heiterste Art zu vergleichen und zu entschuldigen wußte.

Durch alles das hatte ihn der Kronprinz recht lieb gewonnen und später, als mit der Zeit unserer Abreise die im Voraus bestimmten Geschenke überreicht wurden, hatte ich das Vergnügen, dem Grafen Zichy, der unpäßlich das Zimmer hütete, das eigentlich für den General Giulay bestimmt gewesene Großkreuz des Friedrichsordens zu überbringen. Darauf hatte er allerdings nicht gehofft und seine Freude war unbeschreiblich;

er ließ sich sogleich seine weiße Uniform an's Bett bringen, legte das breite blaue Band darüber und forderte entzückt mich auf, ihm beizupflichten, daß man doch nicht leicht etwas eleganteres sehen könne. Leider hat der arme Zichy diese Freude, sowie die vielen Glücksgüter, mit denen ihn das Schicksal bedacht, nicht lange genießen können; denn nach ein paar Jahren, als er auf dem Wege von Oedenburg nach Wien, in der Nähe von Neustadt vierspännig durch die Leitha fuhr, sprang der Deichselbolzen heraus, die Pferde giengen durch und schleiften ihn, wobei er tödtlich verletzt wurde; und bald darauf starb er.

Was nun meine Person anbelangt, so will ich aufrichtig gestehen, daß ich mich ohne viel Besinnen in das lustige Wiener Leben gestürzt habe. Nach meinem Morgenrapport nahm mich der Kronprinz selten den Tag über weiter in Anspruch, und selbst, wenn ich einmal zu spät zum Diner kam oder ganz wegblieb, so fand Baron Hügel, unser freundlicher Reisechef, häufig auch Graf Zichy eine triftige Entschuldigung, mit der sich der Kronprinz in seiner Güte lachend zufrieden gab. Obgleich auch in Wien viel des Interessanten und Sehenswerthen mit großem Fleiße aufgesucht wurde, so doch nicht mit jener Pedanterie, wie damals in Italien, und sorgte schon Graf Zichy dafür, daß dieß Besichtigen von Gallerien und Aehnlichem auf die angenehmste Art und nie bis zur Ermüdung betrieben wurde; zuweilen bei Ausstellungen sahen wir auch den Kaiser Ferdinand, und machte er dabei, besonders was Bilder anbetraf, häufig freilich nur in seiner Phantasie, die bedeutendsten Einkäufe; denn was ihm gefiel — und es gefiel ihm beinahe alles — betrachtete er längere Zeit mit seitwärts geneigtem Kopfe und sagte dann weggehend: „Dös Bild können's mir auch kaufen," was aber oft nicht mehr als eine zustimmende tiefe Verbeugung des betreffenden Hofherrn zur Folge hatte. Vor einem Bilde der Schlacht von Wagram, auf dem sich ein Fürst Lichtenstein in aus= gezeichneter Stellung befand, meinte er kopfschüttelnd: „Dös kann nicht der Fürst Lichtenstein sein, der Fürst ist ein ganz alter Herr mit weißem Haar, den ich gestern noch gesehen." — „Gewiß, Majestät, aber das Bild stellt die Schlacht von Wagram im Jahre 1809 vor." — „Meinetwegen," entgegnete er kopfschüttelnd, „aber ich weiß, daß der Fürst Lichtenstein ein alter Mann mit weißem Haar ist."

Damals war das Karlstheater in der Leopoldsvorstadt restaurirt und neu und glänzend hergerichtet worden, und Seine Majestät hatte eine Einladung zur Wiedereröffnung dieser berühmten Räume allergnädigst angenommen, wohin mit dem Hofstaate auch wir ihn begleiten durften. Unten am Fuß der Treppe, die zur kaiserlichen Loge führte, wurde der Kaiser von Direktor Karl in geschweiftem Frack, seidenen Kniehosen und Strümpfen, den Hut unter dem Arm, mit einer kurzen feierlichen Anrede empfangen, worauf ihm der

Kaiser zur Antwort gab: „Ja wissen's, lieber Karl, ich kämet schon häufig gern zu Ihnen, hab' aber eben kei' Zeit, weßhalb ich nicht kommen kann, so oft als ich wohl möcht', denn ich komme gern zu Ihnen in Ihr Theater," was er mit einigen Veränderungen bei jeder der tiefen Verbeugungen Karl's und während er die Treppe hinaufstieg, in einem fort wiederholte.

Dann hob sich der Vorhang und Direktor Karl trat auf die Bühne, um sich tief gerührt für den Allerhöchsten, hohen und zahlreichen Besuch auch eines verehrungswürdigen Publikums, das er von jeher geliebt und geschätzt, zu bedanken; der erste Theil seiner Rede drückte das in wohlgesetzten, tief empfundenen Worten aus, worauf es aber gerade war, als dächte er mit Mephisto:

„Ich bin des trocknen Tons nun satt!"

Denn er ergieng sich alsdann in den eigenthümlichsten, oft ganz burlesken Redensarten und Wendungen zur größten Erheiterung des Publikums.

Dann folgte die Posse „Unverhofft" von Nestroy und wurde von dem überfüllten Hause gut aufgenommen; doch störte die Anwesenheit des Hofes insofern, als die Aufmerksamkeit stets zwischen der kaiserlichen Loge und der Bühne getheilt war. Unter den Zuschauern, auch im Parterre, war die Damenwelt in einem prachtvollen Blumenflor reizender Wienerinnen vertreten und, wie es wohl zu geschehen pflegt, daß man sich unter so Vielen heraus immer und immer wieder von einem glänzenden Augenpaar angezogen fühlt, so ergieng es mir um so mehr, als dieses Augenpaar einer wundervollen Blondine, einem vielleicht achtzehnjährigen Mädchen, mit einer Haarfarbe, für die ich von jeher sehr empfänglich gewesen bin, angehörte.

Glücklicherweise fand diese Vorstellung im Karlstheater in der ersten Zeit unseres hiesigen Aufenthaltes statt, und es gelang mir, die Bekanntschaft jener jungen Dame zu machen, will aber darüber weiter hier nichts sagen, dagegen verrathen, daß diese Begegnung mir unvergeßlich blieb und mir später mit viel Wahrheit und wenig Dichtung zu einer Episode in meinem „Europäischen Sklavenleben“ diente.

Mein Freund Moritz, der mich immer noch wie einen lieben Schützling behandelte, hatte mir verschiedene Empfehlungs= briefe nach Wien, wo er längere Zeit gelebt, mitgegeben, die mir zu den angenehmsten, interessantesten Bekanntschaften ver= halfen. So lernte ich Saphir kennen, der mich zu einer Soiree einlud, wo sich eine Menge der literarischen und dramatischen Berühmtheiten Wiens aus jener Zeit versammelten, und wo ich mich mit meinem damals noch sehr kleinen Schrift= stellernamen und in meiner Bescheidenheit etwas verlegen als Mittelpunkt fand und fast zaghaft Ehrenbezeugungen empfieng, die auch zum guten Theil meiner Stellung als Sekretär des Kronprinzen von Württemberg galten. Bei Hammer=Purgstall, dem berühmten Geschichtschreiber des „Osmanischen Reiches“, sah ich auch zum ersten Mal Karl Gutzkow, war aber nicht sehr erbaut von der hochmüthig scheinenden Art, wie er mit herabgesenkten Augenlidern den jungen und allerdings noch unberühmten Kollegen empfieng und behandelte, während der alte Herr auf's liebenswürdigste und aufmunterndste über meine orientalische Reise sprach.

Direktor Karl, der damals noch im Theater an der Wien wohnte, gab mir ein heiteres und höchst amüsantes Diner, wo ich unter anderen Castelli, Scholz, den berühmten Komiker, und Nestroy sah, wo die Tafel auf einem niedrigen Billard und zwar so gedeckt war, daß auf der einen Seite die Herren, auf der andern die Damen saßen; „weil," wie mir Karl höchst ergötzlich erklärte, „in seinem Hause streng auf Trennung der Geschlechter gehalten würde." Leider entsinne ich mich nicht mehr, welche Damen an der Tafel und der höchst animirten Unterhaltung Theil nahmen und muß es auch bei dieser Gelegenheit wieder einmal tief bedauern, erst in späteren Jahren und zwar zu einer Zeit ein regelmäßiges Tagebuch begonnen und Notizen aus früherer Zeit aufgeschrieben zu haben, wo mein Gedächtniß nicht mehr im Stande war, manche interessante Persönlichkeiten, die ich in meinem bewegten Leben kennen gelernt habe, vor der Vergessenheit zu bewahren.

Von Wien wurde ein Abstecher nach Ofen und Pest gemacht, um dort Seine Kaiserliche Hoheit, Erzherzog Joseph, den Palatin von Ungarn, zu begrüßen; er war der Oheim

des Kronprinzen, da seine Gemahlin eine Schwester der
Königin Pauline war; wir machten die Reise auf der Donau,
wurden bei unserer Ankunft in Pest mit allen möglichen
Ehren empfangen und vom Ufer in kaiserlichen Equipagen
nach dem Schlosse in Osen geführt, wo Alles zu einem
wahrhaft festlichen Empfang für uns bereit stand; es dunkelte
schon als wir ankamen, weßhalb die ausgedehnten Appartements — der Obermedizinalrath Doktor von Hardegg und
ich hatten allein einen großen Saal und jeder zwei Zimmer
zur Verfügung — mit hunderten von Wachskerzen beleuchtet
waren, in welchem Schimmer wir bis zur Abendtafel behaglich auf- und abspazierten. Wir blieben mehrere Tage in
Osen und lebten mit der erzherzoglichen Familie im engsten
und vertrautesten Kreise; der Palatin selbst, damals schon
weit über sechzig Jahre alt, war ein kleines hageres Männ-
chen, mit einem schmalen Kopfe, der an der hohen Stirn
und der herabhängenden Unterlippe stark ausgesprochen den
bekannten habsburgischen Familienzug zeigte; er war sehr
leutselig und freundlich, plauderte gern und viel in gewinnenden Worten und mit heiteren Mienen; meistens trug er eine
Art von allerdings sehr einfachem ungarischem Costüm, schwarze
anliegende Beinkleider, hohe Stiefel, einen sparsam ver-
schnürten Rock, was ihn nicht besonders kleidete und wobei
er es sehr liebte, seine Hände in die Taschen des Beinkleides
zu versenken. Aus seiner dritten Ehe mit der Schwester der

Königin Pauline, einer Tochter des Herzogs Ludwig von Württemberg, hatte er zwei schöne liebenswürdige Töchter, von denen die ältere, Elisabeth, den Erzherzog Ferdinand heirathete und die jüngere, Marie, damals erst neun Jahre alt, heute Königin von Belgien ist. Letztere hatte damals noch keinen männlichen Begleiter und mußte sich mit Gouvernanten und Hofdamen begnügen, was ihr bei Spaziergängen, wo ein Kammerherr den Shawl ihrer Schwester trug, verdrießlich sein mochte; denn sie behielt ihn selbst auf dem Arm, um ihn dicht vor mir hergehend so lange nachschleifen zu lassen, daß ich mir schon erlauben mußte, um die Vergünstigung zu bitten, Ihrer Kaiserlichen Hoheit den Shawl tragen zu dürfen, was mir denn auch freundlichst und gnädigst bewilligt wurde.

Der Palatin hatte ein großes Gut in der Nähe von Pest mit bedeutender Oekonomie und Musterwirthschaft, prachtvollem Viehstand und einem hübschen Schlosse, wo wir nach Besichtigung des Ganzen einen sehr heiteren Abend verlebten, besonders, nachdem unser verehrter Reisechef durch einen seltsamen Zufall an einem abgelegenen Orte eingesperrt worden war, von wo er nach langem Klopfen und erst fast gegen Ende des Diners erlöst wurde, was den guten Erzherzog sehr in Besorgniß gebracht, dann aber Stoff zu herzlichem Lachen lieferte.

Damals war auch Erzherzog Stephan, der älteste Sohn

des Palatin, Statthalter von Böhmen, in Ofen zum Besuche, ein geistreicher und liebenswürdiger Prinz, der mich durch große Freundlichkeit auszeichnete, manchmal mit mir nach Pest fuhr, um mir dort irgend etwas Interessantes zu zeigen, worauf er dann später wohl, wenn wir zu Fuß nach Ofen zurückkehrten, häufig seinen Arm unter den meinigen schob. Sein Begleiter auf der Reise war ein stattlicher Offizier, kaum über dreißig Jahre alt, wenn ich nicht irre, Major bei den Ulanen; er hatte ein offenes kluges Gesicht, mit durchdringenden glänzenden Augen, sprach in einem scharfen Tone, kurz, bestimmt und stets zutreffend. Adjutant des Erzherzogs, war er zugleich dessen Hofmarschall und hieß Graf Grünne, derselbe, der später eine so große Rolle gespielt und mich nach Jahren bei heiteren und ernsten Gelegenheiten zum öftern in das kaiserliche Hoflager rief.

Erzherzog Stephan war von hoher eleganter Gestalt, hatte lebhafte Augen, offene geistreiche Züge, die im Kontrast zu seinen schwarzen Haaren und seinem kräftigen Backenbart stets bleich erschienen. Wie bekannt, wurde er nach dem Ableben seines Vaters Palatin von Ungarn, vermochte aber nicht der wilden Strömung des magyarischen Aufstandes kräftig genug zu widerstehen, wurde aus seiner glänzenden Laufbahn verdrängt und starb, unversöhnt mit seinem kaiserlichen Herrn, im Jahre 1867 zu Mentone.

Kurz vor unserer Rückkehr nach Wien besuchten wir bei

heißem Frühlingswetter und blendendem Sonnenschein, deß=
halb ohne weitere Vorsichtsmaßregeln in offenem Boote, die
Damen in leichten Toiletten, die Insel Alczut, die der Erz=
herzog mit hübschen Gartenanlagen hatte schmücken lassen, und
waren gerade auf's eifrigste mit einem vortrefflichen Frühstück
beschäftigt, als ein schweres Gewitter so gänzlich unvorher=
gesehen und mit so rapider Schnelligkeit, wie ich es nie er=
lebt habe, über unsern Häuptern stand, daß bei dem plötzlichen
Donner, Blitz und strömendem Regen an eine Rückkehr nicht zu
denken war. Die Prinzessinnen mit ihren Damen wurden auf's
nothdürftigste in einer Bretterhütte untergebracht, während wir
das ganze Ungestüm des Wetters über uns mußten ergehen lassen,
wozu der Erzherzog selbst das schönste Beispiel gab; ich vergesse
nie die Gestalt des alten Herrn, wie er mit der heitersten Miene
von der Welt, die Hände in seine Hosentaschen gesteckt, an
einem Baumstamme lehnte, während das Regenwasser reich=
lich an ihm hinabtroff. Bei der endlichen Rückfahrt halfen
wir, um uns vor Erkältung zu schützen, den Ruderern.

Nach herzlichem Abschiede, wobei es uns Allen war, als
verließen wir nicht ein so hohes Haus, sondern einen liebens=
würdigen Freundeskreis, kamen wir glücklich wieder in Wien
an, wo aber der Gedanke an die baldige Abreise von der
lieben Kaiserstadt schon betrübende Schatten über heitere Tage
warf, auch mußte viel in nothwendigen Besuchen und der=
gleichen geleistet und Einkäufe aller Art gemacht werden, bei

denen die Erwerbung der vier schönen Schimmel des Grafen
Zichy, von denen ich oben gesprochen, unserem lieben, ver=
ehrten, aber etwas sparsamen Reisechef, dem Baron Karl von
Hügel einen schweren Augenblick verursachten.

Schon vor unserer Tour nach Ungarn war des Kron=
prinzen Kammerdiener Zimmer an einem leichten Schleimfieber
erkrankt, und wenn wir ihn auch wieder ziemlich hergestellt an=
trafen, so war er doch zu schwach, um die weitere Reise mit fort=
setzen zu können und sollte deßhalb in kleinen Tagreisen direkt
nach Stuttgart zurückkehren. Das konnte nun sehr gut mit
dem Transport der vier Schimmel und eines Wagens, den
der Kronprinz gleichfalls gekauft hatte, vereinigt werden; doch
war dazu noch eine weitere Begleitung nothwendig, die denn
auch Graf Zichy in einem jungen Wiener Fiaker von außer=
ordentlicher Geschicklichkeit, der auch mich häufig gefahren, vor=
schlug. Da aber Graf Zichy, um seine Schimmel so geschont
als möglich bei uns ankommen zu lassen, dieselben auf der
langen Reise nicht anspannen wollte, so schlug er mir den
Ankauf zweier leichter ungarischer Gestütspferde vor, die wir
zu einem beispiellos billigen Preise bei einem Pferdehändler
gesehen, wobei er überzeugt war, daß ich dieselben zu einem
weit besseren Preise in Stuttgart wieder verkaufen könne.
Der Kronprinz war damit vollkommen einverstanden, unser
freundlicher Reisechef streckte mir die Ankaufssumme von drei=
hundert Gulden vor, ich war so auf unverhoffte Art Pferde=

besitzer geworden und die Karawane setzte sich eine Woche nach unserer Abreise in Bewegung. Der Fiaker Friedrich, der heute erster Leibkutscher des Königs ist, besorgte die vier Schimmel und Kammerdiener Zimmer kutschirte den Wagen mit meinen beiden Fuchsen.

Auf unserer weiteren Reise nach Berlin blieben wir ein paar Tage in Prag, wo wir im Palais des Statthalters am kleinen Ring — Erzherzog Stephan war unterdessen aus Ofen heimgekehrt — wohnten. Graf Grünne machte uns auf die liebenswürdigste Art die Honneurs der Stadt und des Schlosses, wobei ich mich noch erinnere, mit welch großem Interesse ich mich im Hinblick auf den künftigen Haushalt des Kronprinzen in alle so wohlgeordneten Details dieses Departements hier einweihen ließ. Von den vielen Sehens= würdigkeiten der böhmischen Hauptstadt erinnere ich mich noch ganz besonders des Hradschin mit seiner prachtvollen Lage hoch über der Stadt und der berühmten alten Land= stube, wo beim Fenstersturz der kaiserlichen Räthe Martiniz und Slawata die Leiden des dreißigjährigen Krieges be= gannen. Den Domschatz zeigte uns ein Priester, der nicht lange vorher einem Attentat auf die hier aufgehäuften Kost= barkeiten beinahe erlegen wäre, wovon er noch deutliche Spuren in einer tiefen, vernarbten Schädelwunde zeigte. Wallenstein's Schlachtroß, gesattelt und gezäumt, unten im Wallenstein'schen Palais, rief gerade hier nicht minder leb=

hafte Erinnerungen wach, als der heilige Nepomuk auf der Moldaubrücke, und mit wehmuthsvoller Poesie sah uns die alte Synagoge an, sowie der ehemalige Judenkirchhof mit den flüsternden Blättern seiner dichten Hollundergebüsche, deren duftende Blüthen als mildernde Gegensätze auf die starren, eng zusammen gerückten Grabsteine nickten, unter denen das erwählte Volk Gottes wohl noch weitere tausend und tausend Jahre dem Erscheinen des Messias vergeblich entgegenharrt.

Von Dresden, wo wir nur wenige Tage verweilten und im Hôtel de Saxe wohnten, blieb mir lebhaft das Museum mit seinen herrlichen Kunstschätzen im Gedächtniß, die prachtvollen Gebäude des Zwingers mit dem grünen Gewölbe, die Brühl'sche Terrasse, sowie ein Vorfall, der den Kronprinzen betraf und darin bestand, daß als ich mich eines Tages allein im Eßzimmer befand, unser Reisechef eilig hereinkam und mir den strengsten Befehl gab, einen Herrn, der sogleich erscheinen werde, nicht vor den Kronprinzen zu lassen, sondern diesen als unwohl zu entschuldigen. Kaum war Baron Hügel wieder verschwunden, als ich draußen lautes, etwas rücksichtsloses Reden hörte und dann einen ziemlich großen, vornehm aussehenden Herrn eintreten sah, der sich mir ohne Weiteres mit der Anrede näherte: „Hier wohnt doch der Kronprinz von Württemberg; sagen Sie ihm, daß ich ihn sehen will." Auf meine Entgegnung, der Kronprinz sei unwohl, machte er eine unmuthige Bewegung mit dem Kopfe, wehrte mich pantomimisch mit der Hand von sich ab und sagte brüsk: „Ach was unwohl, für mich, seinen Oheim, doch wohl nicht!" Damit schritt er der nächsten Thüre zu und ich wollte mich schon, aber wahrscheinlich sehr vergeblich, zwischen ihn und die Thüre stellen, als diese geöffnet wurde und der Kronprinz selbst, einen theuren Verwandten begrüßend, erschien und mich erlöste.

Es war Prinz Paul, der einzige Bruder des Königs Wilhelm von Württemberg; seit langen Jahren mit diesem verfeindet, lebte er in Paris und sollte jede Begegnung mit ihm möglichst vermieden werden; hier aber wollte es das Schicksal anders; Onkel und Neffe unterhielten sich geraume Zeit zusammen und hatten, wie ich später vernahm, Gefallen an einander gefunden.

Ueber unseren nun folgenden Berliner Aufenthalt weiß ich äußerst wenig Interessantes, eigentlich gar nichts zu berichten; auch machte nach Wien, Prag und Dresden die Stadt selbst mit ihren schnurgeraden, breiten, sonnigen und staubigen Straßen keinen besonderen Eindruck auf mich, nicht einmal die berühmten Linden. Potsdam allein, die prachtvolle Oase mit ihren herrlichen Gärten, ihrem reizenden Gemisch von Laubmassen, Blumenbeeten, Rasenplätzen, Fontänen und leuchtenden Wasserspiegeln, mit den so lebendigen Erinnerungen an den großen König, steht unverwischbar fest in meinem Gedächtnisse. Auch hier, wie überall, sahen wir rasch und gründlich, da uns königliche Equipagen durch die weitläufigen Parke führten und jedes Schloß, jedes der vielen reizenden Landhäuser und jedes Cottage zu unserem Empfange geöffnet war. Der Begleiter des Kronprinzen war Generallieutenant von Stockhausen, ein schon älterer Herr von jener damals noch so steifen, ja schroffen preußischen Prägung. Als ich ihm vorgestellt wurde, zuckte es ernsthaft in seinem Gesichte, und er schien trotz meiner Sekretärsuniform immer noch den mißrathenen Artillerieunteroffizier, der eigentlich ein Landwehrdeserteur war, zu sehen, hob dann aber mit einem kaum merklichen Lächeln wie warnend einen Zeigefinger empor und sagte: „Recht hübsche Sachen, die Sie da geschrieben, aber doch ein wenig aus der Schule geschwatzt!" worauf ich mir erlaubte, Seiner Excellenz zu erwiedern: daß das doch eine weit hinter uns liegende Schule sei, die sich ja heute schon mit Lehrern und Zöglingen bedeutend verändert und verbessert habe.

Den König Friedrich Wilhelm IV. sah ich damals nur sehr flüchtig und vorübergehend, wogegen mich Prinz Wilhelm, der heutige deutsche Kaiser, zuweilen ansprach und mir schon damals scherzhaft sagte: „Ich weiß ganz genau, daß Sie Landwehrdeserteur sind und daß wir das Recht hätten, Ihnen die Sieben" — als Nummer der siebenten Artilleriebrigade, zu der ich gehört hatte, — „wieder aufnähen zu lassen," — eine mich hochehrende Bekanntschaft des liebenswürdigen Prinzen, die mir später von großem Nutzen wurde.

Mit diesem Berliner Aufenthalt war unsere Reise, von der man sagte, der Prinz sei dabei auf die Brautschau gegangen, obgleich eigentlich nichts diese Benennung gerechtfertigt hatte, beendigt. Wir kehrten Alle gern wieder nach Stuttgart zurück; nur bedauerte ich, mit zwei so liebenswürdigen und gescheidten Männern, wie Baron Karl von Hügel, später Minister des Auswärtigen, und Obermedizinalrath von Hardegg nicht mehr in täglichem Verkehr zu bleiben; doch unterhielt ich mit ihnen ein freundschaftliches Verhältniß bis zu deren Tode und bewahre von Baron Hügel noch ein lithographirtes Porträt, das er mir nach der Reise gab und in humoristischer Weise mit der Unterschrift versah:

„Ihr unangenehmer Reisechef, und dennoch
aufrichtig ergebener Freund."

Endlich gegen Mitte Juni nach Stuttgart zurückgekehrt, fanden wir König Wilhelm im Begriff, seine alljährliche Sommerreise anzutreten; lange Jahre hatte Seine Majestät die Seebäder in Livorno besucht, gieng aber dießmal nach Meran und später an den Comersee, wo er einen längeren Aufenthalt nahm. Ich erwähne dieß, weil dort die ersten Schritte gethan wurden, um ihn für eine Verbindung seines Sohnes mit der Großfürstin Olga zu gewinnen, zu welchem Zweck Baron Meyendorf, der russische Gesandte in Berlin, der damals Italien bereiste, den König besuchte, um ihn in sehr diskreter Weise zu sondiren; doch war er damals für diese Heirath noch nicht zu gewinnen, ja warf die Idee scheinbar weit von sich, doch blieb immerhin ein Keim zurück, der, wohl gehegt und gepflegt, sich später entwickelte und seine Früchte getragen hat. Daß die Großfürstin von außerordentlicher Schönheit, auch liebenswürdig, kunstsinnig und verständig sei, war allgemein bekannt, und das segensvolle Andenken, in dem die verstorbene Königin Katharina von Württemberg, gleichfalls eine russische Großfürstin, noch in Aller Erinnerung lebte, war wohl geeignet, allgemein auch für diese Verbindung zu begeistern.

Doch war es, wie eben schon bemerkt, nicht ganz leicht, den König so lebhaft dafür zu interessiren, um ihn zu veranlassen, sich weiteren Schritten zugänglicher zu bezeigen. Der Kronprinz selbst dachte überhaupt damals noch nicht daran, sich zu verheirathen; fühlte er sich vorläufig doch ganz behaglich in den Kreisen, die er sich theils selbst geschaffen, oder in die er, um mit bedeutenden geistreichen Männern in fester Verbindung zu bleiben, eingetreten war. Auch hatte er ein Werk begonnen, das ihn außerordentlich beschäftigte und von dem ich im nächsten Kapitel etwas ausführlicher erzählen muß.

Zehntes Kapitel.

Zur Brautschau nach Palermo.

Außer den Hoffreisen, wenigen Bekannten des Kron=
prinzen und den Mitgliedern der Gesellschaft „Glocke" wußte
man sehr wenig von der Person des Kronprinzen selbst, sowie
von seinem Leben und Treiben; auch war, was von Letzterem,
gewöhnlich sehr entstellt, in die Oeffentlichkeit kam, nicht von
der Art, daß es ein gutgemeintes Interesse für ihn erweckt
hätte; am Militärwesen hatte er keine Freude, ritt und fuhr
selten aus, und auch seine Spaziergänge beschränkten sich auf
einen kleinen Theil des Schloßgartens. Der König hatte ihm
Sitz im geheimen Rath ertheilt, doch bezeigte er auch da kein
großes Interesse für die freilich trockenen Geschäfte; er blieb
durch alles das unbekannt für die große Menge. Und doch
hätte ich ihn derselben gern näher gebracht, hätte gern seine
Leutseligkeit und Freundlichkeit im Umgange verwerthet, seine

Liebe für die Kunst auch öffentlich Früchte tragen lassen, kurz, ihn zu einer Schöpfung ermuntert, die seinen Namen bekannter werden ließ und die ihn den Leuten dadurch näher brachte, daß er genöthigt war, mit Manchen in persönlichen Verkehr zu treten und daß er zum Verdienst für die arbeitenden Klassen beitrug.

Seit unserer Rückkehr aus Italien hatte er schon öfters die Idee ausgesprochen, sich auf einem der vielen schönen Punkte in der lieblichen Umgebung Stuttgarts ein Landhaus zu bauen, kein Schloß wie den Rosenstein, auch keine unwohnlichen Räume wie die in ihrer Art allerdings unübertroffen dastehende Schöpfung König Wilhelm's, die Wilhelma, in ihrer Originalität und der prächtigsten, korrektesten Ausführung des edlen maurischen Geschmacks heute noch das Sehenswertheste in Stuttgarts Umgebung; nein, es sollte ein hübsches Landhaus werden, in edlen Formen, mit bequemen Räumen, schöner Aussicht, in einem freundlichen Parke gelegen, und nachdem dieß Programm feststand, gieng ich auf die Suche nach einem geeigneten Platze. Lange vergeblich, bis mir eines Tages Prokurator Schott, der vortreffliche Mann und Volksfreund im edelsten Sinne des Wortes, mit dem wie mit seiner Familie ich in freundschaftlichstem Verkehr geblieben war, die Stelle zeigte, wo heute bei Berg die Villa des damaligen Kronprinzen steht.

Als ich auf Weinbergspfaden zum ersten Mal da hinauf

kam, war ich geblendet von der wundervollen Rundschau und
am andern Tage beglückt von demselben mächtigen Eindruck,
den der herrliche Punkt auch auf den Kronprinzen machte.
Nun mußte die Erlaubniß des Königs direkt und auf Um=
wegen nachgesucht werden, was denn auch Beides so gut
gelang, daß er sich nicht nur mit dem Projekte zur Erbauung
eines Landhauses einverstanden erklärte, sondern auch für den
Ankauf der Grundstücke und die ersten Arbeiten eine mäßige
Summe aussetzte und mich dabei persönlich ermahnte, recht
langsam zu bauen, damit das Interesse seines Sohnes an
den Arbeiten selbst rege bleibe und damit er sich daran ge=
wöhne, die Summen zu dergleichen Phantasieen nur aus seinen
Ersparnissen zu nehmen. Von Ersparnissen bauen! Daran
hatte eigentlich weder Herr noch Diener gedacht, wie denn
überhaupt der finanzielle Punkt der schwächste des ganzen
Unternehmens war und blieb. Wer aber, besonders von den
vielen Tausenden Einheimischer und Fremder, die sich an dem
stolz und herrlich dastehenden Bau, wie er heute in edler
künstlerischer Vollendung auf seinem Hügel thront, schon er=
freut haben, wird es mir verargen, daß ich damals mit leichtem
Sinne begann und nicht vor der Verantwortung zurückschreckte,
Schulden auf den Namen des Kronprinzen zu machen! Auch
wäre der Bau ohne die Verheirathung desselben mit einer
reichen russischen Prinzessin und nach den ersten Entwürfen
des Architekten Leins in weit bescheideneren Verhältnissen

geblieben. Leins, der kurz vorher von Paris zurückgekehrt war, wo er fleißig studirt und in bedeutenden Ateliers gearbeitet, hatte sich hier schon durch Zeichnungen und Pläne, auch durch kleine praktische Ausführungen, die durch edle Verhältnisse hoch über die mittelmäßigen Bauten des damaligen Stuttgarts emporragten, bemerkbar gemacht, war nebenbei auch Glockenbruder und von dem damals schon gewaltigen Etzel dem Kronprinzen persönlich auf's dringendste empfohlen worden. Er entwarf rasch einen Plan, der angenommen wurde, und als ich die nöthigen Grundstücke zu einem für die damalige Zeit nicht billigen Preise erworben, begann eine rege Thätigkeit auf dem bisher so einsam gelegenen Hügel. Dadurch schon hatte ich einen Theil meines Zweckes erreicht, der Name des Kronprinzen war günstig in Aller Munde, man freute sich darüber, daß er gerade diesen schönen Punkt erwählt, daß durch den Ankauf der Güter manchem unbemittelten Weingärtner geholfen worden war und daß der Bau des Landhauses selbst Handwerkern aller Art guten Verdienst verschaffen würde. Damals war ein solcher Bau noch ein Ereigniß; denn mit der Bauthätigkeit Stuttgarts war es so schlecht bestellt, daß dem Könige vom Stadtschultheißen Gutbrod in einem Bericht aus jener Zeit gesagt wurde, die Stadt fange trotz alledem wieder an sich zu vergrößern, denn es seien bereits zwei Neubauten angemeldet!

Mit dem Beginn des Baues gieng noch etwas anderes,

was mich spezieller betraf, Hand in Hand; denn wenn der Kronprinz Pläne machte über die künftige Einrichtung seines Landhauses sowie die Schaffung eines schönen Parkes, so bedauerte er, nachdem kaum die ersten Spatenstiche zum Fundament geschehen, daß er nicht jetzt schon ein kleines Grundstück habe, wo er auf eigenem Grund und Boden seine Freunde und Bekannten auch im Freien bei sich sehen könne, wobei ihm besonders die artige Idee vorschwebte, der Glockengesellschaft heitere Herbstfeste veranstalten zu können. Ja, diesen Wunsch hielt er mit solcher Lebhaftigkeit fest, daß er mir gegen den Herbst 1845 den Befehl gab, nach einem solchen, nicht gerade an der Landstraße gelegenen Garten zu fahnden und ihn, wenn er mir passend erschiene, zu kaufen oder zu miethen.

Nun wußte ich allerdings einen solchen Garten, wo ich in angenehmer Gesellschaft manch heitere Stunde verlebt, herrlich auf der Höhe des Eßlingerberges gelegen, mit einem unvergleichlichen Blicke auf das Neckarthal; auch entsprach er insofern allen seinen Wünschen, als er seitwärts von dem wenig besuchten Weg nach Gablenberg, dort umgeben von Haide und geringen Weinbergen, wie eine schattige Oase lag. Er gehörte einem unbemittelten Photographen, der ihn trotz seiner wahrhaft poetischen Schönheit nicht zu verkaufen vermochte, weil vor Jahren dort ein Duell mit sehr unglücklichem Ausgange stattgefunden, wo bei regelloser Flucht der Betheiligten die Leiche des Erschossenen über Tag und Nacht liegen geblieben war. Ja, als ich selbst, mit diesem Vorgange bekannt, zum ersten Mal in diese stille Einsamkeit unter die mächtigen, dichten Schatten gebenden Bäume trat, deren Blätter im Lufthauche leise flüsterten, konnte ich mich eines eigenthümlichen Gefühles nicht erwehren; trug doch Alles hier, die verwahrlosten Wege und Beete, umgestürzte Steinsitze, zerbrochene Tische, wucherndes Unkraut, kurz Alles so sehr die Spuren des Verfalls, daß man hätte glauben können, der Garten sei seit jenem Vorfalle nie mehr betreten worden. Und doch ergriff mich gleich damals die wunderbare Schönheit dieses einsamen Platzes, zugleich aber der unvergleichliche schöne Blick auf die sanft geschwungenen Berge jenseits des Neckars und auf dunkle Tannenwälder, die sich östlich an den Abhängen der Eßlingerberge zeigten. Von Stuttgart selbst sah und hörte man so wenig, daß man hätte glauben können, meilenweit von der Stadt entfernt zu sein, und auch das vermehrte das Gefühl behaglichen Alleinseins. Welche Lust, hier ordnen und neu schaffen zu können; gern überließ ich mich, auf einer alten Steinbank sitzend, solchen Phantasieen und sah schon ein Tusculum, wie es häufig in meinen wachen Träumen vorkam, um mich entstehen, bis ich — in Wirklichkeit recht gedankenvoll — nach der Stadt zurückkehrte.

Schon am andern Tage erschien der Besitzer des Gartens, der von meinem Besuche droben gehört hatte, bei mir und bot denselben zu einem sogar für die damalige Zeit außerordentlich billigen Preise an, wollte sich mit einem kleinen Angeld und kleinen Zielern begnügen, kurz, stellte mir so günstige Bedingungen, daß ich mich nicht lange besann und sogleich einen bindenden Kaufvertrag aufsetzte. Als ich dem Kronprinzen dieß Resultat meiner Nachforschungen berichtete, meinte er lachend, ich solle den Garten als für mich gekauft betrachten und ihm das Angeld als erste Jahresmiethe anrechnen.

So war ich denn Gartenbesitzer geworden, was nicht lange verschwiegen blieb, und da ich auch meine beiden Pferde noch hatte, so gab das in kurzer Zeit ein recht artiges Gerede in der guten Stadt Stuttgart, bei dem mein Name natürlicherweise nicht zum besten wegkam. Und doch war die Sache mit dem Garten so unverfänglich, wie ich eben erzählt, und was die Pferde anbelangte, kostete mich ihre Unterhaltung während der kurzen Zeit, als ich sie besaß, Sommer und Herbst 1845 kaum mehr, als mich zu meinen Fahrten, zu Ausflügen, Landpartieen, sowie beim begonnenen Villabau, wo ich oft zweimal täglich anwesend war, nur die Lohnkutscher gekostet hätten. Doch gab es manche unter den biedern und gutmüthigen Schwaben, die sich das nicht entgehen ließen, um mir tüchtig Eins anzuhängen, weßhalb mir selbst Taubenheim den Rath gab, die Pferde so bald als möglich zu verkaufen, was aber ohnedieß in meiner Absicht lag, und so nahm sie mir der Graf Salm-Hoogstraten am Anfang des Winters zu einem guten Preise ab. Es waren gutmüthige, schnelle und elegante Pferde von ungewöhnlicher Ausdauer und ich freue mich heute noch, manchen jener guten Freunde damit ausgiebig geärgert zu haben, wie zum Beispiel, wenn ich Abends nach der Vorstellung im Cannstatter Theater allen bis auf die königlichen Wagen vorbei- und vorausfuhr.

Kurz nach unserer Rückkehr von Berlin begann König Wilhelm das Hoftheater umzubauen, wobei die letzten Spuren jenes wundervollen Renaissancebaues, des alten herzoglichen Lusthauses, weggerissen, eingemauert, kurz, zum Herzeleid wohl jedes kunstsinnigen Bauverständigen, völlig verwischt und zerstört wurden. Schon der erste Einbau der Theaterräume unter König Friedrich hatte dem in Deutschland einzig in seiner Art dastehenden Prachtbau den größten Schaden gethan; doch wäre eine Herstellung immerhin noch möglich gewesen; wer aber konnte und mochte dafür wirken? Der König war in solchen Dingen als sehr eigenwillig bekannt und alles, was nicht arabischen Baustil betraf, selbst die wundervollsten Gebilde der Renaissance, warf er unter dem gemeinsamen Namen „Zopf" weit von sich. Wenn ich damals schon, wie viele Jahre später, durch meine Stellung die Berechtigung und Pflicht gehabt hätte, mich um die königlichen Bauten zu bekümmern, so würde ich doch den Versuch gemacht haben, für die Erhaltung jenes unersetzlichen Kunstwerkes zu wirken.

Wer nicht die herrlichen Zeichnungen des Architekten Beisbarth von dem ehemaligen Lusthaus kennt, oder wer nicht die damals noch vorhandenen, immerhin noch großartigen Reste sah, wird nicht im Stande sein, sich einen Begriff von der Schönheit des Gebäudes zu machen, das dem heutigen, sowohl von innen als außen geschmacklosen Theaterbau mit seinen unpraktischen Einrichtungen weichen mußte. Die Ost=seite gegen den Schloßgarten zu, mit ihren frei aufsteigenden Treppen, ihren phantastischen Karyatiden, ritterlichen Figuren, viele mit Namen und Porträtähnlichkeit, mit ihren zahlreichen dorischen Säulen und wundervollen Kapitälen war noch ziemlich unversehrt erhalten; auch der imposante Giebel gegen den Schloßplatz zu zeigte noch seinen schön gegliederten Auf=bau, mit dem Steinbildnisse des Baumeisters, der, Winkelmaß und Zirkel in Händen, sich oben aus einem Fenster beugte, während hoch auf dem Dache die sogenannte Wetterhexe wie noch heute mit dem rechten Arm nach dem kommenden Winde wies.

Als ich eines Tages bei dem neuen Theaterbau vorüber=gieng, wo gerade neue Fundamente, auch zu dem Uebergange vom Schloß in's Theatergebäude, gelegt wurden, sah ich zu meinem Schrecken, wie man im Begriffe war, dazu von jenen Säulen, Kapitälen, Treppenstufen, Balustraden, Konsolen, kurz von allem, was dort entfernt worden war, zu nehmen, und suchte sogleich den Kronprinzen auf, dem ich die Wichtigkeit dieses Materials für unseren Villabau begreiflich machte, wobei ich ihn bat, sich bei dem Könige zu verwenden, daß uns die alten Steine zugewiesen würden. Das that er auch, und da auch ich auf meinem bekannten Umwege kräftig zu wirken im Stande war, so sagte mir der König schon am andern Tage lachend: „Nun ja, wenn Ihnen an dem alten Zeug gelegen ist, so nehmen Sie es immerhin," worauf ich denn viele Wagen mit Säulen, Steinen und Trümmern beladen und zum Villabau führen ließ, wo sie heute noch im Baue selbst und zu Veranden zusammengestellt, einen interessanten Schmuck des schönen Parkes ausmachen. Die oben erwähnten Ritter= figuren erhielt Graf Wilhelm von Württemberg und sie sind heute noch auf dem wegen seiner schönen Lage und aus Hauff's herrlicher Dichtung bekannten und berühmten Schlößchen Lichtenstein auf der schwäbischen Alb zu sehen.

Um das zahlreiche Opern= und Schauspielpersonal, die Hofkapelle und das Ballet während der Zeit jenes Umbaues nicht müßig gehen zu lassen, sowie auch, um selbst die Theater= vorstellungen nicht zu entbehren, ließ der König im weißen Saal des Schlosses eine provisorische Bühne einrichten, mit einem ziemlich großen Zuschauerraum, zu welchem das Oberst= hofmeisteramt gratis die Billete vertheilte; doch mußte man in Gesellschaftstoilette kommen und sich, was Beifallsbezeu= gungen anbetraf, taktvoll benehmen. Taubenheim, Viceoberst= stallmeister geworden, war endlich von der Leitung des Theaters

befreit und ein neuer Intendant, Baron von Gall, aus Olden=
burg berufen worden, den ich zum erſten Mal bei einer der
Aufführungen im weißen Saale ſah. Auch hatte Fräulein.
von Stubenrauch dieſe Zeit des Theaterumbaues benützt, um
nach ziemlich langem und künſtleriſch ſchönem Wirken gänzlich
von der Bühne zurückzutreten; ich werde nie die Vorſtellung
vergeſſen, in der ſie von dem ſich einmal ausnahmsweiſe recht
erkenntlich zeigenden Publikum Abſchied nahm. Es war Gri=
ſeldis, in welcher Rolle ich ſie zum erſten Mal unter ganz
anderen Verhältniſſen geſehen. Moritz hatte mich damals auf .
die Schönheiten ihrer Darſtellungen aufmerkſam gemacht und
wußte des Lobes für die Kollegin, die er zu jener Zeit
ſchwärmeriſch verehrte, nicht genug zu finden. Doch waren
die freundſchaftlichen Beziehungen zwiſchen Beiden während=
dem erkaltet, ja, das Verhältniß hatte ſich feindſelig geſtaltet,
woher es denn auch wohl kam, daß Parcival jene bekannten
Worte: „Fahr hin, Griſeldis, deine Zeit iſt um!" — mit
einem ſo höhnenden Ausdruck rief, daß es mich förmlich durch=
ſchauerte. Was die Urſachen jener Feindſchaft waren, vermag
ich nur nach Vermuthungen anzugeben, glaube aber, daß
Moritz, der kurz vorher und nicht ohne Zuthun ſeiner ehe=
maligen Freundin zum Oberregiſſeur des Hoftheaters ernannt
worden, wohl den größten Theil der Schuld daran trug.
Vortrefflicher Schauſpieler und liebenswürdiger Geſellſchafter,
hatte er eine wild bewegte Vergangenheit hinter ſich und

Episoden aus seinem Prager und Wiener Schauspielerleben,
die er eben so lebendig als amüsant zu erzählen wußte, hätte
man füglich den Memoiren Casanova's anreihen können; in
Wien hatte sich Moritz, der mit seinem wirklichen Namen
Mürremberg hieß, mit einer schon älteren Dame, Baronin
Schlutizky, vermählt, sich aber nach kurzer Zeit, ohne gesetzlich
geschieden zu sein, wieder von ihr getrennt, und damals war
auch jenes langjährige Freundschaftsband zerrissen worden.
Damit aber, wenn gleich nicht in unmittelbarstem Zusammen-
hange, fieng Moritz's Stern an zu erbleichen, um, aber erst
nach langen Jahren, in Nacht und Grauen unterzugehen.
Eine Allerhöchste Ungnade hatte ihn tief getroffen, und wenn
er sich auch nach gesetzlich durchgeführter Scheidung mit einem
jungen, liebenswürdigen Mädchen, Fräulein Röckel, einer Verwandten Richard Wagner's, verheirathete, so konnte er doch
ebensowenig dem Glück gebieten, ihm wie bisher treu zu
bleiben, als ihn zu verjüngen und Vieles in seiner Vergangenheit ungeschehen zu machen. Kaum ein Jahr nach seiner
Verheirathung — er stand in einem Alter von sechsundvierzig
Jahren — vernahmen wir mit großer Trauer, Moritz sei
von einem Schlaganfall betroffen worden; doch war dieß nicht
der Fall, vielmehr zeigte sich die plötzlich eingetretene Lähmung
seiner Füße leider bald genug als der Anfang eines Rücken-
markleidens, an dem er volle zwanzig Jahre unter unbeschreiblichen Leiden bis zu seinem Tode hinsiechte. Da er

bald darauf Stuttgart verließ, so traf ich ihn nur im Fluge auf Reisen wieder und stets, so oft ihn nicht gerade seine Schmerzen peinigten, voll Humor mit dem gleichfrischen Organ wie früher; so erklärte er mir einstmals seinen Zustand, indem er sagte: „Stellen Sie sich vor, mein ganzer Körper ist wie ein einziger durch und durch hohler Zahn, der in beständigem scharfem Zugwinde steht." Zuletzt sah ich ihn in Wien gegen Ostern 1868, wo mir Laube von ihm sagte: „Sie werden einen fast todten Mann mit einem lebendig gebliebenen Kopfe finden," was auch auf's genaueste seinen fürchterlichen Zustand charakterisirte. Kurz vorher hatte Hofschauspieler Karl Grunert aus Stuttgart auf dem Burgtheater gastirt und nicht besonders gefallen, und ebenvorher war in München die Frau des Grafen Chorinski, eine geborene Ruoff von Stuttgart, die früher am Hoftheater in unbedeutenden Rollen beschäftigt gewesen war, von Julie Ebergeny ermordet worden, auf welche beiden Begebenheiten der unglückliche Moritz nach den ersten herzlichen Begrüßungen zu reden kam. Schon im Vorzimmer vernahm ich seine immer noch kräftige und laute Stimme mit dem schnarrenden R, als er mir zurief: „Wie frrreut es mich, daß Sie mich besuchen" — ach, es war mir furchtbar, ihn so zu sehen — erblindet, an Händen und Füßen vollständig gelähmt — „haben Sie es denn schon gehört," rief er darauf in möglichst heiterem Tone, „daß dieser Grunert das Unglaubliche möglich gemacht hat, im Burgtheater vor leeren Bänken zu gastiren?" Dann kam er auf die Chorinski'sche Geschichte und sagte: „Vor langen Jahren habe ich ihn, er war damals noch ein Bube, auf einer Rheinreise gesehen und damals schon ein sauberes Früchtlein an ihm erkannt." Auch die Ruoff kam nicht viel besser weg, er erinnerte sich ihrer als eines kleinen dummen Mädels, das sich in's Parterre des Theaters Eintritt zu verschaffen suchte auf selbst geschriebene Anweisungen: — „Ich, Herr Moritz, befehle, daß man der Ruoff ein Theaterbillet gebe."

So unterhielt er uns wenige Wochen vor seinem Tode von vergangenen Zeiten, während wir, meine Frau und ich, tief betrübt an seinem Schmerzenslager saßen, ich lebhaft an meine erste Stuttgarter Zeit denkend und mich auf's dankbarste der vielen Güte und Freundlichkeit, die er mir damals bewiesen hatte, erinnernd. Seine Frau hatte sich schon seit Jahren von ihm getrennt und eine schon erwachsene Tochter aus früherer Zeit liebevoll seine Pflege übernommen. Wenn er auch in manchem gefehlt, so hatte er nun auch furchtbar gelitten, was schon allein unsere Erinnerung an ihn klären müßte, wenn wir uns auch nicht vergegenwärtigen wollten, daß er ein warmes Herz für seine Freunde besaß, daß er nie besser scheinen wollte, als er war, und daß ihm Heuchelei und Egoismus ferne blieben. —

Unterdessen war der Bau der kronprinzlichen Villa nach

besten Kräften gefördert worden, ohne daß indessen gegen den Herbst 1845 viel mehr zu sehen gewesen wäre, als der Anfang des Sockelgemäuers. Wir hatten bis dahin ziemliche Terrainschwierigkeiten zu überwinden gehabt, mußten von Berg eine neue Straße auf den Bauplatz bauen und ich nahm zu gleicher Zeit die Anlegung des Parkes in Angriff, für den mir Graf Neipperg, der große Gartenkundige, einen jungen Mann, Namens Neuner, empfohlen hatte, der denn auch in einigen Jahren dort oben Park und Gartenanlagen in's Leben rief, die heute noch die Bewunderung aller Fremden sind, welche Stuttgart besuchen. Da es auf der Höhe des Hügels an Wasser fehlte, so mußte sogleich am Fuße des Neckars ein Druckwerk erbaut und eine Wasserkraft zum Treiben desselben gekauft werden, alles Dinge, die Mühe kosteten und nicht nur Zeit, sondern auch Geld in Anspruch nahmen, das seinerseits wieder und oft recht mühsam beschafft werden mußte. Doch will ich ehrlich gestehen, daß trotz alledem jene Zeit des Wirkens und Schaffens heute noch im hellsten, glückseligsten Lichte vor mir steht und später kaum durch die Lust übertroffen wurde, mit der ich an die Bearbeitung meines eigenen kleinen Grundstückes auf der Höhe des Eßlingerberges gieng. Fast täglich Nachmittags, wenn meine vielfache Beschäftigung beim Villabauwesen beendigt war, gieng ich durch die schöne Berghalde, in der das Dörfchen Gablenberg liegt, zu meinem Garten hinauf, Pläne machend, und saß dann droben im

Genuß der herrlichen Aussicht auf einer alten Steinbank. Was konnte hier nicht alles geschaffen werden, doch gehörte Zeit und Geld dazu. Letzteres fehlte mir ganz besonders, weßhalb ich mich vorläufig mit Entwürfen begnügen mußte, aber auch das war mir eine Seligkeit; war doch der Platz so geeignet, um etwas Schönes daraus zu schaffen, und ich kam mir oft vor wie der Künstler angesichts seiner großen weißen Leinwand oder wie der Bildhauer, der daran ist, ein gutes Stück Marmor in Angriff zu nehmen.

Etwas war hier oben allerdings schon geschehen, da der Kronprinz, der es nicht erwarten konnte, seinen Glocken= herbst zu veranstalten, befohlen hatte, die Wege und Plätze, die Gebüschgruppen und dergleichen in einen ordentlichen und reinlichen Zustand zu versetzen. Auch ein kleines Gartenhaus mußte gereinigt und etwas hergestellt werden, und als das Ganze solchergestalt präsentabel gemacht worden war, er= giengen die Einladungen zu jener großartigen Herbstfeier, der sich gewiß alle Betheiligten, die heute noch leben, mit Vergnügen erinnern werden. Begreiflicherweise waren nur Herren, wenige außer der Glockengesellschaft, eingeladen, doch Elemente genug vorhanden, um die Heiterkeit zur Lust, die Lust zur Ausgelassenheit zu steigern. An der Aussicht gegen das Neckarthal war eine Batterie kleiner Geschütze aufgefahren, die von dem Eigenthümer derselben, dem Grafen Wilhelm von Württemberg, so wirkungsvoll kommandirt wurde, daß der Donner majestätisch durch's Neckarthal rollte, und daß schon bei der dritten Salve eine leichte Holzbalustrade zersplittert in die Luft geschleudert wurde. Ein riesiger Korb auf rasch improvisirtem Untersatz trug reife Trauben, aus großen Kannen wurde süßer Most kredenzt, zwischen dichten Gebüschen spielte eine Musikbande und mit dem Souper für später 'war der Küchenmeister des Kronprinzen, der würdige Steib, beschäftigt. Nur sehr wenige von den Eingeladenen waren „zu ihrem Bedauern" verhindert an dem Fest Theil zu nehmen, unter ihnen Dingelstedt, der aber dafür mit großer Porträtähnlichkeit in Lebensgröße und in voller Uniform gemalt dargestellt wurde, und dem statt der Cigarre brennende Schwärmer zur allgemeinen Ergötzlichkeit in den Mund gesteckt wurden.

So lange es indessen noch Tag war, nahm die Lust ihren ziemlich geregelten Verlauf; sowie es aber einmal dunkel geworden, konnte man sich kaum der hin= und herzischenden Schwärmer, der krachenden Frösche und der Feuerbälle aus direkt auf den Leib gehaltenen Leuchtkugelhülsen erwehren. Auch war ein großes Feuer angezündet worden, durch dessen hochlodernde Flammen jeder ohne Ausnahme der Person und des Standes und insofern mit Hindernissen springen mußte, als sich im Augenblick des Sprunges Schwärmer und Frösche massenhaft unter ihm entzündeten. Für die Abbrennung eines geregelten Feuerwerkes, Raketen, Räder, Sonnen und dergleichen, sollte der dazu bestellte Verfertiger sorgen, doch mußte sich ein unglücklicher Schwärmer dorthin verirrt haben, denn wie wir noch mit dem Feuersprunge beschäftigt waren, gieng drüben die ganze Geschichte los, und man war kaum im Stande, sich vor den Kanonenschlägen und wie toll hin- und herschießenden Raketen zu schützen, so daß ich mich sehr erleichtert fühlte, als ich endlich zum Souper in dem kleinen Gartenhause mit der großen Gesellschaftsglocke, die an einem Baume aufgehängt war, läuten durfte; doch sollte es auch bei dem Souper nicht ganz ohne Unfall abgehen; denn als nach dem Champagner eine vortreffliche kalte Bowle servirt wurde, erhob sich einer der beliebtesten Glockenbrüder, um nach einem wohlangesetzten Toast auf den Kronprinzen-Protektor seine Pistole in das riesige Porzellangefäß abzuschießen, so daß es in unzählige Stücke zersprang und uns das süße Getränk und die Scherben um die Köpfe flogen. Damit durfte aber mitten in der Lust noch lange nicht aufgehört werden, sondern nicht nur neues Getränke, sondern auch neues Feuerwerk mußte schleunigst herauf beordert werden, so daß wir erst nach Mitternacht jubelnd und singend mit brennenden Fackeln nach der Stadt zurückkehrten.

Drunten vor der Stadt wurden die Fackeln unter dem Rufe: „Heil unserer Glocke, heil!" zusammen geworfen, und ich begleitete den Kronprinzen nach Hause, das heißt, nachdem wir, wie häufig bei ähnlichen Gelegenheiten, wohl noch

eine Stunde lang auf dem Trottoir vor dem Schlosse gelust=
wandelt, wobei er von dem Feste als einem äußerst gelungenen
sprach.

Das war es auch in der That gewesen, uns allen un=
vergeßlich, besonders weil es mit demselben jene an sich so
harmlosen Zusammenkünfte abschloß, denen so viel und so
ohne allen Grund Gehässiges, ja Boshaftes nachgesagt wurde.
Es war das Ende unserer Sturm= und Drangperiode, da
auch bald darauf an den Kronprinzen eine wichtige und
ernste Lebensentscheidung in dem nun deutlicher werdenden
Projekte seiner Verheirathung herantrat.

Am russischen Kaiserhofe war man trotz dem sonst so
allmächtigen Czaren Nikolaus bis jetzt mit den Familien=
verbindungen nicht besonders glücklich gewesen. Großfürstin
Maria, die älteste Tochter, hatte des zärtlichen Vaters Ein=
willigung zu ihrer nicht standesmäßigen Verheirathung mit
dem Herzog von Leuchtenberg, einem schönen Offizier des
Königs von Bayern, schließlich erlangt; Großfürstin Alexandra,
für die man auf den Palatinus von Ungarn, Erzherzog
Stephan, gerechnet, mußte sich mit einem Prinzen des darm=
städtischen Hofes begnügen, und so war es wohl begreiflich,
daß Kaiser Nikolaus für seine jüngste und schönste Tochter,
die Großfürstin Olga, sorgfältig Umschau hielt, um diese
standesgemäß zu verheirathen und deßhalb auf den Thronerben
von Württemberg kam. Wer es wiederholt versucht hatte,

König Wilhelm für die Partie zu gewinnen, weiß ich nicht genau anzugeben, wohl aber, daß Fürst Gortschakoff, der allgemein als glücklicher Vermittler gepriesen wurde, durchaus nicht im Stande war, auf den Kronprinzen oder auf den König unmittelbar einzuwirken. Letzterem mochte wohl bei den sich schon damals schwer gestaltenden Zeiten ein mächtiger Verbündeter, wie der Kaiser von Rußland, wünschenswerth sein, es hat sich auch diese Voraussicht bei dem Nikolsburger Frieden im Jahre 1866 glänzend bewährt, während es dem Kronprinzen schmeichelte, die schönste Kaiserstochter gewinnen zu können, und da neben diesem Ruf sie auch den der Güte, der Liebenswürdigkeit und eines verständigen, fein gebildeten Geistes hatte, so ermangelte auch ich nicht, bei den stunden=langen Reden, die mir der Kronprinz über diesen Gegenstand hielt, den Funken anzublasen und das Feuer zu schüren. Da wurde eines Morgens Fürst Gortschakoff, der russische Ge=sandte, von dem Generaladjutanten und Oberstkammerherrn des Königs, Freiherrn von Spitzemberg, zu einer vertraulichen Unterredung eingeladen. Die Sache wurde besprochen, beider=seitig für annehmbar gefunden und unter dem Rückhalt und der Voraussetzung gegenseitigen Gefallens abgeschlossen. Als Czar Nikolaus diese Meldung erhielt, soll er auf's angenehmste überrascht zu Orloff gesagt haben: „Ich habe bis jetzt immer noch an der Einwilligung des Königs von Württemberg ge=zweifelt."

Die Kaiserin von Rußland befand sich damals mit ihrer Tochter zum Winteraufenthalt auf einem viel gerühmten, reizenden Landhause bei Palermo, wohin sie Kaiser Nikolaus begleitet hatte, der nun zurückkehrend in Venedig war, wo er den Kronprinzen von Württemberg zu sehen wünschte, ehe dieser als Brautwerber nach Sizilien zöge, weßhalb in aller Hast die umfassendsten Reisevorbereitungen gemacht wurden.

Dießmaliger Reisechef war, als dem Czaren bekannt und genehm, der oben erwähnte General von Spitzemberg, ein schon älterer Herr und eine höchst eigenthümliche Persönlichkeit. Von einer französischen Familie abstammend, hatte er trotz seines langjährigen Aufenthaltes in Württemberg die deutsche Sprache nur mangelhaft erlernt, lebte besonders mit den Artikeln auf sehr gespanntem Fuße, weßhalb die kurzen und barschen Sätze, mit denen er Jedermann anzureden beliebte, um so schärfer und verletzender klangen. Obgleich er dem Könige getreu ergeben und anhänglich war, hatte selbst dieser häufig von den Eigenwilligkeiten seines General-adjutanten zu leiden; doch schien ihm dieser in vorliegendem Falle, besonders aus dem oben erwähnten Grunde, die ge-eignetste Persönlichkeit zum Begleiter des Kronprinzen zu sein. Im Aeußern hatte General Spitzemberg etwas Vornehmes, sparte auch nicht kleinlich, wo es galt mit Anstand aufzutreten, und wenn er einmal, was übrigens selten genug vorkam, bei guter Laune war, so wußte er unterhaltend von ver-

gangenen Zeiten zu erzählen, besonders von einem Aufenthalte
in Warschau, wo er häufig mit dem allmächtigen und ge=
fürchteten Großfürsten Constantin zusammen kam. Ich hatte
bis dahin nur sehr selten mit dem General von Spitzemberg
zu thun gehabt, wußte aber, daß er mir nicht besonders ge=
neigt war; denn als einmal die Rede auf das Villabauwesen
kam, hatte er im Allgemeinen von den leichtsinnigen Rath=
gebern des Kronprinzen gesprochen und dann wörtlich hinzu=
gefügt: „Auch die Sekretär des Kronprinz baut sich ein
Landhaus bei Gablenberg, was schon nächstens an die zehn=
tausend Gulden kosten wird“ — so wurde schon damals
meine unbedeutende Gartenwirthschaft in's Maßloseste ver=
größert. Da der General übrigens wegen seines rücksichts=
losen Wesens genügend bekannt war, so warnte mich für die
bevorstehende Reise ein wohlwollender hochstehender Freund,
indem er sagte: „Thun Sie strengstens Ihre Pflicht, ja mehr
als Ihre Pflicht, daß er Ihnen durchaus nichts anhaben
kann, um, wenn er Ihnen alsdann, wie gewiß, mit Grob=
heiten kommt, im Rechte zu sein und ihm eben so derb ant=
worten zu können.“ Er fuhr mit dem Kronprinzen in einem
Wagen, während mein verehrter Freund, Doktor von Hardegg,
mit Berlichingen im zweiten, und ich, der mit einem Diener in
einer leichten Kalesche vorausgieng, hatte einen königlichen Courier
in geschmackvoller Uniform, der in eigenem Wagen die ersten
vorläufigen Bestellungen machen mußte, zu meiner Verfügung.

Als ich mich bei General Spitzemberg im Dezember als „fertig zur Reise" meldete, bekam ich sogleich einen Vorgeschmack seiner Liebenswürdigkeit, indem er mir sagte: „Sie hat die Kronprinz schon ein paar Mal begleit', aber doch dabei nichts gelernt, wie ich gehört; denn es soll dabei sehr viel Unordnung gewesen sein, was natürlich ist bei so junge, leichtsinnige Leut'; doch darf das bei mir nicht vorkommen, und hoffe ich, daß Sie pünktlich Ihr Pflicht thut." Begreiflicherweise versprach ich das, um mir sein Wohlwollen zu erhalten, wäre aber fast noch vor der Abreise mit ihm eines besonderen Umstandes wegen in ernstliche Differenzen gekommen. Der Kronprinz hatte nämlich die Erlaubniß gegeben und auch der König zugestimmt, daß ich den Architekten Leins, der die italienischen Bauwerke noch nicht aus eigener Anschauung kannte, in meinem Wagen mit nach Venedig und Rom nehmen dürfe, um ihm so während der Winterzeit Studien zum Nutzen des Villabauwesens zu ermöglichen. Doch war Leins mit seinen Reisevorbereitungen nicht fertig geworden und hatte unter anderem, als ich Morgens um neun Uhr abfahren sollte, noch auf seinen Paß zu warten. Schon eine Viertelstunde später schickte der General zu mir, warum ich noch nicht fort sei, was sich von einer halben Stunde zur andern wiederholte, bis ich endlich gegen elf Uhr ohne Leins abfuhr, ihn aber dafür in Plochingen erwartete, wo er sehr spät Nachmittags eintraf; doch war dabei nichts verloren, als daß wir in einer allerdings strengen Winternacht die höchst ungemüthliche schwäbische Alb passirten und in Ulm, statt dort über Nacht zu bleiben, recht durchfroren sogleich unsern Weg fortsetzen mußten. Es war überhaupt ein recht unbehagliches, stürmisches Reisewetter, wie ich es selten erlebt. Ich erinnere mich, daß wir auf einer hochgelegenen Poststation Leins festhalten mußten, damit ihn der Wind, der sich in seinen dichten Mantel verfangen, nicht davon führte. Doch hatten wir ja Italien vor uns und waren guter Dinge, ich besonders durch die Aussicht, endlich auch Venedig, die trauernde Königin der Adria, zu schauen, Sizilien wieder zu sehen und das schöne, viel gerühmte Palermo kennen zu lernen. Da der Kronprinz, um sich nicht zu sehr anzustrengen, langsam reiste, so blieben auch wir in Innsbruck und zu Brixen im „Elephanten" über Nacht, wo ich mich bemühte, meinen Reise= gefährten, der mir während der Fahrt am Tage die lehr= reichsten Vorlesungen über Baukunde und dergleichen hielt, dafür zum Zeitvertreib in langweiligen Abendstunden in die Feinheiten des Piquets einzuweihen, was mir aber durchaus nicht gelang. Sonst aber war mir Leins nicht nur der angenehmste Gesellschafter, sondern ließ mich auch die herr= lichen Bauwerke Italiens unter Bemerkungen und Verständi= gungen sehen, die mir Manches, was ich früher nur ober= flächlich beschaut, erst zum klaren Verständniß brachten und dadurch unvergeßlich wurden. Es war ein etwas nebeliger

Sonntagsmorgen, als wir, Leins und ich, dem Kronprinzen um einen Tag voraus, von Mestre, wo unsere Wagen, um sie nicht ganz unnöthiger Weise über die Lagunen zu schaffen, eingestellt wurden, auf einem kleinen Boote über die weite, glatte, stille Wasserfläche gen Venedig fuhren; hie und da huschten wir im Nebel oft an unkenntlichen Gegenständen vorbei, an Pfahlgerüsten, an einsam mitten im Wasser liegendem Mauerwerk, begegneten auch wohl vorüberkommenden Gondeln, im Dunste kaum sichtbar, wenn sie schattenhaft unter dem eigenthümlich klingenden Anrufe an uns vorüberzogen; niemals aber werde ich den großartigen Augenblick vergessen, als mit einem Male vor uns aus der noch immer unsichtbaren Stadt vielstimmige Glockentöne über das Wasser hallten und es gerade so war, als klängen sie vor uns aus der Tiefe der Meeresfluth hervor. Wie oft ich Venedig auch später wieder gesehen, an klaren und trüben Tagen, im Mondscheine und bei Sonnenlicht, bleibt mir doch vor Allem jene erste Einfahrt im Nebel unter dem melodischen Glockengeläute die unvergeßlichste. Auch als wir schon im Kanal Grande angekommen, begierig waren, etwas von den viel gerühmten Palästen zu sehen, deren Anblick uns die wogenden Nebelschleier verdeckten, so hüllten dieselben wieder alles so phantastisch ein, damit das Bild vervollständigend, das ich mir von der trauernden Meereskönigin gemacht.

Doch war sie schon nach einer Stunde so freundlich,

ihre trüben Schleier abzuwerfen und sich in blendendem Sonnenlichte, bestens geschmückt zu zeigen, denn als wir von dem Balkon des Hôtel de l'Europe, unserer herrlich gelegenen Wohnung, hinausschauten, sahen wir vor uns die weiten Wasserflächen bis zur majestätischen Salute und dem fern= liegenden Armenierkloster hell erglänzend, dann den wunder= baren Dogenpalast in aufleuchtender Pracht und sowohl die Schiffe im Hafen, als auch den hohen Campanile der Markus= kirche und andere aufragende Thürme zu Ehren des Kaisers von Rußland, der gestern gekommen war, beflaggt.

Unser erster Spaziergang durch enge Gassen war nach dem Markusplatze, und vermag ich es nicht, den Eindruck zu schildern, der mich beim Anblick desselben beinahe überwältigte. Mit Tausenden geputzter Spaziergänger angefüllt, die besonders vor den Procuratien, vielleicht in der Hoffnung, den gewaltigen nordischen Kaiser zu sehen, hin und her wogten, erschien er heute ganz wie ein riesiger Festsaal, herrlich geschmückt durch die Kirche des heiligen Markus in ihrer bunten, arabischen Pracht, sowie vor ihr durch die bekannten drei Mastbäume, umwallt von den Flaggentüchern der ehemaligen drei König= reiche Cypern, Candia und Morea, und damit die Täuschung mit dem Festsaale vollkommen sei, ließen zwei österreichische Musikchöre abwechselnd ihre dröhnenden Klänge vernehmen.

In der Frühe des andern Morgens fuhr ich nach Mestre hinüber, um dort für den Empfang des Kronprinzen alles auf's sorgfältigste vorzubereiten, — eine bequeme, elegante Gondel für ihn und den General, eine andere für Hardegg und Verlichingen, ein größeres Boot für Dienerschaft und Gepäck, und dann hatte ich mich einer guten Remise zur Unterbringung sämmtlicher Equipagen versichert. — Endlich, es mochte Mittag geworden sein — kamen die Wagen unter dem in solchen Fällen gebräuchlichen Halloh und Peitschenknall der festlich geputzten Postillone, begleitet von zahlreichen Zuschauern, und der Kronprinz, obgleich er müde erschien, empfieng mich auf's freundlichste und reichte mir die Hand, nachdem er ausgestiegen war. Für den Platz, wo er in sein Boot steigen sollte, hatte ich für Absperrung der Zuschauermassen gesorgt, auch bequeme Stufen herrichten lassen und dachte nun auch von dem General, der äußerst mürrisch drein schaute, ein anerkennendes Wort zu hören, aber weit gefehlt! Mochte er nun das große Boot für Dienerschaft und Gepäck nicht bemerkt haben, genug, er sah mich scharf an und sagte in seinem barschen Tone: „Glaubt Sie denn, daß man Gepäck und Dienerschaft auch in diese kleine Boot laden soll, und hab' Sie gar kein' Begriff, daß sich das nicht schickt, aber so sind diese leicht= sinnige junge Mensch', die nix verstehen und nix lern'!" worauf ich ihm eingedenk jenes wohlwollenden Freundes mit sehr lauter Stimme zur Antwort gab: „Ew. Excellenz sollten, bevor Sie gleich anfangen zu tadeln, gefälligst Ihre Augen öffnen, um dort das große Boot für Dienerschaft und Gepäck zu sehen, auch möchte ich um das Zutrauen gebeten haben, daß ich die mir vorgeworfene Ungeschicklichkeit jedenfalls nicht begehen würde." Er sah mich erstaunt an, schwieg aber und ich bemerkte an einem leichten Lächeln des Kronprinzen zu meinem Vergnügen, daß ich das Richtige getroffen. Da er auch bei der Ankunft in Venedig die Wohnung des Kronprinzen, sowie seine eigene in bester Ordnung fand, so ließ er mich nicht nur einige Tage mit seinen Mäkeleien in Ruhe, sondern ich mußte ihm sogar Trost zusprechen, da er vor der ersten Zusammenkunft der beiden hohen Herren eine gewaltige Angst hatte — „weil," wie er sagte, „die Kronprinz von die lange Fahrt so gar nervös geworden sei," worauf ich ihm entgegnete, daß Kaiser Nikolaus das gewiß sehr begreiflich finden und sicher alles thun würde, um den jungen Prinzen zu ermuthigen und freundschaftlich heranzuziehen. So war es denn auch, und nach der ersten Zusammenkunft erzählte mir der General freudestrahlend, wie herzlich der Empfang gewesen sei und welch günstigen Eindruck die Kronprinz gemacht. Daran hatte ich übrigens eben so wenig gezweifelt, als an der Allergnädigsten Erlaubniß des Czaren, zur Braut= werbung nach Palermo zu reisen.

Meine Mußestunden benutzte ich eifrig dazu, mit Leins durch das herrliche Venedig zu streifen und unter seiner Leitung nicht nur Vieles zu sehen, sondern auch gründlich kennen zu lernen; auch betrachteten wir Manches in Bezug auf unseren Villabau und ließ ich auf Leins' Angabe und nach seiner Auswahl Kartonabdrücke von den herrlichen Renaissancereliefs eines edlen Kunstwerkes der kleinen Kirche bei Miracoli, die, ganz in weißem Marmor ausgeführt, wenig besucht an einem kleinen Kanale liegt, machen. Manche davon sind, gerade so ausgeführt, an der Villa zu sehen; auch besuchten wir fleißig den Ghetto, das Judenviertel, wo damals noch und zu beziehungsweise billigem Preise wahre Schätze in alterthümlichen Holzschnitzereien, Waffen und kunstvollen Broncen zu finden waren.

Für letztere hatte mir König Wilhelm Aufträge gegeben, und erwarb ich auch Vieles an Gefäßen, Schalen und großen Platten, theils mit Gold und Silber inkrustirt, theils in jenen zierlichen maurischen Zeichnungen nur gravirt, wie sie gegenwärtig noch zu den Sehenswürdigkeiten des Lustschlosses Wilhelma gehören.

Bei der Weiterreise über Padua und Ferrara besichtigten wir hier den Palast der Este mit den Erinnerungen an Ariost und Tasso und blieben darauf in Bologna über Nacht, wo Leins und ich eben noch Zeit fanden, der heiligen Cäcilie einen verehrungsvollen Besuch abzustatten. Am andern Tage begegneten wir auf der Straße des Apennin einem eigenthümlich gebauten Fourgon, hinten mit einem langen Wagenkasten, vorn mit einem schmalen Coupé, in dem ein russischer Feldjäger saß. Es war dieß einer der kaiserlichen Couriere,

die regelmäßig alle vier Wochen direkt von Petersburg nach
Neapel und von dort zu Schiff nach Palermo giengen. Sie
brachten der Kaiserin sinnige Gaben ihrer hohen Familie,
nützliche Haushaltungsgeschenke, Briefschaften und dergleichen;
sie brauchten über drei Wochen zu diesem langen Wege und
erhielten tausend Dukaten für die Kosten der Hin- und
Herreise.

Um Florenz, wo der Kronprinz wegen verwandtschaft=
licher und freundschaftlicher Beziehungen wohl einen Aufenthalt
hätte nehmen müssen, zu vermeiden, fuhren wir über Forli,
Rimini, Foligno und Terni nach Rom, wobei ich auch
interessante Städte am Ufer des adriatischen Meeres, wenn
gleich nur im Fluge, sah; doch kam ich mit meinem leichten
Wagen und guten Trinkgeldern stets eine genügende Strecke
voraus, um hie und da, wo es besonders Sehenswerthes
gab, mit Leins einen kurzen Aufenthalt nehmen zu können.
Noch lange Jahre nachher erinnerten wir uns dabei mit
wahrer Aufregung der schönsten Italienerin, eines wunder=
vollen Mädchens in Fossombrone, die unter der Thüre ihres
Hauses, an dem wir dicht vorüberfuhren, stand, sanft zurück=
gebogen, indem sie den rechten Arm auf ihren Kopf gelegt
hatte und unsern lauten Gruß herzlich lachend erwiederte.

Von Rom gieng es sogleich über Terracina und Gaëta
weiter und in Neapel trennte ich mich von meinem Freunde
Leins, der alsdann seine Rückreise mit längerem Aufenthalt

in Rom und Florenz machte. Auch besuchte er von letzterer
Stadt aus Carrara, um sich dort an Ort und Stelle bei
einigen der bedeutendsten Marmorarbeiter nach den Preisen
zum Zweck unseres Villabauwesens zu erkundigen; denn jetzt
bei der bevorstehenden Verbindung mit dem reichen russischen
Kaiserhause spannten wir sachte unsere Projekte höher und
höher und hätten ein Treppenhaus anders als von weißem
carrarischen Marmor absolut unwürdig für die künftige Kronprinzessin gehalten, auch standen die Preise für Material und
Arbeit damals so niedrig, daß Treppenstufen und die Säulen
mit kunstvollen Kapitälen bei uns aus gewöhnlichem Stein
nicht so billig hätten hergestellt werden können, wozu allerdings wieder die, aber immerhin mäßige, Wasserfracht kam,
da alle Gegenstände zu Schiff über Rotterdam, Mannheim
und Cannstatt bei Stuttgart geführt wurden.

In Neapel wurde auf dem Dampfer „Palermo" Salon
und Schlafkabinen für die nächste Fahrt gemiethet, wobei mir
der General mit ganz besonderer Liebenswürdigkeit anempfahl,
ihm ja einen guten Schlafwinkel zu besorgen, da er stets
von der Seekrankheit zu leiden hätte; doch hatte ich in dieser
Hinsicht keine großen Befürchtungen, da das Wetter klar und
die See beziehungsweise ruhig war.

Mich erfaßte ein eigenthümlich poetisches Gefühl, als
wir aus dem herrlichen, tiefblauen Golfe glitten, hinter uns
den mächtigen Vesuv lassend, dessen ewige Rauchwolke bei der

stillen, klaren Luft fast unbeweglich über ihm stand, vorbei an den malerischen Gestaden und den seltsam geformten Inseln, begleitend die Meerfahrt des nordischen Königssohnes, der hinaus zur glückseligen Insel zog, um dort die schöne Kaisers= tochter zu gewinnen. Auch, glaube ich, wäre Alles bei der nur leicht bewegten See auf's behaglichste abgegangen, wenn der Kronprinz, der sich gleichfalls sehr tapfer hielt, nicht die Idee gehabt hätte, das Diner oben auf einem der Radkasten serviren zu lassen. Vergebens stellte ich ihm die dort größere Bewegung des Schiffes sowie das unangenehm fühlbare Rüt= teln der Maschine vor; er wandte dagegen die frische Seeluft ein, die ihn dort angenehmer umspiele, und nachdem ich einigermaßen besorgt die nöthigen Befehle gegeben, unterließ ich es nicht, für den Fall der Noth nach den Schlafstellen drunten zu sehen, wo sich schon einige von der Dienerschaft bemühten, ihre Abrechnung mit dem Meere richtig zu stellen. Bei dem Diner schien während der ersten Gänge alles ganz vortrefflich zu gehen, wenn auch Berlichingen's Lächeln etwas Erkünsteltes hatte und seine Nase auffallend spitz und bleich war, so hätte ich trotzdem einen so plötzlichen Ausbruch der Seekrankheit nicht erwartet; denn mit einem Male sprang er auf, preßte, eine Entschuldigung stotternd, seine Serviette an den Mund und stürzte davon, wobei ihm der alte General einen so bangen Blick nachsandte, daß ich durchaus nicht über= rascht war, ihn eine Viertelstunde später gleichfalls folgen zu sehen. Er war wenige Minuten unten, als ich zu ihm gerufen wurde und ihn mit jammervoller Miene, gelblichem Teint und einer weißen Nachtmütze im Salon stehend fand, wo er mir kläglich zurief: „Denk' Sie sich nur, da hat sich die rücksichtslose Berliching in meine gute Bett gelegt und will nicht aufstehen," — allerdings auch ein hartes Verlangen bei dem Jammer, in dem sich der eben Genannte befand. Ich besorgte dem General noch eine andere leer stehende Kabine, half ihm auch so gut als möglich und stieg dann wieder zu meinem Diner hinauf, doch kam mir auch der Kronprinz schon auf der Treppe entgegen, um sich von seinem Kammer= diener schleunigst zur Ruhe bringen zu lassen.

Droben fand ich unseren vortrefflichen Leibarzt, der sich bis jetzt durch Alles das nicht hatte anfechten lassen, und wer weiß, ob er nicht standhaft geblieben wäre, wenn nicht der Kellner eine Art gebackener Goldfische in brauner Zwiebelsauce servirt hätte, die allerdings wie geschunden aussahen, was dem guten Hardegg einen solchen Ekel verursachte, daß auch er sich eilends entfernte, und nun saß ich allein hoch auf dem etwas stärker schaukelnden Schiffe vor ein paar gut ge= kühlten Champagnerflaschen und wußte mir in diesem Ueber= fluß nicht anders zu helfen, als daß ich den Kapitän, einen wackeren italienischen Seemann, der, sein Fernrohr unter dem Arm, auf der Radkastenbrücke hin= und hergieng, dazu einlud.

Nach und nach wichen die Höhenzüge Calabriens scheinbar

zurück und verschwanden endlich in Dunst und Abendnebel, während sich die leicht wogende See zuerst tiefblau, dann immer dunkler zu färben begann, um bei völlig eingetretener Finsterniß geheimnißvoll wieder aufzuleuchten.

Lange blieb ich auf dem Verdecke, allerdings mit kurzen Unterbrechungen, in denen ich nach den Kranken sah, um ihnen so viel als möglich zu helfen. Der Kapitän hatte mit mir von Stromboli gesprochen, daß der Vulkan dort seit einiger Zeit wieder feure, und ihn so zu sehen wurde mir auch vergönnt; fast grauenhaft war es in der finsteren Nacht, plötzlich Funken und Flammen donnernd aufsteigen und vom Schein wie glühend übergossen, nur auf einen kurzen Augen= blick blitzartig den Krater erscheinen zu sehen.

Am andern Tage war es fast Mittag geworden, ehe mir der Kapitän die ersten dämmernden Umrisse Siziliens, die ich für Wolkenbänke gehalten hatte, zeigte; dann erschien auch mir deutlich der wundervolle Halbkreis fein gezeichneter Höhen, in dem das herrliche Palermo, von grünen Gärten umgeben, wie in einer Fruchtschale liegt, die meilenbreite lachende Ebene mit Recht Conca d'oro, goldene Muschel, ge= nannt, hier abgeschlossen durch Capo Zafferano mit seinen Felsenzacken, das sich wie eine gebieterische Grenzscheide lang in die blauen Fluthen hinausstreckt, während sich drüben der malerisch gezackte, vielgipfelige Monte Pellegrino erhebt, un= vergeßlich in seiner breiten majestätischen Form mit den in

kühnem Schwung fast steil in die See fallenden Felsen=
wänden.

Schon gegen Morgen erschien die See beruhigter, und
da auch das vorliegende Sizilien die Meerfluth abhielt, so
hatten wir in Kurzem so glattes Wasser mit geringster Schiff=
bewegung, daß schon mit den ersten Sonnenstrahlen das Ge=
spenst der Seekrankheit wich und sämmtliche Kranke auf dem
Deck erscheinen konnten, was mich ganz besonders für den
Kronprinzen freute; denn es wäre doch traurig gewesen, wenn
er das Land seiner schönsten Hoffnungen unter den Nach=
wehen jenes Leidens betreten hätte. Irgend welcher Empfang
dort war klugerweise abgelehnt worden, und so näherte man
sich denn froh und wohlgemuth, wie andere unabhängige
Reisende, allerdings mit hohen Erwartungen der berühmten
Insel und konnte das damals ausnahmsweise so interessante
und großartige Hafenleben angenehmer auf sich einwirken
lassen. War doch die Bucht mit zahlreichen größeren und
kleineren jener zierlich geschnäbelten sizilianischen Barken an=
gefüllt, die vom Lande kommend oder dahin gehend oder
auch aus bloßer Neugierde getrieben, die russischen Kriegs=
schiffe und Dampfer umschwärmten, welche finster und dräuend
aus diesen Schaaren leichter, kleiner Fahrzeuge mit ihren
Schloten und Masten emporstarrten. –

Ueber alles Andere hervor ragte ein russisches dreideckiges
Linienschiff, das gestern zur Begrüßung der Kaiserin ange=

kommen war, unter dem dicht vorüberfahrend wir unsern
Ankerplatz suchten; seine riesigen Masten waren beflaggt,
lustige Musikklänge tönten vom Verdeck und an seinen Borden
lehnten Matrosen und Soldaten mit breiten, stumpfen Gesichtern, deren Physiognomieen einen grellen Abstich bildeten
gegen die feinen, scharf ausgeschnittenen, ausdrucksvollen Züge
unserer neugierig hinüberschauenden Schiffsmannschaft.

Der einzig wohlthuende Empfang, der uns zu Theil
wurde, geschah durch eine eigens für den Kronprinzen mit
Gefolge bestimmte große Barke, die uns ohne jene sonst
lästigen Zoll- und Paßvisitationen an's Land setzte, wo
Wagen bereit standen, um uns durch die lange, schnurgerade
Hauptstraße Palermo's, den Cassero oder Toledo, bis an's
südliche Ende der Stadt zu führen, wo der Palast der Mar-
chesa Sessa, gegenüber der prachtvollen Kathedrale, für den
Kronprinzen gemiethet und eingerichtet worden war. Es war
das einer jener alten sizilianischen Paläste mit hohen und
weiten, aber verblichenen Prunkgemächern, mit wohnlichen
Zimmern für den Kronprinzen, General Spitzemberg und
Berlichingen, während dem Leibarzte von Hardegg und mir
ein paar allerdings geräumige Gemächer zugewiesen wurden,
die aber finster waren, weil ihre Fenster auf einen düsteren
Hof giengen und aus denen uns beim Eintritt eine feuchte
Kellerluft entgegendrang, weßhalb Hardegg sogleich entschied:
„Hier bleiben wir Beide jedenfalls nicht, und wenn nichts

anderes für uns zu finden ist, so suchen wir uns selbst ein Quartier."

Hiezu hatten wir auch bis zum Diner genügende Zeit, spazierten den Cassero hinunter bis zum Meere, wo wir auch in dem schönen Gasthofe Trinacria im dritten Stock ein paar freundliche, sonnige Zimmer mit unbeschreiblich prachtvollem Ausblick auf das weite tiefblaue Meer und den farbig glühenden Monte Pellegrino fanden. Als Hardegg später diesen Quartierwechsel in seiner kurzen und bestimmten Art zur Sprache brachte, versuchte allerdings der General ein paar Einwendungen, doch ersuchte jener ihn ruhig, sich die für uns bestimmten Gelasse anzuschauen, dann werde er ihm Recht geben, daß jene Räume allenfalls für Skorpionen und nicht für Menschen wohnlich seien. Ich war glücklich über diese Veränderung; denn neben der Annehmlichkeit einer so herrlichen, sonnigen Wohnung brachte es mich auch dem liebenswürdigen, geistreichen Manne näher; wir benützten auch von da ab alle freie Zeit, um gemeinschaftlich die interessantesten Ausflüge zu machen.

Unvergeßlich wird mir gleich der erste Abend bleiben, da wir still träumend auf der Terrasse vor unsern Zimmern saßen, um bei einer vortrefflichen Cigarre all diese unsagbare Schönheit auf uns wirken zu lassen.

O Palermo, reizende Stadt! Mit deinem prächtigen Hafen, mit dem Monte Pellegrino, deinem Wahrzeichen und dem riesenhaften Leuchtthurme! Denn glänzt er nicht weit in die See hinaus, namentlich Abends und Morgens, in immer wechselnden, brennenden Farben? Ja, bis zum späten Abend, wo die violetten Schatten seiner Schluchten immer größer und bedeutender werden, langsam die Gluth seiner Lichter auslöschen und ihn endlich mit einem mächtigen Schleier überziehen. O Monte Pellegrino, wie oft hieng mein Auge an deinen seltsamen zackigen Formen, wie oft verfolgte es den Weg, der dich in den eigensinnigsten Wendungen er= klimmt! — — und ruhig blickst du auf Palermo, die präch= tige, glänzende Stadt mit ihren gelben Kuppeln und strahlenden Zinnen, rings umgeben von den zahllosen Orangen= und Citronengärten, die mit ihrem tiefdunklen Laube einen Kreis um dich bilden und eingefaßt sind von den flimmernden Bergen, braun und ernst, wundersam gegliedert, wie mit dem Meißel herrlich geformt, wie aus Bronce gegossen als würdigste Um= rahmung der Conca d'oro.

Tags darauf am Vormittage kam der große Augenblick, wo der Kronprinz, begreiflicherweise in sehr erregter Stim= mung, begleitet von General Spitzemberg, seinen ersten Besuch bei der Kaiserin machte, und als er nach dort im engsten Familienkreise eingenommenem Frühstück zurückkehrte und mir beglückt seinen Eindruck schilderte, konnte ich mich nicht enthalten, ihm aus tief bewegtem Herzen meinen Glückwunsch zu sagen; auch der General ließ mich später zu sich kommen; ich fand ihn mild und weich gestimmt, wie nie, und offenbar gerührt erzählte er mir von dem glücklichen Erfolg jener ersten Zusammenkunft. „Die Kronprinz," sagte er, „hat den günstigsten Eindruck gemacht und was die Großfürstin anbelangt, so war sie von einer entzückenden Liebenswürdigkeit; auch die Kaiserin hat ihn mit einem vertraulichen Entgegenkommen aufgenommen und ich darf nach Hause schreiben, daß die Sache so gut wie arrangirt ist." Meine Frage, ob die Großfürstin wirklich so schön sei, beantwortete er zuerst mit einem Blick des Erstaunens und dann in etwas barscherem Tone mit dem Ausruf: „Was schön! — wie mag Sie nur so frag', schöner als ich von Prinzessinnen und auch von andern Damen je etwas gesehen — o, schön, sehr schön und so lieb und offen, daß es mir warm um's Herz geworden."

So enthusiastisch hatte ich den alten Herrn nie gesehen; doch als ich nach einigen Tagen selbst so glücklich war, der Großfürstin vorgestellt zu werden, mußte ich ihm nicht nur Recht geben, sondern fühlte mich wahrhaft verwirrt vor dieser blendenden und doch wieder so reizenden und anmuthigen Erscheinung. Darüber Näheres und Weiteres zu sagen, wäre unnöthig und überflüssig; ich will aber hinzufügen, daß mich nicht nur ihre hohe, herrliche, weich gerundete Gestalt sowie die ächt griechische Schönheit ihres Gesichts entzückte, sondern mehr noch die Anmuth ihrer Bewegungen, der Wohllaut ihrer Sprache und die gutmüthige, fast vertrauliche Art, mit der sie auch mich empfieng und unbefangen mit mir plauderte.

Südlich von Palermo in der Gartenvorstadt Olivuzzo lag die Villa der Fürstin Butéra, wo die Kaiserin von Rußland mit der Großfürstin Olga und einem Theil ihres zahlreichen Gefolges wohnte, und unvergeßlich ist mir der Eindruck des ersten Besuches, den ich mit Doktor von Hardegg in Abwesenheit der hohen Gäste dort machte. Wir hatten dadurch Muße genug, Wohnung und Garten behaglich anzuschauen, und bei jedem Schritte steigerte sich unser Wohlbehagen, unser Entzücken, denn hier war von keinem Palaste mit großartigen Säulenreihen und weiten, hallenden Gemächern die Rede, sondern ein anmuthiges, nicht allzu großes Landhaus empfieng uns; wir schritten durch bequem eingerichtete Zimmer, wir fanden schattige Veranden, reizende, lauschige Winkel unter den duftigen Laubdächern südlicher Gewächse, kurz etwas feenhaft Liebliches mitten in einem Garten gelegen, dessen Pracht nicht entzückender sein konnte. Wie eine Märchen-phantasie umstanden uns hier in solcher Ueppigkeit nie ge-sehene Pflanzen und Blumen, und nicht wie in einem Ge-wächshause, mit nothwendiger Raumersparniß, kunstvoll arran-girt, sondern in Gruppen und herrlichen Anlagen frei, fast wild wachsend und doch wieder wie kunstsinnig zusammen-gestellt. Die indische Mispel und der Erdbeerbaum, dort der chinesische Bambus und die egyptische Papyrusstaude, da wieder

der Pfefferstrauch von den Moluffen und die Magnolien mit anderen Blüthenbäumen aus den amerikanischen Urwäldern; dazwischen riesige Aloestauden mit hohen Blüthenstengeln und hochemporragende schlanke Palmen mit ihren goldgelben Früch= ten; ja, überall, wohin man schaute, eine unendliche Fülle der üppigsten Vegetation mit seltsam gestalteten, farben= strahlenden Blumen, deren berauschendes Duftmeer uns wie ein Hauch des Morgenlandes anwehte.

Doch lockte uns ein schattiges Plätzchen zum Sitzen; zierliche Fauteuils umstanden einen Marmortisch, auf dem ein Buch mit feinen Handschuhen lag, wahrscheinlich von der schönen Kaisertochter, weßhalb ich gern einen davon mit= genommen hätte. Hier saß sie gewiß häufig, denn es war ein wundersamer Platz; zahllose unbekannte Wohlgerüche schwammen in der Luft, während das sanfte Rauschen eines Springbrunnens unsere Sinne einzuschläfern drohte, vielleicht um uns empfänglicher zu machen für zauberhafte Stimmen, die uns Märchen erzählen wollten von dem schönsten Punkte der Erde und einem Liebesfrühling, der ohne Gleichen hätte sein können.

Der Kaiserin und der Großfürstin wurden wir am an= dern Tage und, wie das so russischer Brauch war, bei einem Feste vorgestellt, das der Kommandant des Linienschiffes Ihrer Majestät gab, und ·wo wir auch dann die ganze russische Kolonie bei einander sahen, schöne wohlgewachsene Männer

in schimmernden Uniformen mit zahllosen Sternen und Ordens=
dekorationen, hübsche Damen im Gefolge der Kaiserin, wichtig=
thuende Kammerherren und Dienerschaft durch alle Rubriken
bis zu den Sesselträgern Ihrer Majestät, die in ihrem tscher=
kessischen Costüme mit den schwarzen, spitzen Pelzmützen beim
Volk das meiste Aufsehen erregten.

Die Kaiserin ruhte in einem Lehnsessel, als ich das
Glück hatte, ihr vorgestellt zu werden, und sprach mit leiser
Stimme, sehr gütig und herablassend; sie hatte schon von
unserem Villabauwesen gehört, was sie zu freuen schien, und
von dem sie, sobald es mir möglich sei, Pläne zu sehen
wünschte.

Dann wurden auf Deck von galonirten Dienern allerlei
Früchte und Erfrischungen herumgereicht, doch hatte man kaum
Zeit etwas zu genießen, da die Kaiserin alsbald das Zeichen
zum Aufbruch gab. Sie wurde sammt ihrem Lehnsessel auf
eine kleine Estrade getragen, die in Flaschenzügen an einer
der großen Raaen hieng, um so in die ansehnliche Tiefe von
mindestens drei Stockwerken auf das Deck ihres kleinen
Dampfers niedergelassen zu werden; dazu hatte das Schiff
reich geflaggt, alle Mannschaft stand Hurrah rufend auf den
Raaen, die Offiziere salutirten und von der Musikbande wurde
die Volkshymne gespielt, wobei aber doch schließlich neben all'
dieser Pracht und Herrlichkeit den schönsten Anblick die Groß=
fürstin Olga bot, welche aufrecht neben ihrer Mutter stehend

mit der hocherhobenen rechten Hand eines der Taue fassend und so in voller Geltung ihrer prachtvollen Gestalt heiter lächelnd in die Tiefe fuhr.

Dergleichen kleine Feste, besonders Ausflüge in die Umgebung, liebte die Kaiserin ganz besonders, wodurch sie ihr Gefolge, vor allem das Küchendepartement in beständiger Bewegung hielt; denn es machte ihr durchaus keine Schwierigkeit, vielleicht im Garten des arabischen Lustschlosses Zisa zu frühstücken, ihr Diner in irgend einer Villa mit prachtvoller Aussicht zu nehmen, in dem reizenden Klosterhof von Monreale zu goutiren und bei stiller See auf einem der Dampfer den Thee zu trinken. Begreiflicherweise war der Kronprinz dabei ihr täglicher und lieber Begleiter, weßhalb wir viel freie Zeit hatten, die wir ausgiebig benutzten, besonders um die herrlichen Bauwerke aus der Sarazenen- und Normannenzeit zu bewundern; vor allem zog es uns häufig zum alten königlichen Palaste hin, in dessen Nähe am Ende der Straße Cassero der Kronprinz wohnte und wo wir die hochinteressante Kirche mit ihren vielen, allerdings später aufgesetzten Kuppeln beständig vor Augen hatten. Unvergeßlich bleibt mir die berühmte Capella Palatina, von König Roger in den Hof seines königlichen Palastes eingebaut.

Wer zum ersten Mal hineintritt, fühlt sich seltsam und feierlich ergriffen; dunkler Goldglanz umwogt ihn, märchenhaft steigen die Säulen und Bogen aus dem Halbdunkel empor, nur oben unter der Kuppel strahlt goldene Helle. Auf den mit Marmor oder Goldgrund bedeckten Wänden sehen wir die Mosaikfiguren bald im Dämmerdunkel verschwinden, bald im Streiflicht der Sonnenstrahlen hell hervorblitzen.

Im Dome zu Palermo, den schon die Araber aus der Hauptkirche der Stadt, die der Maria Assunta geweiht gewesen war, in eine Moschee verwandelten und die Normannen dem christlichen Kultus zurückgaben, zog es uns stets wieder zu den Särgen der Könige aus dem Geschlechte der Normannen und der Hohenstaufen, hochwichtige Denkmäler der Geschichte Siziliens und zugleich unseres deutschen Vaterlandes. Die Sarkophage sind massig aus dunkelrothem Porphyr gehauen und zeigen als einzige Verzierung liegende Löwen, auf denen sie ruhen. Wen ergreift es nicht mächtig bei den Namen und Andenken Roger's I., Heinrich's VI. und vor allem Friedrich's II., des größten deutschen Kaisers, der mit Vorliebe hier weilte und nun an dieser von uns so weit entfernten Küste ruht.

Später ist seine Grabesruhe durch unberufene Neugierde gestört worden und man fand ihn, der Erzählung nach, im Gesichte wohl erhalten, in Prachtgewändern mit dem goldgestickten Adler, einen köstlichen Smaragd am Finger; die Krone trug er auf dem Haupte, goldene Sporen an den Stiefeln; zur Seite lag ihm der Reichsapfel und das gewaltige Schwert.

Welch herrliche Stunden haben wir, Doktor von Hardegg und ich, in Monreale verlebt und so unsagbar Schönes genossen: die entzückende Aussicht von dem hinter Palermo hochgelegenen Kloster auf die Stadt und darüber hin auf die unendlich blaue Meeresweite, auf den Halbkreis der Gebirge in den wunderbar schönen Linien und Färbungen, zwischen denen der ungeheure Garten der Conca d'oro mit seinen schimmernden Schattirungen und der reichsten Vegetation ruht! Und nun erst das Herrliche alles Herrlichen, der Dom zu Monreale — wie ein großer, weiter Feenpalast, in dessen erhabenen Räumen, obgleich hier Alles von Gold und Silber glänzt, eine stille, unsichtbare, aber die Seele durchschauernde Hoheit weht, ein Gefühl, das wohl mit aus dem für uns fremdartigen Anblick der Kirche entspringt. Hier in der Nähe Afrika's scheint das Christenthum unter aromatischen, schönen, bizarren Pflanzen, unter Palmen, Aloen und Agaven, im Farbenduft des leuchtenden Himmels eine andere, südlichere und phantastischere Bildung angenommen zu haben. Die Pracht des mit köstlichem Gestein figurenreich ausgezierten Fußbodens, der Glanz der vergoldeten Gebälke, das farbige Tafelwerk des Daches, und überall an Wänden und Bogen Mosaiken und Arabesken auf Goldgrund; wer möchte das würdig und faßlich beschreiben, selbst wenn ihm auch größerer Raum zu Gebote stände als diese Blätter! Nur kurz noch will ich des köstlichen Kreuzganges gedenken, dessen zweihundert

Säulchen und Kapitälchen das Wundersamste sind, was der menschliche Geist nur auszudenken vermag; bald glatt und schlank aus weißem Marmor, bald zierlich in einander verschlungen und verknotet, bald mit den reichsten farbigen Mosaiken bedeckt, bald gerisselt, wellenförmig oder in Spiralen gewunden, umgeben die vier Reihen von Säulchen und Bogen auf's zierlichste in einander greifend ein großes Hofviereck und ihre kleinen Kapitäle bilden phantastische Gebilde aus Menschengestalten oder aus der Thier=, Pflanzen= und Blumenwelt.

Beim Zurückreiten nach der Stadt hielten wir öfter an, da wir uns von der herrlichen Rundschau vor uns kaum zu trennen vermochten, und später habe ich es als ein großes Glück empfunden, ein gutes Bildchen davon erwerben zu können, das mir heute noch auf's angenehmste jene schönen Tage von Palermo in's Gedächtniß zurückruft.

Einen tiefen Schatten in all diese Lust und auch in das Liebesglück des Kronprinzen warf die Nachricht von einer schweren Erkrankung König Wilhelm's, und hatte der alte General gute Lust, schleunigst zusammen zu packen und nach Hause zurückzukehren. Nie vergesse ich, wie er Morgens früh die Treppen zu uns hinaufkeuchte, um als Beweis seiner rührenden Treue fast weinend dem Doktor von Hardegg und mir den Brief aus Stuttgart vorzulesen; doch kamen glücklicherweise bald bessere Nachrichten und wir blieben.

Das Wetter war uns bis jetzt sehr günstig gewesen, so daß wir kaum Morgens und Abends bisweilen einen theilweise umflorten Himmel sahen, von Regen keine Spur, und dazu hatten wir stets die angenehmste Frühlingstemperatur, fünfzehn bis achtzehn Grad Reaumur mit lauen Nächten. Gleichsam ein Wetterprophet war uns dabei der vor unsern Fenstern liegende Monte Pellegrino; denn wenn er sich Abends mit wunderbarer Rosengluth umzog, so konnte man auf einen klaren prachtvollen Tag rechnen; schon längst hatte Herr von Hardegg und ich ihm einen Besuch zugedacht, den wir nun auch eines Morgens ausführten, indem wir bis an den Fuß des malerisch gezackten Berges fuhren und von da in einer starken Stunde, auf gut erhaltenen Wegen, seinen Gipfel erstiegen, wo sich in einer kühlen Grotte das Grab der heiligen Rosalie befindet; nicht im Hofe eines sittenlosen Klosters, wie uns die Legende von Robert dem Teufel erzählt, sondern mitten in einer öden Bergwildniß, zwischen bleichen Steinfeldern und kahlen Felsgipfeln erheben sich mächtige Steinmassen mit der Krypta, in der die Heilige ruht. Dunkel und ahnungsreich öffnet sie sich unter dem höchsten steinigen Berggipfel; riesenhafte Kaktusäste, die von außen hereingedrungen sind, klammern sich an die Decken des gewölbten Felsens, wie versteinerte Pflanzen erscheinend, unter denen bei einem Seitenaltar das zarte weiße Marmorbild jener jungen schönen Fürstentochter, die einst aus der Herrlichkeit des

Hoflebens flüchtete, um hier in der Einöde zu leben, in holder Natürlichkeit sich zeigt, im Haar den vollen Rosenkranz; man glaubt sie bei dem röthlichen Schimmer, der den zahlreichen Lampen entstrahlt, lebend zu sehen — die Heilige des Frühlingsfestes unter Blumen — von denen stets lebende aus den Händen der Andächtigen auf sie niedergestreut werden.

Herr von Hardegg hatte seinen humoristischen Tag und ließ es sich gefallen, daß ich mit ihm „Kaiser von Rußland", der ja vor Kurzem hier gewesen war, spielte, indem ich bei Begegnenden stets mit augenscheinlichster Ehrfurcht meinen Hut in der Hand neben ihm herschritt, was wir bis zur Natürlichkeit eines goldenen Almosens trieben, das er einer armen bettelnden Familie verehrte, die er so veranlaßte, mit aufgehobenen Händen den Imperatore zu preisen.

Vor der Porta nuova liegen zwei altarabische Schlösser, für welche mir König Wilhelm den Auftrag ertheilt hatte, von den noch vorhandenen bemerkenswerthen maurischen Verzierungen Zeichnungen nehmen zu lassen; die Cuba und die Zisa, beide als regelmäßige Vierecke von wohlgefügten Quadern in schönen Verhältnissen gebaut. Die Cuba, an der Kranzspitze mit einer unleserlichen arabischen Inschrift, ist im Innern fast ganz verwüstet und zeigt nur in dem von einer Kuppel überwölbten Mittelraume noch Ueberreste prächtiger Arabesken in Stuck; Boccaccio verlegte in diesen herrlichen Palast die Scene seiner fünften Novelle „des sechsten Tages" und der Saal selbst, phantasiereich hergestellt mit seinen bunten Farben, Vergoldungen und Wasserwerken, allerdings nur auf einem Bilde gemalt, ist heute noch in der Wilhelma bei Stuttgart auf einer großen prachtvollen Aquarelle des Malers Werner, den ich bei unserem römischen Aufenthalt erwähnt habe, zu sehen.

Die Zisa ist besser erhalten, wurde theilweise von einer sizilianischen Familie bewohnt und zeigte in den unteren Räumen noch die von zierlichen Säulen getragenen Bogen, sowie Springbrunnen, von Moos und Schlingpflanzen schön umgrünt, deren Wasser über Marmorstufen herabplätschert und einem Bächlein ähnlich durch die Vorhalle in's Freie fließt.

Unbeschreiblich schön, großartig, ja hinreißend ist der Blick von dem platten Dache dieses Maurenschlosses auf das herrliche Rundgemälde von Palermo, seine Gartenebene, seine Küsten und Berge. Welch wunderbares, schwelgerisches, aber auch wieder poetisches Leben muß hier zur Zeit der Emire, der Normannen und des großen Kaisers Friedrich geherrscht haben unter diesem seligen Himmel, in diesen rosigen Nächten, in einer wahrhaft paradiesischen Natur, die bis an's Meer und an den Fuß der Berge ihre blüthen- und goldfruchtbedeckten Gärten rings verbreitet! —

Für uns war endlich allzu rasch die Zeit gekommen, aus allen diesen Herrlichkeiten zu scheiden, und ich bin überzeugt, daß nicht nur der Kronprinz allein sich mit schwerem

Herzen von seinem Liebesglücke losriß. Doch stand schon damals ein baldiges Wiedersehen, leider nicht in Palermo, in Aussicht.

Ich hatte für mich zur Erinnerung an diese unbeschreiblich schöne Zeit ein hübsches sichtbares Andenken erworben, eine werthvolle, in Girgenti ausgegrabene griechische Vase, die ich in unserem Gasthofe billig kaufte und glücklich war, mit mir nehmen zu können.

Am 27. Januar schifften wir uns auf dem Ferdinando Secondo, von den russischen Schiffen mit Flaggen und Musik begrüßt, nach Neapel ein und machten dann bis Bologna den gleichen Weg, wie auf der Herreise, wobei wir im römischen Gebiet, in dem malerischen Otricoli, auf sehr unangenehme Weise gezwungen wurden mehrere Stunden liegen zu bleiben. Unsere drei Wagen und zuletzt der Fourgon fuhren nämlich unter dem unvermeidlichen Knallen und Johlen der Postillone, dem Geschrei der Kinderwelt und dem betäubenden Rasseln auf dem holperigen Pflaster der steilen gewundenen Straße ziemlich dicht hintereinander, und nur der Fourgon war noch um eine Ecke zurück, als ein kleiner hübscher Knabe von sechs bis acht Jahren, davon nichts ahnend, mitten in die Straße sprang und augenblicklich und so unglücklich überfahren wurde, daß er von der jammernden Mutter leblos aufgehoben wurde. Obgleich nach dem Zeugniß aller Zuschauenden, ja der Mutter selbst, die Postillone keine Schuld traf, so wurde doch vom Ortsvorsteher ein Protokoll aufgenommen, was uns ein paar Stunden in dem kleinen Orte festhielt, den wir dann natürlich in einer recht traurigen Stimmung verließen, nachdem die arme Frau durch ein sehr reiches Geschenk, wenn auch nicht zufrieden gestellt, so doch etwas milder gestimmt worden war.

Ueber den Brenner, Innsbruck, München, Augsburg und Ulm kehrten wir Anfangs Februar nach Stuttgart zurück, wo es für mich außerordentlich viel zu thun gab. Das Villabauwesen war mit erweiterten Plänen eifrigst wieder aufgenommen worden, und wurde zur Anlegung des Gartens durch Hofgärtner Neuner geschritten; auch begann der Bau der großen Gärtnereien mit anstoßenden Gewächshäusern, und sollte das Gebäude so eingerichtet werden, um dem kronprinzlichen Paare noch vor der Vollendung der Villa einen freilich ländlichen Aufenthalt zu bieten; doch war die Lage auch hier reizend und der Blick auf das Neckarthal von lieblicher Schönheit.

Weniger angenehm war der Einblick in meine Kasse, die sich so leer befand, daß ich mit Bewilligung des Königs eine größere Anleihe machen mußte, der noch verschiedene kleinere folgten. So war ich in die mißliche Lage eines Finanzmannes versetzt, dem es mitunter schwer wird, die Zinsen der Staatsschuld aufzutreiben, doch hatten wir ja die reiche russische Heirath vor Augen, und war es ja selbstredend, daß die Kronprinzessin, nach deren Wünschen, beson-

ders aber nach denen der Kaiserin, manches verändert, ver=
schönert und vergrößert werden mußte, ihr gutes Theil zu den
Herstellungskosten beitragen würde.

Auch war die Villa ihrem Zweck nach durchaus kein
Luxusbau; denn unter den mancherlei Landsitzen des Königs
befand sich kein einziger zu einem Sommeraufenthalt für die
junge Hofhaltung passend, selbst wenn Seine Majestät, was
immerhin zweifelhaft war, bereitwillig und für die Dauer eine
seiner Besitzungen abgetreten hätte.

Was meine eigene kleine Gartenerwerbung anbetraf, so
blieb der stille einsame Raum vorläufig noch liegen, wie er
war; nur hatte ich ein paar kleine glückliche Käufe mit an=
stoßenden Weingärtnern gemacht, wodurch es mir möglich
wurde bis an die nach Gablenberg führende Straße zu kom=
men und so die künftige Arrondirung des Ganzen vorzubereiten.
Die Zahlungen in kleinen Zielern auf Jahre vertheilt, wie
damals üblich, machten mir durchaus keine Sorge.

Anfangs April hatte die Kaiserin von Rußland Palermo
verlassen und war nach Florenz gegangen, wohin sich nun
auch der Kronprinz begab, um seine Braut zu überraschen
und dann mit ihr gemeinschaftlich nach einem kurzen Aufent=
halte in Venedig nach Salzburg zu reisen, wo der König
und die Königin von Württemberg gleichfalls hinkommen
wollten, um die künftige Schwiegertochter kennen zu lernen.
Für mich, der ich im eigenen Wagen mit einem Bedienten

vorausreiste, war diese Reise eine der angenehmsten, die ich gemacht habe. Schon im April hatten wir das herrlichste Frühlingswetter, warmen Sonnenschein, hie und da mit kurz andauernden feinen Strichregen, die den Staub legten und die Vegetation rasch entwickelten; wie wonnig dufteten die Nadelholzwaldungen des bayrischen Oberlandes auf meinem Wege über Ulm, Memmingen, Kempten gen Innsbruck, wie prächtig leuchteten dort die stillen Seen, wie farbenreich starrten die Berghäupter und Felszacken der gewaltigen Alpennatur. Von Reute machte ich einen kleinen Abstecher nach Hohenschwangau, dem romantisch schönen Schlosse des Königs von Bayern, that in völliger Freiheit überhaupt, was mir gutdünkte, blieb, wo es mir gefiel, da ich mit meinem leichten Wagen immer noch zeitig genug dem Kronprinzen vorauskam und mich wohl hütete, durch irgend welche Pflichtversäumniß das Mißfallen des alten Generals, unseres abermaligen Reisechefs, zu erregen.

In Florenz, wo ich der Kaiserin und der Großfürstin Olga die schon erweiterten Pläne der Villa vorlegte und erklärte, blieben wir nur kurze Zeit, um dann gemeinschaftlich nach Venedig aufzubrechen. Der Reisechef oder im Range höchste Begleiter der Kaiserin, Baron Meyendorf, der russische Gesandte am preußischen Hofe, ein angenehmer, geistreicher und kunstverständiger Mann, mochte mich wohl leiden, nahm mich häufig auf Spaziergängen durch die Stadt mit sich und sagte mir am Tage vor der Abreise: „Morgen Abend erwarte ich Sie in Bologna bei mir zum Thee und thut's auch nichts, wenn Sie viel später ankommen, was wohl der Fall sein wird, da ich bei dieser Unmasse von Wagen früher als die anderen aufbrechen will und auch rascher fahren werde."

Auch ich hatte meine leichte Kalesche mit zwei Pferden bespannt schon eine Stunde vor der bestimmten Zeit bestellt, und als ich auf die erste Station kam, wo bei hundertachtzig Postpferde beisammen waren und es wie in einem kleinen Kavallerielager aussah, schrie mein Postillon, der begreiflicherweise was ganz Besonderes wollte gefahren haben: „Il primo corriere de l'imperatrice", was zur Folge hatte, daß mir sogleich vier Pferde vorgestellt und ich in sausendem Galop davon geführt wurde, und so gieng es unter der gleichen Firma auf allen Stationen fort, weßhalb ich in unglaublich kurzer Zeit, ich glaube in acht Stunden nach Bologna kam. Von Baron Meyendorf war hier noch keine Spur zu sehen, und er kam auch erst drei Stunden nach mir an, etwas verdrießlich darüber, daß ihm irgend Jemand seine vier Pferde genommen und er mit zweien habe langsamer nachfahren müssen, doch hütete ich mich wohl, mich als allerdings unfreiwilligen Uebelthäter zu bekennen.

In Venedig bekam ich von Stuttgart den Auftrag, ein gutes Daguerreotyp — Photographien gab es damals noch nicht — von der Kronprinzessin im Profil herstellen zu lassen, um darnach einen Erinnerungsthaler schneiden und prägen zu können; ich fand dazu einen armen Deutschen, dem ich diesen guten Verdienst wohl gönnte, und der auch weniger, als ein listiger Venetianer, im Stande war, die incognito und im einfachen Hauskleide erscheinende Großfürstin zu erkennen.

Das gab allerdings zu einer komischen Scene Veranlassung, da er der jungen Dame ungenirt den Kopf aufrichtete und ihr auch beim Beginn sagte: „Jetzt müssen Sie aber ganz ruhig halten, Mamsellchen, denn sonst wird's nix." Doch wurde es etwas Hübsches und ich bewahre das Daguerreotyp heute noch zur Erinnerung an jene schönen Tage.

Zur Zusammenkunft in Salzburg traf ich einen Tag vor dem Kronprinzen und den russischen Herrschaften ein und fand dort schon im Hotel zum goldenen Schiff die Königin Pauline von Württemberg mit ihrer jüngsten Tochter, der damals neunzehnjährigen Prinzessin Auguste.

Nachdem am folgenden Tage die Zusammenkunft der hohen Herrschaften allseitig zur großen Zufriedenheit stattgefunden, traten wir die Heimreise an, während auch die Kaiserin mit der Großfürstin Olga und Gefolge über Berlin nach Petersburg zog. Doch war unser kurzer Aufenthalt in Stuttgart ein fieberhaft erregter, da in den wenigen Wochen, bis zur Mitte Juni, nicht nur alle Vorbereitungen zur Hochzeitsreise, sondern auch alle Vorkehrungen zum ununterbrochenen ja beschleunigten Gang des Villabauwesens getroffen werden mußten, wobei es für mich wahrlich keine Kleinigkeit war, die enormen Summen anzuschaffen, welche für die Sommerzeit nöthig waren; für meine eigenen Angelegenheiten hatte ich wenig Zeit und so bat ich auch nur den Hofgärtner Renner, hie und da nach meinem verwahrlosten Garten zu sehen.

Elftes Kapitel.

Vermählung des Kronprinzen.

Um die Mitte Juni verließen wir Stuttgart abermals unter Leitung des Generals von Spitzemberg mit dem Leibarzte von Hardegg, Berlichingen und dem Prinzen Hugo von Hohenlohe-Oehringen, der dem Kronprinzen als erster Adjutant beigegeben worden war. Auch dießmal hatte mich der alte General vor der Abreise scharf auf's Korn genommen und es für nöthig gefunden, mich während des Tages oft drei- bis viermal rufen zu lassen, um mir Sachen einzuschärfen, die sich meistens ganz von selbst verstanden, wodurch ich, endlich auch ärgerlich geworden, mit ihm während der Fahrt auf ziemlich gespanntem Fuße stand, was sich in der Nähe von Luckenwalde, wo die große brandenburgische Sandebene beginnt und die ersten preußischen Gendarmen zu sehen waren, fast zur vollständigen Ungnade von seiner Seite ausgebildet hätte, da mich der Prinz von Hohenlohe heimlich anwies, mir von seiner Excellenz die große Affaire von Jüterbogk erzählen zu lassen, was ich arglos versuchte, worauf ich aber bei kaum zu unterdrückender Heiterkeit der Andern die barsche Antwort erhielt: „Wenn Sie sich will über Kriegs= geschicht' unterricht', so steck' Sie die Nas' in das Buch, ich bin nicht dafür da." Es war nämlich in der Schlacht von Großbeeren bei Jüterbogk, wo er eine württembergische Brigade kommandirte und so total verlor, daß er nur von einem Adjutanten begleitet davon kam, um wie jener spanische General melden zu können:

„Das, großer König,
Ist Alles, was ich von der span'schen Jugend
Und der Armada wieder bringe."

Doch König Friedrich von Württemberg, minder gnädig als König Philipp von Spanien, schickte seine Offiziere auf den Asperg.

In Swinemünde fanden wir die russische Dampfkorvette Krosiaßtschy (der Drohende), die der Kaiser seinem künftigen Schwiegersohn entgegengeschickt hatte. Auf ihr schifften wir uns ein, um alsbald den Kampf mit den Wellen, die meisten auch mit der Seekrankheit zu beginnen; doch blieb ich auch hier wieder davon verschont und konnte mich dem interessanten Leben auf einem Kriegsfahrzeuge hingeben, sowie mit Ver= gnügen in der Hoffnung leben, nun auch etwas vom hohen

Norden kennen zu lernen. Das Schiff war zur Reise des hohen Gastes auf's eleganteste eingerichtet und mit einem Musikchor versehen, welches so oft spielte, als es Wind und Wasser zuließen.

Am zweiten Tage der Fahrt, am 26. Juni, bemerkte man gegen Mittag eine Menge Segel, welche von den Offizieren für ein russisches Geschwader erkannt wurden. Da man seine Bestimmung nicht kannte, so wurde mit der Flagge telegraphirt und nach mehreren Hin= und Herfragen angezeigt, daß sich der Kronprinz an Bord des „Drohenden" befinde, worauf das Geschwader antwortete, es sei zu einer Begrüßung aufgestellt. In einigen Stunden hatte man die Schiffe erreicht: es war die erste Division, bestehend aus 9 Linienschiffen von 100 bis 110 Kanonen unter dem Befehl des Admiral Lazaroff. Die herrlichen Schiffe waren vor uns in einer Linie wie in Schlachtordnung aufgestellt oder zogen vielmehr so mit vollen Segeln vor uns her, was einen überaus großartigen und schönen Anblick gewährte. So näherten wir uns, und es war, als schauten sich die Schiffe erwartungsvoll an; wenigstens die Mannschaft schaute erwartungsvoll an unsern großen Mast hinauf, von welchem sich jetzt mit einem Mal das württembergische Wappen entfaltete, worauf dasselbe von jedem der zehn Kriegsschiffe mit einundzwanzig Kanonenschüssen begrüßt wurde; es war ein Schauspiel, wie ich nie etwas Aehnliches gesehen habe, und bot während des heftigsten Feuerns ganz das Bild einer Seeschlacht. Die großen Schiffe waren bald rings mit Rauchmassen umgeben, aus welchen nur noch die hohen Masten emporsahen und durch welche das Feuer der Geschütze wie helle Blitze zuckte.

Am 28. Juni näherten wir uns Reval und fanden vor dieser Insel eine Brigg aufgestellt, die als Anfang einer Schiffstelegraphenlinie die Ankunft des Kronprinzen augenblicklich gen Peterhof, wo sich die kaiserliche Familie befand, weiter meldete, nicht ohne die württembergische Flagge wieder mit einundzwanzig Schüssen zu begrüßen.

Endlich am 28. Juni gegen vier Uhr Nachmittags erreichten wir Kronstadt und wurden dort ebenfalls von allen im Hafen liegenden oder vorbeifahrenden Schiffen, sowie von den Landbatterien mit einem betäubenden Kanonendonner empfangen. Auch bezeugten die großen Schiffe noch dem hohen Reisenden ihre besondere Ehrerbietung, indem die Offiziere auf dem Hinterdeck versammelt waren und salutirten und die Matrosen sich oben auf den Raaen aufgestellt hatten, wodurch so ein großer Mast wie ein Weihnachtsbaum herausgeputzt erscheint.

Bald erschien ein kleines zierliches Dampfboot des Kaisers und brachte den Generaladjutanten Baron Lieven und den Flügeladjutanten Fürsten Wassiltschikoff, die für die Dauer des Aufenthalts des Kronprinzen zu ihm beordert waren. Endlich eine Seemeile von Peterhof kam der Kaiser selbst mit dem

Großfürsten Thronfolger und den beiden jungen Großfürsten Michael und Nicolai, sowie der Herzog von Leuchtenberg und Prinz Peter von Oldenburg auf einem andern Dampfboot, und es war hoch interessant, den Kaiser Nikolaus zu sehen, wie der schöne Mann mit der prachtvollen Gestalt ganz vorn am Bugspriet stand, mit der hocherhobenen Linken den Mast gefaßt hielt und unter dem freundlichen Winken seiner Rechten mit gewaltiger, volltönender Stimme hinüberrief: „Bon jour, mon garçon."

Für den Kronprinzen war es ein etwas peinlicher Augenblick; denn kaum von den Leiden der Seekrankheit erstanden, hatte er sich in die ungewohnte Uniform des ihm verliehenen russischen Regimentes der „Nischni-Nowgoroder Dragoner", eines der tapfersten und wildesten der ganzen Armee, beinahe tscherkessisch costümirt, kleiden müssen; doch gieng trotzdem Alles ganz vortrefflich, der Kaiser und die Prinzen begrüßten und umarmten ihn mit der liebevollsten Freundlichkeit und eine unzählige Menschenmenge am Ufer vom Peterhof, wo wir landeten, empfieng ihn mit lautem, herzlichem Jubel.

Wie ich es schon öfters hoch interessant gefunden habe, so zu Schiff ankommend, ohne langsamen Uebergang, mitten in das bewegte Leben eines ganz fremden Volkes zu fallen, so auch hier wieder; der durchaus charakteristische Anzug der Russen, die reiche und eigenthümliche Kleidung der Offiziere und Beamten, die Bespannung der meist offenen Wagen, besonders der Troikas mit ihren drei neben einander gespannten Pferden und den glänzenden silberverzierten Geschirren und über Alles ein leichter, aber für die Nase durchaus nicht un= angenehmer Duft von Juchten.

Peterhof, gegen dreißig Werst von Petersburg entfernt, am Ufer des finnischen Meerbusens gelegen, ist bekanntlich eine Schöpfung Peters des Großen, und zog er sich hier zur Sommerfrische in ein kleines, heute noch bestehendes, nach schwedischer Art gebautes Bauernhaus zurück. Es blieb seit jener Zeit ein Lieblingsaufenthalt der kaiserlichen Familie, von der übrigens Niemand weder im großen Peterhofer Schlosse noch im sogenannten englischen Palais wohnte, son= dern in kleinen verschiedenen Cottages, die zerstreut auf den schönsten Punkten der herrlichen Anlagen lagen; fast alle hatten eine Aussicht auf das Meer und Kronstadt. Die rei= zendste und heimlichste dieser Cottages war die der Kaiserin zu Alexandrin, wo auch der Kaiser und die Großfürstin Olga in ganz kleinen Räumlichkeiten wohnten. Große Pracht und Reichthum war an dieses Cottage nicht verschwendet; aber die Lage des Hauses mitten im Gebüsch, die niedliche Bauart desselben, die geschmackvoll und sinnreich angeordnete Grup= pirung von Statuetten, Vasen, Blumenpartien, bildet hier das Schönste, was ich in meinem Leben gesehen habe. Die Wohnung der Kaiserin zu Olivuzzo war in demselben Genre wie dieses Cottage, und man hatte der hohen Fürstin damit

wahrscheinlich zu Palermo eine Erinnerung an ihren Lieb=
lingssitz geben wollen. Der Großfürst Thronfolger bewohnte
ganz in der Nähe ein kleines Landhaus, dessen Gallerie von
hohen Birkenstämmen getragen wurde.

Aehnliche einzelstehende Gebäude, aber mehr im Stile
einfacher Häuser, waren auch zur Aufnahme für die Fremden
bestimmt und in einem derselben wurde der Kronprinz mit
seinem Gefolge einquartiert. Unsere Zimmer waren einfach
möblirt, aber mit allen nothwendigen Bequemlichkeiten, sogar
mit einer Badeeinrichtung versehen. Wozu der dreifache Ver=
schluß der Fenster, äußere und innere Läden, sowie dichte
grüne Vorhänge dienten, begriff ich anfänglich nicht, lernte
das aber baldigst bei der sehr kurzen Nacht schätzen; gegen
elf Uhr wurde es erst dunkel, doch konnte man im Freien
immer noch lesen, und bald nach ein Uhr kündete die Sonne
ihr Erscheinen bereits wieder an.

Hinter unserer Wohnung befand sich Dienerschafts= und
Küchengebäude, in welch letzterem die Herdflammen niemals
erloschen, sondern Tag und Nacht gekocht wurde. Der russische
Hof hatte keine eigene Küchenverwaltung, sondern Lieferanten,
die das Couvert zu einem gewissen Preise, damals fünfund=
zwanzig Franks die Person, mit Vaisselle und Allem, was
dazu gehörte, herzustellen hatten, ein enormer Preis, wogegen
aber der Unternehmer auf alle Eventualitäten gerichtet sein
mußte, auch stets seine Fourgons bereit stehen hatte, da die

Kaiserin häufig kurz vor dem Diner irgend ein ziemlich entferntes Schloß oder gar eine hübsche Waldpartie zum Serviren bestimmte, auch einen solchen Befehl kurz vor dem Beginn widerrief oder abänderte, und weil Kaiser Nikolaus bei einer gelungenen Parade nicht selten ein ganzes Offiziercorps am gleichen Tage zum Diner in's Peterhofer Schloß befahl. Uebrigens war die Küche ganz vortrefflich, und lernte ich hier das sogenannte Voressen „Tertuska" schätzen, kleine pikante Delikatessen, Caviar, Sardellen, Anchovis, die mit den verschiedenartigsten Liqueuren und Schnäpsen vor jeder Mahlzeit herumgereicht wurden. Wir Eingeladenen hatten die Wahl, entweder an der großen Marschallstafel im Peterhofer Schlosse zu speisen oder jeder für sich auf seinem Zimmer, zu welchem Zwecke die Getränke extra verabreicht wurden, und zwar täglich für die Person zwölf Flaschen und zwar Bordeaux, Sauternes, Rheinwein, Champagner, englisches Bier und Liqueur, was den Dienern zu gut kam, die es mit Ausnahme des Champagners tranken oder verkauften, denn von diesem ließ ich, was wir nicht tranken, Scherzes halber in ein Gelaß zusammenstellen und hatte bald gegen hundert Flaschen zusammen, die alsdann der dem Kronprinzen beigegebene Fürst Wassiltschikoff vorschlug zu einem „Getrunk", wie er sagte, für die Tscherkessen im Lager bei Krasnoje-Selo, wo sich das ganze Gardecorps befand, zu verwenden.

„Aber wie macht man ein solches ‚Getrunk‘?"

„Man nimmt einige Dutzend Ananas.“

„Woher?“

„Ei, man requirirt das eben, den Zucker gleichfalls, auch einen kleinen Fourgon zum Hinausschaffen des ‚Getrunkes‘ und für das Uebrige will ich sorgen.“

So geschah es denn auch an einem Abend, wo wir alle nichts zu thun hatten; und das „Getrunk“, in einem riesigen Feldkessel bereitet, war von großartiger Wirkung auf die Offiziere der wilden Bergvölker.

In gleichem Stile, wie Küche und Keller, war auch alles Uebrige in altasiatischer Pracht und Herrlichkeit; jeder von uns hatte eine Tag und Nacht bereitstehende Equipage mit Kutscher und russischem Hoflakaien, welche, wie auch unsere eigenen Leute, gleichfalls Diener hatten, die ihnen beim Anspannen, Putzen und Serviren halfen und die von noch untergeordneteren Leuten unterstützt wurden, so daß ich in den lauen Sommernächten häufig rings um unser Haus gelagert Schlafgänger aller Art antraf, die zu unserer Dienerschaft gehörten.

Neben den Hofequipagen befanden sich im Peterhof damals über 1700 Miethwagen, und die Zahl der reitenden Lakaien, die man mit großen Hutschachteln und Cartons hin- und hergalopiren sah, war überaus groß.

Häufig hatte ich für den Kronprinzen Aufträge in Petersburg zu besorgen, wohin ich dann in einem leichten Coupé, vier Pferde neben einander gespannt, mit außerordentlicher Schnelligkeit fuhr. Am Thore wurde mein Stand und Name angegeben: Prinzke Secretar Würtembergscajo. Eines Tages hatte ich dreimal diese Tour gemacht, und als wir Abends ohne den Kronprinzen soupirten — in unserer Gesellschaft befand sich ein angenehmer und lieber Württemberger, Herr von Hochstetter, Stallmeister des Kaisers, ein junger schöner Mann und vortrefflicher Reiter, der aber wenige Jahre darauf starb — so sagte dieser lachend zu mir: „Heute sind 48 Pferde für Sie notirt worden," worüber Prinz Hohenlohe scherzhaft seine Glossen machte und mich, der ich doch im Dienste diese Pferde benutzt hatte, des Mißbrauchs der Gastfreundschaft anklagte. Gleich darauf aber fuhr er entrüstet auf, als ihn Hochstetter versicherte, für ihn, der Peterhof an diesem Tage gar nicht verlassen hatte, seien gleichfalls zwölf Pferde requirirt worden. Komisch erschien mir auch eines Nachts, als ich spät von Petersburg heimkehrte, das beleidigte Gesicht meines russischen Dieners, als ich bescheiden etwas kalte Küche wünschte und er mir fast barsch zur Antwort gab: „Oh, das giebt es nicht, aber man wird Euer Gnaden sogleich ein ganzes Souper serviren."

Generaladjutant Baron Lieven, der dem Kronprinzen zugetheilt war, ein ziemlich großer, sehr magerer Mann, mit schwarzem Haar und Bart, blassem, etwas gelblichem Teint, lebhaften Augen und feinen, geistreichen Zügen, hatte mich

unter seine ganz besondere Protektion genommen, und wenn
er Morgens vom Kronprinzen kam, so trat er meistens bei
mir ein, um, auf der Tischecke sitzend, seine Cigarrette zu
rauchen. Auf's genaueste bekannt mit allen Persönlichkeiten
des Hofes, erzählte er gern und höchst interessant und hatte
die Gewohnheit, seinen Antworten auf Fragen, die man an
ihn that, oder auch sonst wohl seinen Bemerkungen das Wört=
lein „Pfui" vorzusetzen. So, als er mich eines Tages auf
der Straße traf und nach meinen Gängen befragte und ich
erwiederte: „Ich habe bei verschiedenen Hofdamen nothwendige
Besuche gemacht," gab er mir zur Antwort: „Pfui, wer wird
Hofdamen besuchen!" Und ein andermal bei einem soge=
nannten maskirten Ball im Peterhof, der aber nur darin
bestand, daß viele der Herren — alle waren in großer Uni=
form — einen kleinen schwarzen Domino trugen und daß
mit dem Hut auf dem Kopfe getanzt wurde, wobei ich stau=
nend die mir fremden malerischen Costüme betrachtete. Neben
Tscherkessen, Kosaken sah man orientalische Trachten, und
zwischen den glänzenden Uniformen der russischen Regimenter
wandelten ernst und still armenische und grusinische Fürsten
in ihrer reichen und schönen Tracht; einer derselben, mit
Orden und Sternen bedeckt, fiel mir besonders auf, weßhalb
ich zu Baron Lieven sagte: „Excellenz, das ist gewiß ein
sehr vornehmer Herr," worauf er mir zur Antwort gab:
„Der da — pfui, das ist eine wilde Bestie." Als wir uns

später zur Abreise rüsteten und General von Spißemberg, stets in Sorge, ob ich, der ich zum Reisemarschall bestimmt war, auch meine Schuldigkeit thun würde, mich oft im Tage einige Mal rufen ließ, um mir dieß und jenes einzuschärfen, da begegnete ich nie dem Baron Lieven, ohne daß er mir schon von weitem zurief: „Pfui, der alte General hat Sie schon lange durch sechs Feldjäger suchen lassen."

Neben unserer Wohnung stand ein ähnliches, etwas größeres Haus, in welchem der Prinz von Preußen, unser heutiger Kaiser Wilhelm, der gleichfalls zu den Hochzeitsfeier= lichkeiten gekommen war, mit seinem Gefolge wohnte. Ich war ihm schon in Berlin bekannt geworden und wurde auch hier von ihm in wahrhaft herzlicher Güte und Freundlichkeit empfangen; ja er gestattete mir, mich bei ihm melden zu lassen, wenn ich ihm irgend etwas zu sagen hätte oder ihn über= haupt besuchen wolle; eine außerordentliche Gnade, von der ich häufig Gebrauch gemacht habe, und genußreiche Stunden, welche auch heute noch zu meinen liebsten Erinnerungen ge= hören. Stets war er wohlwollend und gütig, theilte mir In= teressantes mit, und war ich bei diesen Besuchen oft Zeuge der belustigendsten Scenen.

So einmal bei großen Festlichkeiten, die mehrere Tage nach einander auf den Newa=Inseln bei Petersburg, besonders auf Wassili=Ostrof und Jelagin, stattfanden, wo ich bei dem Prinzen war, der auf letzterer Insel in einem kaiserlichen Lust=

schlosse wohnte. Es öffnete sich nämlich plötzlich die Thür und die beiden jungen Großfürsten, Michael und Nicolai, sprangen in der Uniform gewöhnlicher Soldaten herein. Sie stürzten auf den Oheim, der sich in großer Generalsuniform befand, los, küßten ihn, drückten seine Hände, ja versuchten es, an ihm hinauf zu klettern und ließen mit ihren stürmischen Liebkosungen nicht nach, obgleich ihnen der Prinz, allerdings lachend, schon ein paarmal zugerufen hatte: „Jetzt ist's genug, jetzt laßt mich zufrieden oder seid wenigstens ruhig!" Umsonst, sie umsprangen ihn in einem fort, bis er sich auf einmal stramm aufrichtete und mit ernster Stimme kommandirte: „Stille gestanden — kehrt — marsch!" und dabei auf die Thüre des Zimmers wies, worauf sie sich im Paradeschritt entfernten.

Ein andermal waren Einladungen zu einer großen Wolfs- und Bärenjagd ergangen, zu welcher die eingefangenen Thiere in der Nähe vom Peterhof in starken Käfigen aufbewahrt wurden, wilde Bestien, was die Wölfe anbetraf, die mit glühenden Augen und schäumendem Maule wie toll in ihren Käfigen herumsprangen, während der nicht allzugroße Bär auf den Hinterbeinen sitzend dankbar aufwartete, wenn man ihm ein Stück Zucker gab, ja sich Kopf und Pfoten mit solcher Gutmüthigkeit krauen ließ, daß wir alle überzeugt waren, ein vollkommen zahmes Thier vor uns zu haben. Am andern Tage fand die Jagd statt, bei der auf jeden Wolf drei jener schönen, großen, kräftigen, fast weißen Hunde, Windspielen ähnlich, losgelassen wurden, denen dann die Jäger zu Pferde folgen, bis der Wolf gestellt wird und getödtet werden kann; dann wurde schließlich der Bär getrieben und von dem Prinzen von Preußen erlegt. Andern Tags besuchte ich ihn und als er mir zurief: „Nun, Sie dürfen mir gratuliren, ich habe gestern einen Bären geschossen!" — konnte ich mich nicht enthalten, ihm lachend zu sagen: „Ja wohl, Königliche Hoheit, aber es war ein zahmes Wildpret, denn wir haben ihn mit Zucker gefüttert und ihm den Kopf gekrazt," worüber der Prinz, statt empfindlich zu sein, unter lautem herzlichem Lachen sagte: „Eigentlich ist es abscheulich, mich einen zahmen Bären schießen zu lassen; doch weiß man, daß ich auch mit einem echten, wilden fertig werden kann!"

Die Adjutanten und Begleiter des Prinzen, die mit ihm in dem benachbarten Hause wohnten, waren: der General Graf Königsmark, ein großer, schöner, vornehmer Herr mit den gewinnendsten Manieren, angenehm, ja behaglich im Umgange; Freiherr von Bergh, Hauptmann im Generalstabe, ein eben so kenntnißreicher als liebenswürdiger Gesellschafter, mit dem ich bis an seinen Tod in freundschaftlichstem Verkehr, im Briefwechsel und im Austausch künstlerischer Objekte blieb, da er bedeutende Sammlungen in Aquarellen und Handzeichnungen besaß, die er gern vermehrte und verbesserte; ferner der Rittmeister der Gardehusaren von Witzleben, Sohn des

ehemaligen Kriegsministers, von seinen Kameraden der lustige
Job genannt, einer der amüsantesten, drolligsten Gesellschafter,
stets zu guten und mittelguten Witzen aufgelegt, von uner=
schöpflicher Suada und den kühnsten Einfällen. Nebenbei
durch vortreffliche Eigenschaften des Geistes und des Herzens
bei Jedermann beliebt, hatte er bei seiner unverwüstlichen
Laune eine gewisse Art von Freiheit, der man nichts übel
nahm. So lud er eines Tages eine Menge Personen zu
einem deutschen Bundestagssoupé ein, von dem mir Graf
Königsmark sagte: „Na, ich bin begierig, was da wieder
herauskommen wird," und wobei Witzleben am Schluß eine
große Rede hielt, in der er speziell für die anwesenden däni=
schen Offiziere auf den damals noch bestehenden Sundzoll zu
reden kam und ihn als eine Unmöglichkeit, ja als eine nicht
zu duldende Verhöhnung des mächtigen Deutschlands darstellte.
Natürlich nahm jeder das lachend hin, doch wußte man schon
am andern Tage überall von dieser Rede und der Prinz von
Preußen sagte mir: „Ich höre, Witzleben hat wieder einmal
politisirt."

Bei jenen Festen auf Wassili=Ostrof, von denen ich oben
gesprochen, wo bei einer sogenannten Volkspromenade — naród-
noje guliánie — eine ungeheure Menschenmasse meistens zu
Wagen auf der Insel zusammengeströmt war, um Illumi=
nation und Feuerwerk zu bewundern, fuhr ich mit Witzleben
in einem offenen Hofwagen nach Petersburg zurück. Er war

in voller Uniform, hatte aber eine Feldmütze aufgesetzt, weil
sein Pelzkalpak mit dem hohen weißen Reiherbusche der Kopf=
bedeckung des Kaisers Nikolaus, die dieser als General=Het=
man der Kosaken zu tragen pflegte, zum Verwechseln ähnlich
sah, was schon zu unliebsamen Aeußerungen Veranlassung
gegeben hatte. Plötzlich aber kamen wir in einen solchen
Wagenknäuel hinein, sahen auch schon Fahrzeuge in die
Chausseegräben rutschen, daß Witzleben meinte: „Hier kann
nur geholfen werden, wenn wir ein bißchen ‚Goßudar‘ spielen,“
worauf er sich so hoch als möglich emporrichtete, den Kalpak
aufsetzte, den leichten Mantel, den er trug, auf der Brust zu=
sammenzog und mit lauter Stimme „Paschol“ rief, was be=
sonders beim Erblicken des hohen weißen Reiherbusches von
gewaltiger Wirkung war, und wie ein Lauffeuer schien die
Nachricht vor uns herzufliegen: „der Kaiser kommt“, worauf
sich jeder beeilte Platz zu machen, so daß wir im vollen Lauf
der Pferde wie durch ein Spalier dahinsausten. Aehnliche
Furcht vor einer Begegnung mit dem Kaiser erfuhr ich auch
eines Tages, als ich auf erlaubten Wegen im Park des Peter=
hofs spazieren fuhr, mein Kutscher aber plötzlich Kehrt machte
und im vollen Galop der Pferde zurückjagte, nachdem er
mit scheuem Blick auf einen kaum erkennbaren Punkt in der
großen Waldallee deutend „Goßudar“ gerufen hatte.

Später mußte Witzleben, um einem höheren Offizier —
ich glaube, es war der General der Infanterie von Möllen=

dorf, der gleichfalls zu den Hochzeitsfeierlichkeiten kam — Platz zu machen, in das sogenannte englische Palais ziehen, wo in kurzer Zeit wieder höchst ergötzliche Geschichten von ihm ruchbar wurden. Dort wohnte im Parterrestocke der Staatskanzler Nesselrode, und in der ersten Etage Feldmarschall Paskewitsch, die sich begreiflicherweise wenig um den preußischen Rittmeister kümmerten; doch frug diesen eines Abends der Admiral Lütke, Gouverneur des Großfürsten Constantin: „Wie befinden Sie sich in Ihrer neuen Wohnung, lieber Witzleben," worauf jener achselzuckend zur Antwort gab: „Excellenz, die Wohnung an sich wäre so übel nicht, doch habe ich selten dort eine ungestörte Nachtruhe."

„Ei — wie so denn?"

„Kaum will ich einschlafen, so kommt entweder der Herr Staatskanzler zu mir an's Bett, um über russische Verhältnisse mit mir zu plaudern, oder der Feldmarschall Paskewitsch, um meine Ansichten über Polen zu hören — allerdings ungeheuer ehrenvoll für mich, aber meine Nachtruhe ist mir doch lieber."

Alles lachte, besonders weil er dergleichen Geschichten im tiefsten Ernste vortrug.

Nun war ein paar Tage später irgend eine Festlichkeit im Peterhofer Schloß, allerdings ohne den Kaiser, der bei diesen kleineren Veranlassungen nicht immer oder nur kurz vor Beendigung derselben zu erscheinen pflegte. Die Kaiserin saß

auf einem sehr niederen Fauteuil, und wen sie sprechen
wollte, dem winkte sie entweder mit der Hand, oder ließ sie
den Betreffenden durch einen Kammerherrn holen, so auch
Witzleben, nachdem sie vorher dem Feldmarschall Paskewitsch,
der neben ihrem Stuhle stand, lächelnd etwas gesagt, worauf
Ihre Majestät nach sehr freundlichen Erkundigungen über das
Befinden des Herbeigerufenen scheinbar ernsthaft sagte: „Und
was Ihre Nachtruhe anbelangt, lieber Witzleben, so habe ich
es Nesselrode und auch dem Feldmarschall gesagt, daß man
Sie künftig in Ruhe lassen möge." Jeder Andere würde in
großer Verlegenheit einige Worte gestottert haben, wogegen
Witzleben sich tief verbeugend sprach: „Ich danke Eurer Majestät unterthänigst für diesen neuen Beweis Allerhöchster Huld
und Gnade."

Bei ähnlichen Gelegenheiten ließ auch mich die Kaiserin
zuweilen rufen, wobei man sich tief zu ihr herabbeugen mußte,
um ihre wegen Kränklichkeit häufig leise gelispelten Worte zu
verstehen und oft auf ganz unerwartete Fragen gefaßt zu sein.
So verlangte sie einmal von mir zu wissen, wie es komme,
daß bei so manchem Dome und Münster zwei Thürme projektirt seien, aber meistens nur einer ausgebaut, was ich mir
erlaubte ihr dahin zu erklären, daß die Doppelthürme als für
Dome ersten Ranges stets markirt worden wären, selbst wenn
es voraussichtlich am Geld gefehlt, den zweiten auszubauen.
Manchmal ließ sie mich auch auf ihr Cottage Alexandrin

kommen, wo ich dann Gelegenheit hatte, das einfache und
vertrauliche Zusammenleben der kaiserlichen Familie zu bewun=
dern. Ich mußte Ihrer Majestät und der Großfürstin Olga,
die hier im einfachsten Hauskleide war, die Pläne zur kron=
prinzlichen Villa vorlegen und auf's genaueste erklären, wobei
die beiden hohen Damen mit Bleistiftstrichen kleine Aende=
rungen angaben; auch verlangte die Kaiserin, ich solle ihr
ganz genau an der Wand ihres Zimmers die Höhe angeben,
bis zu welcher die Mauern schon aus dem Boden gewachsen
seien, denn sie befürchtete immer, der ganze Bau sei erst pro=
jektirt und würde noch lange Jahre bis zur Vollendung brauchen.
Höchst eigenthümlich war der stets und schroff wechselnde Ge=
sundheitszustand Ihrer Majestät; denn Mittags zum Beispiel
konnte sie matt in ihrem Lehnstuhle ruhen, in Shawls ein=
gehüllt und mit schwacher ersterbender Stimme sprechen, um
Abends in großer Toilette, decolletirt, mit Brillanten bedeckt,
munter in ihrer Theaterloge zu erscheinen.

Am 13. Juli unseres Stils fand die Vermählung des
Kronprinzen mit der Großfürstin Olga in der reichgeschmückten
Kapelle des Peterhof=Schlosses statt, für welch beschränkten
Raum nur die Mitglieder der kaiserlichen Familie und die
Nächsten des persönlichen Dienstes, wozu auch ich gehörte, zu=
gelassen werden konnten; es war eine fast erdrückende Pracht,
die von Gold und Silber strotzenden Wände der kleinen Kirche,
die leuchtenden, oft mit Edelsteinen besetzten Rahmen um die

grell gemalten Köpfe russischer Heiliger, die reichen Kirchen-
gewänder, gestickte Uniformen, Ordenssterne aller Art, leuchtende Damentoiletten, wehende Federn, Spitzen und Brillanten,
Millionen im Werthe auf einen ganz kleinen Raum zusam-
mengedrängt. Mich dauerte dabei das Brautpaar, vor allem
die schöne, heute recht bleiche Großfürstin, bei der nach
griechischem Ritus so langandauernden und ermüdenden kirch-
lichen Ceremonie; auch die beiden jüngsten Großfürsten hatten
einen sehr sauren Posten, denn sie mußten schwere goldene
Kronen über den Häuptern des Brautpaares schwebend erhalten, was der langen Schleppe der Braut wegen sehr mühsam war, besonders als schließlich der Oberpriester-Archimandrit,
die beiden Daumen des jungen Paares zusammen nehmend,
dieses mehrmals um den Altar führte.

Um so einfacher, fast ärmlich dagegen erschien die
gleich darauf folgende Trauung nach den Satzungen unserer
evangelischen Kirche, wozu an der langen Wand eines sehr
großen Saales ein kleines unbedeutendes Altärchen fast verschwand, vor welchem der Geistliche rasch und einfach seine
Trauung verrichtete. Dann folgte ein großes Bankett, dem
aber die kaiserliche Familie nicht beiwohnte. Sie war verschwunden, nachdem die Allerhöchsten Herrschaften Cercle ab-
gehalten, was für mich bemerkenswerth war, weil ich hier
dem Kaiser Nikolaus vorgestellt wurde und somit Gelegenheit
hatte, diesen imposanten und außerordentlich schönen Mann,

eine majestätische Persönlichkeit, wie ich nie eine gesehen, recht in der Nähe zu betrachten und reden zu hören; sein Gesicht hatte die frappanteste Aehnlichkeit mit dem seiner Tochter, der Großfürstin Olga, dieselbe schöne offene Stirn, dieselbe edelgeformte griechische Nase, auch die klaren Augen beider glichen sich, nur mit dem Unterschiede, daß während ich die der Großfürstin nie sonderlich glänzend erwärmt gesehen habe, dagegen die ihres Vaters in eisiger Pracht leuchteten, ungefähr wie ein vom Mond beschienenes Schneefeld, unter dessen Glätte und Glanz sich allerlei Unheimliches verbirgt.

Bei dieser Unterredung geschah das Ungeheuerliche, daß ich dem Kaiser in der Befangenheit, die mich, wie ich nicht läugnen will, beherrschte, auf seine in französischer Sprache gethane Frage: „Wie lange ich im preußischen Militär gedient?" eine deutsche Antwort gab, worauf er, was noch außerordentlicher war, die allerdings kurze Konversation in deutscher Sprache, die er vortrefflich redete, fortsetzte.

Daß ich trotzdem keinen üblen Eindruck auf ihn gemacht hatte, erfuhr ich durch den Kronprinzen wenige Tage später, und zwar bei einer Gelegenheit, deren unangenehme Veranlassung mir zu denken gab. Es war nämlich von gewissen Seiten in Stuttgart einem sich gleichfalls nach Rußland begebenden Hochzeitsgast, dem russischen Generaladjutanten Fürsten von Kupferzell, der heikle Auftrag gegeben worden, im Gespräch mit Seiner Kaiserlichen Majestät möglicherweise einem

Mißtrauen gegen mich Worte zu verleihen, was auch geschehen war; — denn Kaiser Nikolaus nahm eines Tages Veranlassung mit dem Kronprinzen darüber zu reden, wobei er sich gerade nicht anerkennend über die Art und Weise aussprach, Jemand ohne Darlegung von Thatsachen zu verdächtigen und ein paar wohlwollende Worte über meine Persönlichkeit beifügte.

Bis zum Tage der Vermählung hatten wir in dem schönen Peterhof in einer wahrhaft idyllischen Behaglichkeit gelebt, Spaziergänge und Fahrten in die Umgebung gemacht, Mittags der täglichen Parade, die unter vortrefflicher Militärmusik stets stattfand, beigewohnt, zu der sich auch häufig der Kaiser in einem einfachen Charabank, selbst kutschirend, mit der Kaiserin und dem Brautpaare einfand. Kleine Feste, die stattfanden, waren bisher nur militärischer Art gewesen, wie unter anderen der Einzug der Kadetten in ihr Lager. Es war dieß eine vollständige Liliputarmee, wie sie der Kaiser nannte, an zweitausend Kinder und junge Leute, von acht bis achtzehn Jahren, alle uniformirt und bewaffnet, theilweise auch beritten, wie: eine Schwadron Dragoner mit Lanzen — die Junkerschule —, ein paar Züge kleiner Tscherkessen, dann das Pagencorps, Artillerie mit kleinen Kanonen, und hierauf einige Bataillone Infanterie. Mitten zwischen den Uebrigen marschirten die beiden kleinen Großfürsten Nicolai und Michael. Im Lager angekommen, wo sie ihre Zelte mit Strohsäcken und allem Nöthigen wie das übrige Militär hatten, zogen sie — nachdem sie vor dem Kaiser und dem Kronprinzen von Württemberg, umgeben von zahlreicher Suite, defilirt hatten — in ihre Zeltgassen und legten Waffen und Lederzeug ab. Mittlerweile waren die Kaiserin und die Großfürstinnen Marie und Olga, gefolgt von den Offizieren des Regiments Chevaliers-Garde, zu Wagen an dem Lager angekommen, worauf den Kadetten ein Zeichen gegeben wurde, die nun in vollem Laufe alle durcheinander, Dragoner, Artillerie, Tscherkessen und Infanterie, die Wagen umringten und von den höchsten Herrschaften begrüßt und angesprochen wurden; besonders der Kaiser lachte und scherzte mit den kleinen Soldaten, klopfte hier einem auf die Schulter, hob dort einen empor und stand unter ihnen wie ein Vater unter seinen Kindern; es war wirklich ein hübscher Anblick und ich bin fest überzeugt, daß von all diesen kleinen Männern, die später Offiziere wurden, und von denen der eine in den Süden, der andere in den Norden des ungeheuren Reiches kam und die vielleicht in langen, langen Jahren ihren Kaiser nicht wiedersahen, keiner die Herzlichkeit vergessen hat, mit der ihn die kaiserliche Familie begrüßt, und mit der ihm der Kaiser die Hand gegeben.

Die großartigen Festlichkeiten im Peterhof begannen nach der Vermählung mit einer großen Wachparade, die der Kaiser, begleitet von seinem Schwiegersohne, von den Prinzen von Schweden und Holstein abhielt und bei welcher das am reich=

sten uniformirte Regiment der ganzen Armee, die Garde
a Cheval aufzog, und wo die junge Kronprinzessin von Württemberg dieser speziellen Garde der Kaiserin so zu sagen gezeigt
wurde, indem sie in offener Kalesche an den Reitern vorüber-
fuhr. Nach einem Empfang des diplomatischen Corps fand
dann jener bal masqué statt, von dem ich schon bei Erwähnung des General Lieven gesprochen. Um aber auch der
Petersburger Gesellschaft etwas zu bieten, wurde von Herren
Alles, was hoffähig war, von den Beamten gewisse Kate-
gorien und von der Garnison sämmtliche Offiziere in zahlreichen Gemächern versammelt, um der Kronprinzessin ihre
Huldigung darzubringen. Sie stand in der Mitte eines der
größten Säle fast ganz allein, da sich der Hofstaat etwas zurückgezogen hatte, und bot eine prachtvolle, ja herrliche Erscheinung; ihr Kleid war von weißem Atlas, nur mit Brillanten garnirt, an ihren Schultern hieng ein rothsammtener
goldgestickter Mantel, dessen lange Schleppe von Pagen getragen worden war, und dessen Ende nun kunstvoll um die
Füße der schönen Frau drapirt wurde; auf ihrem blonden
Haar trug sie ein Brillantdiadem, und das Ganze machte
einen unvergeßlichen Eindruck.

Zu beneiden war indessen die arme Prinzessin bei dieser
Ceremonie nicht; nun begann das Defiliren der oben er-
wähnten Herrschaften ohne und mit zuweilen recht stacheligem
Bart, was über zwei Stunden dauerte, wobei die Kronprin-

zessin dem Nahenden die rechte Hand entgegenstreckte, die dann häufig sehr langsam und bedächtig geküßt wurde, worauf sie den Arm wieder erhob, um ihn für den nächsten abermals sinken zu lassen. Wie ich später gehört habe, fühlte sie sich auch schließlich einer Ohnmacht nahe und hatte ihre feine weiße Hand noch länger die geröttheten Spuren dieser unzähligen Küsse gezeigt.

Bei unserem leider nur sehr kurzen Aufenthalt in Petersburg selbst thaten wir alles Mögliche, um mit den Sehenswürdigkeiten und reichen Kunstschätzen, besonders in der Eremitage, fertig zu werden, auch Kirchen zu bewundern und die großen Exerzierhäuser anzusehen, wo in einem der letzteren das Preobrajenskische Garde-Regiment vor dem Kronprinzen und den übrigen hohen Gästen exerzierte und wo der preußische General von Möllendorf, damals ein schon alter Herr, fast von Rührung übermannt wurde, als sich bei den Handgriffen der außerordentlich großen und schönen Leute auch nicht die kleinste Bewegung an den sehr hohen Federbüschen ihrer Tschako's zeigte. Von diesem im Dienst und in Ehren ergrauten liebenswürdigen Herrn erzählte man sich damals eine gute Anekdote, die das ehemalige preußische Militärsystem, wo das Aeußere alles galt, kennzeichnete. Bei einer Parade machte der seitwärts marschirende, taktangebende Offizier seine Sache so vortrefflich, daß ihn der General später öffentlich mit den Worten belobte: „Ich danke Ihnen, Herr Lieutenant,

Sie haben Ihre schwierige Aufgabe zu meiner Bewunderung gelöst; Gott erhalte Ihnen diesen Schritt!" Als er aber ein paar lächelnde Mienen gewahrte, fügte er im höchsten Ernst hinzu: „Meine Herren, lachen Sie nicht, solcher Schritt ist eine Gabe des Höchsten!" —

Wir wohnten im Winterpalais allerdings ziemlich hoch in dem unermeßlichen, zur Sommerszeit sehr öden Gebäude; von der Dienerschaft war das Meiste auf den verschiedenen Lustschlössern der kaiserlichen Familie und nur die Portiers und Neger, welche in ihren reichen phantastischen Costümen Thürhüterdienste thaten, waren geblieben und gaben den grauen Steinmassen eine etwas lebhafte Färbung. Ich bewohnte die Zimmer einer Hofdame der Kaiserin, Gräfin Haake, die später von dem Prinzen Alexander von Hessen, Bruder der Thron= folgerin, entführt und dessen Gemahlin wurde.

Der Kronprinz und der Prinz von Preußen hatten Ge= mächer in den untern Räumen, wodurch es mir leicht gemacht wurde, letztere und auch die großen Empfangs= und Fest= appartements, sowie den riesigen Thronsaal häufig zu sehen. Von diesen sagte mir der Prinz von Preußen, daß unter leicht= und abergläubischen Leuten schon längst die Sage gehe, es lasse sich dort zu gewissen Zeiten der unglückliche Kaiser Paul in prachtvollen Gewändern durch den weiten Raum schreitend oder auf dem Throne sitzend sehen, was er fast einmal beinahe in die Lage gekommen sei zu bestätigen, denn:

„nach einem großen Hoffest, das bis tief in die Nacht ge=
dauert," erzählte der Prinz. „gieng ich, um einen Umweg
nach meiner Wohnung zu ersparen, durch den nur schwach
vom Mondlicht erhellten Thronsaal, allerdings einem Diener
folgend, der mir mit einer Girandole voranleuchtete, dieselbe
aber mitten im Saal unter einem lauten Aufschrei fallen ließ
und davon sprang, während ich begreiflicherweise bestürzt auf=
schaute, um vor mir auf dem Throne eine Gestalt ruhen zu
sehen, von der ich aber, rasch darauf losgehend, nur ein
rothes, mit Gold besetztes Gewand zu erkennen vermochte, weil
dieselbe im nächsten Augenblicke verschwunden war. Am an=
dern Morgen sprach ich in vertraulicher Weise mit einem der
Beamten darüber, der mir achselzuckend Nachforschungen ver=
sprach, mir aber wenige Tage darauf berichtete, er habe
herausgebracht, daß es ein Lakai gewesen sei, der sich ermüdet
auf den Thron gesetzt und dort eingeschlafen sei."

Von allen Eindrücken, die ich, was Gebäulichkeiten an=
belangt, in Petersburg empfangen, ist keiner mir so unver=
geßlich geblieben als der der Isaakskathedrale, sowohl im In=
nern mit den unermeßlichen Malachitschätzen, worunter einige
ganz massive Säulen aus diesem edlen Stein bestehen, als
im Aeußern durch die riesenhafte ganz vergoldete Kuppel, die,
besonders unter hellem Mondschein gesehen, hoch über alle
anderen Bauten, wie von weißen lodernden Flammen um=
spielt, hervorragte.

Zu den Peterhofer-Festlichkeiten gehörte auch die bei allen dergleichen Gelegenheiten wiederkehrende, wahrhaft zauberhafte Beleuchtung des Parkes, wozu an den Vorbereitungen schon seit mehreren Tagen gearbeitet wurde, denen wir aber, um uns nicht den Totaleindruck zu verderben, auf Allerhöchsten Wunsch fern bleiben mußten; endlich, ich glaube es war am 18. Juli, verkündigten gegen elf Uhr Abends aufsteigende Raketen den Anfang der Illumination. Für das Anzünden der Lampen wurden an viertausend Matrosen von der bei Kronstadt liegenden Flotte beschäftigt, welche an den riesenhaften Gerüsten wie an ihrem Takelwerk auf- und abkletterten und ihr Geschäft mit Blitzesschnelle vollführten. Für die kaiserliche Familie, den Hofstaat und die eingeladenen fremden Gäste standen kleine offene Wagen, sogenannte „Linien" bereit, auf welchen man durch die zauberhaft beleuchteten Gänge des weiten Parkes fuhr. Es ist unmöglich, sich von dieser Illumination einen richtigen Begriff zu machen; bald fuhr man zwischen haushohen Arkaden, bald bei einer Tempelstadt vorbei, alles zu diesem Zweck aufgebaut und mit Lichtern besät; bald sah man neben sich Treppen von riesenhaften Dimensionen, die aufwärts zu Schlössern führten, welche theils wirklich existirten, theils à la Potemkin aus Brettern, Latten und Pappdeckeln gemacht waren und unter bengalischem Feuer einen vortrefflichen Eindruck machten. Den schönsten Anblick gewährte das kleine Haus Peters des Großen, das an einem kleinen See liegt, der rings mit bunt leuchtenden Arkaden umgeben war, die sich in der klaren Fluth wiederspiegelten. Bei Wasser= fällen kam man vorbei, wo die Lichter unter dem Wasser angebracht waren, wodurch dasselbe wie eine herabstürzende Feuermasse erschien; auf vielen Plätzen des Parkes waren Musikchöre aufgestellt, und obgleich gewiß an zehntausend Zu= schauer im Park spazierten, gieng doch Alles in geräuschloser Stille und vollkommenem Anstand vor sich. Kein Gedränge, kein Streit, kein lautes Lachen, aber auch weiter keine Heiter= keit oder besondere Demonstrationen, sehr schwaches Hoch= rufen, denn das liegt nicht in der Art des hiesigen Publikums.

Großartiger, wenigstens ungleich geräuschvoller, war eine große Schiffsrevue bei Kronstadt, für mich eines der schönsten Schauspiele, die ich in meinem Leben gesehen habe; wir fuhren in vielen Dampfbooten dorthin, und als man der Flotte, die auf der Rhede von Kronstadt war, ansichtig wurde, ließ der Kaiser die preußische Flagge aufziehen, welche von jedem der Kriegsschiffe mit 21 Kanonenschüssen begrüßt wurde. Die Flotte war in drei Linien von Westen nach Osten auf= gestellt. In der ersten lagen 18 Linienschiffe von 110 bis 74 Kanonen, auf's genaueste alignirt, wie ein Regiment Infanterie in ziemlich großen Intervallen; die zweite Linie bestand aus achtzehn Dampf= und Segelfregatten und in der dritten Linie lagen zehn leichte Fahrzeuge, Schooner, Briggs und so weiter.

Bei Fort Alexander legte das kaiserliche Dampfboot an und der Czar stieg mit seiner glänzenden Begleitung auf die Plattform des Werkes, worauf mir einer der Stabsoffiziere unseres Bootes, der neben mir stand, sagte: „Mir scheint, der Kaiser will seinen hohen Gästen ein prachtvolles Schauspiel geben, und sowie man dort oben die kaiserliche Flagge aufzieht, geben Sie ringsumher nur Achtung." Dem war wirklich so, denn ein paar Sekunden später flatterte von der Flaggenstange des Forts die gelbe Flagge des Kaisers mit dem schwarzen Adler. Wir schauten erwartungsvoll um uns, wenige Augenblicke darauf donnerte und krachte es von allen Seiten. Alle Schiffe im Hafen von Kronstadt, alle Festungswerke desselben, sowie die ganze Flotte lösten ihre sämmtlichen Kanonen. Es geschahen an 4000 Schüsse; in der Zeit von einer halben Viertelstunde war das Meer mit einem so dichten Pulvernebel bedeckt, daß wir von unserem Dampfboot aus kaum hundert Schritte deutlich vor uns sehen konnten. — Nachdem der Kaiser sein Boot wieder bestiegen hatte, begab man sich zur Flotte und fuhr zuerst an der Front der Linienschiffe vorüber, wo die Mannschaft eines jeden ihn mit einem dreimaligen Hurrah begrüßte.

Später sollte, und zwar unter den unmittelbaren Befehlen des Kaisers, manövrirt werden, was aber unterblieb, da eine herankommende holländische Segelbarke durch fehlerhaftes Manöver in den kaiserlichen Raddampfer hineinfuhr —

eigentlich sei das Umgekehrte der Fall gewesen, wie man sich Abends verstohlen zuflüsterte; doch wurde der Holländer mit Beschlag belegt, das heißt zur Aburtheilung in den Hafen geschleppt, um am andern Morgen, reich entschädigt, wieder entlassen zu werden.

Bei dieser Schiffsrevue kam auch der Fall vor, daß für sämmtliche, vielleicht dreihundert Eingeladene ein dreifaches Diner bereitgehalten wurde. Es sollte nämlich auf den Schiffen gespeist werden; allein man kam jenes oben erwähnten Vorfalles wegen schon zu früh, um drei Uhr, nach Peterhof zurück, wo es denn in Jedes Belieben gestellt wurde, entweder an der großen Tafel im Schlosse oder auf seinem Zimmer zu speisen.

Der Kronprinz mit seiner jungen Gemahlin hatte gleich nach der Vermählung ein kleines, aber zierlich und geschmackvoll eingerichtetes Appartement im Peterhofer Schlosse bezogen, nahe den Zimmern, wo der Kaiser täglich mit seinen Ministern arbeitete. Er hatte so seine geliebte Tochter ganz in der Nähe, was er denn auch häufig benutzte, um das junge Paar in seinem Hausstande zu überraschen.

Hier machte auch ich nun meine täglichen Rapporte, wo ich häufig das Glück hatte, die schöne Kronprinzessin zu sehen, die oft bei meiner harmlosen Berichterstattung nach scherzhaft eingeholter Erlaubniß zugegen blieb. Eines Tages fand ich dort auch Herrn Kollegienassessor Adelung, den neu ernannten Sekretär der Kronprinzessin, meinen nunmehrigen Kollegen, der sich später nicht sehr kollegialisch gegen mich benahm. Als Erläuterung hiezu verweise ich auf den Dankwart in meinem Europäischen Sklavenleben.

In Peterhof befand sich damals der Kunstreiter-Cirkus Guerra, der allabendlich Vorstellungen, aber meistens vor so leerem Hause gab, daß er hätte schließen müssen, wenn ihn der Kaiser nicht, hauptsächlich der eingeladenen Fremden wegen, gehalten hätte. Auch sah es Seine Majestät gern, wenn wir die Vorstellungen besuchten, zu denen er sich selbst fast täglich, wenn auch oft nur für sehr kurze Zeit, begab. Sein Liebling war ein kleiner, kaum achtjähriger Clown, Namens Pacifico, ein schneidiger Bub, der auch schon ganz vortrefflich auf ungesatteltem Pferde war, und der, wenn er herausgerufen wurde, sich dicht vor der kaiserlichen Loge militärisch grüßend aufstellte, was von dem Czaren ganz ernsthaft erwiedert wurde, worauf er ihm eine große Tüte voll Zuckerwerk über die Brüstung warf. Die Pferde des Cirkus waren mit wenig Ausnahmen mittelmäßig, auch unter den Künstlern wenig Besonderes, wogegen sich unter den Reiterinnen, bei denen weniger auf Kunst als auf gute Behandlung gesehen wurde, schöne Polinnen, Engländerinnen und Italienerinnen befanden. Häufig wurden diesen nach den Vorstellungen kleine Fêten veranstaltet, bei denen es zuweilen recht laut in der betreffenden Villa des sonst so nächtlich stillen Peterhofes zugieng, und es mochte darüber manch Nachtheiliges aufwärts gedrungen sein — genug, es wurde eines Tags gewünscht, daß bei diesen Unterhaltungen junger Herren Niemand vom Major aufwärts zugegen sein möge.

Rings um den Peterhoferpark, besonders an der Straße nach der Residenz und am finnischen Meerbusen, befanden sich zahlreiche Villen, oft von weitem recht stattlich anzusehen, mit Thurm und crenelirter Mauer, was sich aber beim näheren Betrachten häufig als von Holz erbaut answies, oft auch als Cottage hübsch im Grünen liegend, meistens aber und dieß besonders am Gestade des Meerbusens in Form gewöhnlicher Bauernhäuser, entweder Petersburger Familien angehörend, oder von diesen für die wenigen meistens sehr heißen Sommer= monate gemiethet. Hier richtet man sich, kaum daß die Schneedecke verschwunden ist, so wohnlich als möglich durch die mitgebrachten Möbel und Betten ein, hat das unschätzbare Seebad umsonst und erquickt sich besonders in den warmen, milden Sommernächten an dem balsamischen Dufte des Tan= nen= und Birkenwaldes. Dazu herrscht in all diesen Datschen — so werden sämmtliche große und kleine Landhäuser be= nannt — eine unbegrenzte, herzliche Gastfreundschaft, bei welcher der Samowar stets auf dem Tische brodelt und wo auch guter Wein und etwas zum Imbiß niemals fehlt. Hat man nur erst auf einer Villa Eingang gefunden, was für jeden anständigen Menschen sehr leicht ist, und dort

Gesellschaft aus der Nachbarschaft getroffen, so sind einem zahlreiche Datschen geöffnet, wovon auch ich häufigen Gebrauch und wodurch ich manche angenehme Bekanntschaft gemacht habe. Unvergleichlich waren jene schönen Nächte am Gestade der leise wogenden Fluth. Bei kaum merklicher Abkühlung empfand man wohlthätig den leisen Lufthauch, der kaum die Flammen des Lichtes bewegte, und blickte gerne in die stete Dämmerung, die alles ringsumher erkennen ließ. Erscheint dann aber, oft schon gleich nach Mitternacht, die Morgenröthe wieder, so eilt man nach Hause, um nicht immer von dem ersten Sonnenstrahl als Nachtschwärmer ersten Ranges auf der Straße betroffen zu werden.

Häufig genug kam dieß dennoch vor, meistens sehr unbehaglich wirkend. So erinnere ich mich eines brillanten Nachtfestes auf Sergiewskoe, dem schönen Landsitze des Herzogs von Leuchtenberg, wo bei Illumination und Beleuchtung durch farbige Glaskugeln à la Mabille im Freien auf einer Estrade, die mit Segeltuch glatt bespannt war, getanzt wurde — und in seligem Vergessen fortgetanzt, bis der erste verrätherische Sonnenstrahl durch die Bäume hereinblitzte, ein blendendes Licht, vor welchem der Teint keiner der anwesenden Damen — und es waren überaus schöne Frauen und Mädchen darunter — Stand zu halten vermochte; alles stob auch wie beim ersten Hahnenschrei auseinander, und jedes eilte, die zerzausten Frisuren und fahlen Gesichter zu verhüllen.

Dieses Sergiewskoe ist eine Schöpfung des Herzogs von Leuchtenberg, über welche, sowie auch über die Peterhofer Villen der kaiserlichen Familie mir dessen Sekretär, Herr Musard, interessante Einzelnheiten erzählte. Vor dem Frühjahr nämlich sind diese hübschen Gärten, die jetzt mit gewöhnlichen und seltenen Gewächsen prangten, durchaus kahl und zeigen höchstens Gruppen von Tannen und weißstämmigen Birken, die allein den harten Winter zu überdauern vermögen; nun kommt es auf die Jahreszeit und auf den Willen des Besitzers, hier des Czaren an, wann Peterhof grünen und blühen soll; auf seinen Wink rühren sich dann Hunderte geschäftiger Hände, um aus den riesigen Gewächshäusern Pflanze um Pflanze, Strauch um Strauch, Baum um Baum in Töpfen und Kübeln herbeizubringen und aufzupflanzen. Für die Gärten von Sergiewskoe allein, sagte mir Herr Musard, würden 800,000 Stück Pflanzen verwendet.

Die diesjährigen, schon früher bei dem „Getrunk" erwähnten großen Manöver bei Krasnoje-Selo, woran das Gardecorps, ungefähr 60,000 Mann stark, Theil nahm, und denen wir zuweilen unter Führung des Stallmeisters Hochstetter zu Pferde anwohnten, schloßen gegen Ende August mit einer großen Parade, einem der größten und schönsten militärischen Schauspiele, wie man es auch nur hier sehen konnte, wo die an sich einförmige Linie durch die verschieden- -sten europäischen und orientalischen Waffengattungen malerisch

gegliedert wurde. In der Ebene, wo der Vorbeimarsch der
Truppen stattfand, war ein hoher Erdhügel aufgeschüttet, sorg=
fältig geebnet und die abschüssigen Wände desselben mit Rasen
bekleidet worden, so daß er wie natürlich entstanden aussah,
oben befand sich unter einem farbigen Zeltdache die Kaiserin
mit den Großfürstinnen und dem Gefolge, während sich vorn
an der Spitze des Hügels neben einer hohen Flaggenstange,
die er mit der Linken gefaßt hatte, der Kaiser allein befand,
um mit weithin dröhnender Stimme jedem der vorbei mar=
schirenden Truppentheile ein: „Choroscho" — ich bin zufrie=
den — zuzurufen, worauf die brausende Antwort erfolgte:
„Radiastavatza", einer jener unübersetzbaren russischen Aus=
drücke, der hier ungefähr besagen will: „Wir sind glücklich,
für dich zu ermüden!" —

Auch in Zarskoje=Selo waren wir ein paar Tage, ich
aber mit keiner rechten Ruhe mehr, da die Zeit der Abreise
heranrückte, für welche ich auch in Petersburg sehr viel zu
besorgen hatte. Geschäftliches für den Kronprinzen, sowie pri=
vatim oft recht schwere Abschiede von lieben Freunden, die ich
dort erworben und bei denen ich manchen heiteren Abend ver=
lebt hatte. Angenehmerweise führte mich die Eisenbahn von
Zarskoje=Selo in wenig mehr als einer halben Stunde nach
der Hauptstadt; es war dieß die erste Bahnlinie Rußlands,
bei deren Eröffnung man sich die artige Geschichte erzählte,
daß Kaiser Nikolaus mit seiner Troika auf der Landstraße

neben der Lokomotive gefahren sei und diese bis Petersburg natürlicherweise noch um ein paar Pferdekopflängen über= holt habe.

Zarskoje=Selo mit seinem schönen Schlosse, seinen präch= tigen Rasenflächen, schattigen Alleen, murmelnden Wassern und leuchtenden Seen ist, von heiteren Menschen belebt, ge= wiß ein herrlicher Sommeraufenthalt, erschien uns aber jetzt bei Abwesenheit des großen Hofes, sowie beim Herannahen des Herbstes, still, öde, ja traurig, so daß wir froh waren, wieder nach dem heimlichen Peterhof zu kommen. Doch fan= den wir auch hier schon Anzeichen, daß der Sommer, der dieses Jahr überaus prächtig gewesen war, Abschied nehmen zu wollen schien, um ohne eigentlichen Herbst in den Winter überzugehen; der Wind kam von Norden, die See fieng an hoch zu gehen, schon fielen gelbe Blätter von den Bäumen, und auf der Straße von Petersburg begegnete ich schon ganzen Wagenzügen mit Hausrath beladen, denn schon viele von denen, die den Sommer auf dem Lande verbrachten, bezogen die Winterquartiere.

Beim Näherkommen unserer Abreise, sie war auf den 9. September festgesetzt, wuchs auch wieder die Unruhe des Generals von Spitzemberg, der, besonders zum großen Er= götzen des Generals von Lieben, wieder anfieng mich häufig durch Lakaien und reitende Diener aufsuchen zu lassen, um mir kummervolle Reden zu halten, die meistens darauf hin=

ausgiengen, daß ich sehr leichtsinnig sei und mir gar keine
Sorge mache über die bevorstehende Reise nach Hause, für
die ich als selbstständiger Reisemarschall bestellt worden war.
„Wir gebrauch'," sagte er, „für die Kronprinz und Gemahlin
mit Gefolge, sowie für die Großfürst Constantin, die in zahlreicher Begleitung mitgeht, sechzig bis achtzig Pferd' für jede
Station, wo will Sie das, zum Beispiel im Altenburgisch,
auf eine Post finden, da muß man vorher schreib' und darum
kümmert Sie sich wohl gar nichts?"

Vergeblich war es, daß ich ihm schon öfter feierlich versichert, ich würde mich der Sache mit dem größten Eifer an-
nehmen und sei überzeugt, mit dem ganzen Train glücklich
durchzukommen; er fieng immer wieder von Neuem davon
an, so auch eines Abends, als er mich aus einer heiteren
Gesellschaft herbeirufen ließ und ich ihn mit unserem Gesandten, dem Fürsten Hohenlohe, beim Thee antraf und er
mir schließlich jammernd sagte: „Ich weiß wohl, Sie mach'
sich nichts aus meine Verlegenheit, aber ich will Sie hier vor
Seiner Durchlaucht versichern, daß Sie in Altenburg" —
welches er in dieser Richtung besonders auf dem Striche
hatte — „nicht einmal die vier Pferd für die Kronprinz zusammen bringt." Das war mir denn doch zu bunt, und
um endlich einmal Ruhe zu bekommen, sagte ich ihm in ent-
schiedenstem Tone: „Ach was, Excellenz, darnach habe ich
mich schon längst erkundigt und weiß sogar jetzt schon, daß

die vier Pferde, die für den Kronprinzen bestimmt sind,
Peter, Hans, Claus und Jakob heißen!" Prinz Hohenlohe,
der häufig ähnlichen Scenen zwischen dem General und mir
beigewohnt, brach in lautes Lachen aus, in das endlich Seine
Excellenz, gute Miene zum bösen Spiel machend, mit einfiel,
und von da ab ließ er mich in Ruhe.

Uns allen that der endliche Abschied von Rußland, be=
sonders vom Peterhof, wo wir beim herrlichsten Wetter eine
Reihe von angenehmen Wochen verbracht, so viel Schönes
erlebt und liebe Freunde erworben, recht leid. Unter diese
durfte ich vor allem den General Lieven rechnen, der mir auf's
herzlichste zugethan blieb, und der mir am Strande, ange=
sichts der Schiffe und des weiblichen Gefolges der Kronprin=
zessin noch in seiner kaustischen Art sagte: „Etwas haben
Sie in Rußland noch nicht kennen gelernt, vor dem ich Sie
väterlich warnen muß, das sind — pfui — die meisten der
Allerhöchsten Kammerfrauen, Sie werden mit ihnen zu thun
kriegen, und da giebt es nur eins, streng nach jeder Richtung
hin seine Pflicht gethan, Anweisungen kurz, bündig und
pünktlich gegeben, und sich dann weiter den Teufel nicht um
guten oder bösen Willen bekümmern."

Zwei Kriegsdampfer waren mit der Aussteuer der Kron=
prinzessin vorausgegangen, und wir folgten auf den Dampf=
fregatten Kamtschatka und Krosiaßtschy, hatten ziemlich ruhige
See und kamen den dritten Tag nach Swinemünde, wo ich

gleich Gelegenheit bekam, mich nach den Anweisungen des
guten General Lieven zu richten, das heißt meine Schuldig=
keit zu thun und mich um Weiteres nicht zu bekümmern.
Theils durch unsere Gesandtschaft in Berlin, theils brieflich
war alles so genau und pünktlich bestimmt worden, daß ich
jedem schon auf dem Schiffe, zwischen Swinemünde und
Stettin, schriftlich den Namen des Gasthofes, auch die Nummer
seines Zimmers angeben konnte, ja sogar die Nummer des
Wagens, um vom Hafen in die Stadt zu fahren, war vor=
gemerkt, so daß der betreffende Diener ihn nur zu rufen
brauchte. Diese Karte überreichte ich auch der ersten Kammer=
frau der Kronprinzessin, einer verwittweten Majorin Elkinsky,
die mich aber keines Blickes würdigte und statt ihrem Diener
die Karte zu übergeben, dieselbe einfach unter die Bank warf.

Alles verließ um so eiliger das Schiff, als es leise an=
fieng zu regnen, was mir schon dadurch unvergeßlich ist, weil
es dem König von Preußen, Friedrich Wilhelm IV., der nach
Stettin und an den Hafen gekommen war, um seine Nichte
zu empfangen, zu einer jener raschen Antworten, für die er
bekannt war, Veranlassung gab. Es fieng bereits an zu
dunkeln, und Seine Majestät stand in grauem Militärmantel,
die Feldmütze auf dem Haupte, am Ufer und sagte mit einem=
mal in die Höhe blickend: „Ich glaube, es regnet?" worauf
ein diensteifriger Kammerherr oder dergleichen bemerkte: „Zu
Befehl, Euer Majestät." Der König aber gab rasch und

lachend zur Antwort: „Gott bewahre, ich befehle das durch=
aus nicht."

In Berlin blieben wir nur einen Tag, und von dort
gab es allerdings hie und da Schwierigkeiten in Betreff der
vielen Postpferde, die wir nöthig hatten, sowie auch der Gast=
höfe, von denen ich an kleineren Orten ein paarmal zwei
völlig in Beschlag nehmen mußte, nur um die hohen Herr=
schaften, sowie die vielen Personen des Gefolges unterbringen
zu können; zu meiner Unterstützung hatte man mir zwei
russische Feldjäger beigegeben, von denen jeder seinen eigenen
Wagen hatte, und die ich theils nach rechts und links zum
Requiriren von Postpferden, sowie auch vorausfandte, um in
Gasthöfen vorläufig das Nöthige mit Beschlag zu belegen.
Bisweilen, wenn diese Vorsichtsmaßregeln nicht nöthig waren,
fuhr ich auch wohl tagelang mit einem dieser kaiserlichen Feld=
jäger, die alle Offiziersrang haben, einem angenehmen, ge=
bildeten Kurländer, der mir viel Interessantes von seinen
Fahrten durch das weite Rußland, zum Beispiel von Odessa
nach Petersburg und besonders von den Strapazen im Winter
erzählte. Eine solche Tour dauerte damals oft zehn bis zwölf
Tage mit ununterbrochenem Fahren in einem offenen unbe=
deckten Schlitten oder Wagen ohne Federn und Rücklehne, in
welchem der Courier nach vorn zusammengekrümmt saß. Bald
durchnäßt, bald durchfroren, kam er oft in einer bemitleidens=
werthen Verfassung vor dem Winterpalais in Petersburg an,

um dem Czaren wichtige Depeschen persönlich zu überbringen. So traf auch mein Erzähler eines Tags in einem Zustand ein, daß ihn die Bedienten vom Schlitten herabheben mußten, und nothdürftig aufgethaut trat er vor den Kaiser, der die auf's sorgfältigste in Tuch und Leder eingenähte Depesche entgegennahm, um dieselbe, da sie durch Feuchtigkeit beinahe unleserlich geworden war, dem Feldjäger mit den Worten: „Geh' auf die Hauptwache!" vor die Füße zu werfen.

„Hätte ich das ohne Weiteres gethan," fuhr er fort, „so würde ich wahrscheinlich heute nicht mit Ihnen durch Deutschland fahren, so aber ermannte ich mich und erwiederte militärisch grüßend: ‚Zu Befehl, kaiserliche Majestät; Gott ist über uns Allen, und wenn er Schnee und Regen schickt, so muß Jeder das geduldig hinnehmen.' — Ein paar Sekunden lang blickte mich der Kaiser starr an, ehe er sagte: ‚Du hast Recht, Gott, dem wir alle unterthan sind, wacht über uns — geh nach Hause!' Den andern Tag erhielt ich eine Extrabelohnung und wurde bald darauf wieder verschickt, ein Beweis, daß der Kaiser keinen Groll auf mich hatte." —

Selbst im Altenburgischen, vor dessen Extraposteinrichtungen der alte General Spitzemberg so großen Respekt hatte, gieng es ganz leidlich, und als ich ihn im herzoglichen Schlosse, wo wir alle untergebracht wurden, erwartete, konnte ich mich nicht enthalten, ihm scherzhaft von seiner Aengstlichkeit zu sprechen, worauf er mir aber halb entrüstet zur Antwort gab:

„Sie wird immer ein leichtsinniger junger Mann bleib' und sollte lieber der Himmel dank', daß bis jetzt Alles so gut gegangen; aber wart' Sie nur, wart' Sie nur, ob Sie heut Nacht zwischen hier und Weimar die nöthige Pferd bekommt." Dieß veranlaßte mich, ihm später boshafterweise von einer der nächsten Stationen aus ein Telegramm, das Morgens gegen drei Uhr nach Altenburg kam, des Inhalts zu senden: daß es nirgendwo an Pferden fehle. Für mich war der kurze Aufenthalt in dem Schlosse von Altenburg von hohem Interesse, sei es auch nur als Schauplatz des sächsischen Prinzenraubes, der auf mich als Knaben schon in Wort und Lied einen so mächtigen Eindruck gemacht, auch war die herzogliche Familie von außerordentlicher Liebenswürdigkeit, und selbst die Herzogin, eine Schwester der Königin Pauline von Württemberg, war durchaus nicht ungnädig gegen mich. Als ich, den kronprinzlichen Herrschaften voraus, zur Frühstückszeit im Schlosse ankam, wurde mir in den Zimmern der Herzogin Chokolade angeboten, die ich leichtsinnigerweise annahm, indem ich mich dadurch in die Verlegenheit brachte, zwischen den drei jungen schönen Prinzessinnen sitzend, beständig die Serviette gebrauchen zu müssen, da mir nach jedem Schlucke alle der Reihe nach wiederholt, obwohl auf die liebenswürdigste Art, Fragen über meine Reise in den Orient, besonders in's gelobte Land, thaten; eine dieser Prinzessinnen ist heute Königin von Hannover und die andere Gemahlin des Großfürsten Constantin von Rußland. Auf Weimar, die durch Goethe und Schiller mit unsterblichem Rufe verherrlichte kleine Stadt an der Ilm, freute ich mich begreiflicherweise ganz besonders, doch wie viel ich auch schon von der Einfachheit und den kleinen Verhältnissen derselben gehört und gelesen, so blieb doch das Städtchen, besonders im Vergleich mit dem Glanze jener beider großen Namen, weit hinter meiner Erwartung zurück. Beim ersten Anblick erscheint Weimar mehr wie ein Dorf, das an einen Park stößt, als wie eine Hauptstadt mit großherzoglichem Hofe und Zugehör. Es ist so still, so bescheiden und hat, obgleich von alterthümlicher Bauart, doch nichts von dem Malerischen, woran sich das Auge an den meisten alten deutschen Städten entzückt. Die steinfarbigen, hellbraunen oder apfelgrünen Häuser haben spitz zulaufende Dächer; aber man sieht keine interessanten Giebel, keine Spiele architektonischer Phantasie, kein Gemisch verschiedener Stilarten, wie sie anderswo den Reisenden fesseln. Man lernt seine stillen, einfachen und freundlichen Fußwege lieben, als passenden Schauplatz für die einfachen Menschen, welche sich über die Scene bewegen; doch gab es dieser Spaziergänger in der Stadt, besonders während der Arbeitsstunden, außer den Fremden noch sehr wenige, und was allein diese hiesigen Plätze belebt mache, sagte mir ein witziger Freund, seien die einheimischen Professoren und Gelehrten, die sich nach einer passenden Stelle für ihr später zu errichtendes Denkmal umschauten.

Damals wurden noch in Weimar die Kühe mit Ostentation aus= und eingetrieben, und in den Modewaarenläden fanden sich rothgestreifte baumwollene Taschentücher stark vertreten.

Daß uns dagegen die Stätten, wo Goethe und Schiller gewohnt, gearbeitet, gelebt und gestorben, wie nationale Heiligthümer anmutheten und nur mit den Gefühlen höchster Verehrung besucht wurden, ist selbstredend; so Goethe's einfaches Gartenhaus mit der grünumrankten Wand, mit der einfachen Holzaltane, von wo er so oft in das mondbeschienene Ilmthal geschaut; Schiller's Haus, sein Wohn= und Schlafzimmer, so rührend einfach, fast ärmlich, mit seinem Bettgestelle aus Tannenholz, dem schlichten Arbeitstisch und mit der humoristischen Beigabe des gewissen Champagnerpfropfens als Dintenfaßverschluß.

Eigenthümlich enttäuscht fand ich mich gegenüber manch begeisterter Schilderung von Goethe's Haus am Frauenplan, selbst von der Treppe, die, als wahrhaft prächtig geschildert, für die übrigen Räume allerdings zu groß ist, aber dennoch vor dem Beschauer gewaltig zusammenschrumpft, wenn man sich, wie verzeihlich, eine italienische Halle mit reicher architektonischer Verzierung mit Büsten und Bildsäulen gedacht hat. Hoch interessant sind allerdings hier, sowie in den Empfangszimmern, die vielfachen oft kostbaren Schätze und Erinnerungen, die Goethe in Büsten, Statuen, Bildern, Kupferstichen, Gem=

men, Broncestatuetten, Lampen und Vasen zu einem reichen Museum vereinigt hat; doch tritt man aus diesen Räumen, welche dem Besucher die Stellung Goethe's als Ministers und Kunstliebhabers vergegenwärtigen, mit einem wahrhaft erhebenden Gefühl höchster Verehrung in das Heiligthum des Hauses, sein Arbeitszimmer, seine Bibliothek und sein Schlaf=zimmer.

Durch ein Vorzimmer, wo in kleinen Schränken die mineralogischen Sammlungen standen, traten wir in das Arbeitszimmer, ein niedriges, enges, etwas dunkles Gemach mit nur zwei winzigen Fenstern und mit einer wahrhaft rührenden Einfachheit möblirt. Alles war darin noch so enthalten, wie es am Todestage des Dichters war. In der Mitte stand ein einfacher Tisch von schlichtem Eichenholz. Kein Lehnstuhl war da, kein Sopha, nichts, was auf Be=quemlichkeit deutete, nur ein gewöhnlicher harter Stuhl und daneben der Korb, in welchen Goethe sein Taschentuch zu legen pflegte. An der Wand rechts war ein langer Tisch von Birn=baumholz und ein Bücherbrett mit Wörterbüchern und Hand=büchern; da hieng auch ein Nadelkissen, ehrwürdig vor Alter, mit Visitenkarten und anderen Kleinigkeiten; da auch ein Medaillon von Napoleon mit der Umschrift: „Scilicet im=menso superest ex nomine multum." Auf der Wand daneben wieder ein Bücherbrett mit einigen Werken von Dich=tern. An der Wand links war ein langes Schreibpult von weichem Holz, an dem er gewöhnlich schrieb. Darauf lagen die Originalmanuskripte des Göß und der römischen Elegien und eine Büste Napoleon's von milchweißem Glas stand da, welche, gegen das Licht gehalten, blau und feuerfarben schil= lerte und darum Goethen als ein Beleg zu seiner Farbenlehre werth war. Ein Bogen Papier mit Notizen aus der Tages= geschichte war nahe der Thür angeheftet, und an der Thür selbst hiengen musikalische und geologische Schemata. Diese Thür an der linken Wand führte in das Schlafzimmer, wenn ein kleines Kabinet mit einem Fenster diesen Namen verdient. Ein einfaches Bett, ein Lehnstuhl davor und ein winziger Waschtisch mit einer kleinen weißen Schale und einem Schwamme war das ganze Mobiliar. Wer für den großen und guten Mann, der hier geruht und seinen letzten Schlaf geschlafen hat, nur einiges Gefühl hegt, dem treten bei diesem rühren= den, einfachen Anblick die Thränen in die Augen und der Athem geht ihm schwerer.

Auf der andern Seite neben dem Arbeitszimmer war die Bibliothek, die freilich eher eine Rumpelkammer von Büchern genannt werden muß: die Bücher standen auf schlichten tannenen Brettern und nur kleine Stückchen Papier, mit den Aufschriften Philosophie, Geschichte, Poesie gaben ein gewisse Ordnung an.

Die berühmte Fürstengruft konnten wir baulicher Ver= änderungen wegen nicht besuchen, doch habe ich sie später, als

ich einmal länger in Weimar war, mit ehrfurchtsvollen Ge=
fühlen betreten.

Ueber Würzburg und Heilbronn kehrten wir nach Stutt=
gart zurück, und ward ich in Ludwigsburg, wo Hofequipagen
für die hohen Herrschaften und das Gefolge zum festlichen
Einzug in die Hauptstadt bereit standen, meines Dienstes als
Reisemarschall entbunden, wobei aber General Spißemberg
statt irgend eines anerkennenden Wortes über das, was ich
geleistet, mit erhobener Nase zu mir sagte: „Dank Sie wie
ich die liebe Herrgott, daß wir glücklich hier angekommen,
und wenn Sie wieder einmal eine Reise zu führen hab', so
nehm' Sie sich die Sache mehr an." Schon hatte ich eine
Viertelswendung gemacht, um ihm einfach den Rücken zu
kehren, als der Großfürst Constantin, der seine Worte gehört
hatte, mir die Hand reichte und lachend sagte: „Beunruhigen
Sie sich nicht darüber, was Seine Excellenz gesagt; es ist
unter Ihrer Führung alles ganz vortrefflich gegangen, und
ich weiß auch, daß der Kronprinz und meine Schwester sehr
zufrieden sind."

Zwölftes Kapitel.

Feste in der Heimath und Ungnade.

Der festliche Einzug des kronprinzlichen Paares, dem ich mich aber entzog, indem ich verschiedener Geschäfte halber so rasch als möglich vorauseilte, fand am 23. September 1846 statt, und es war zu diesem Zwecke am Neckarthor eine schön verzierte Ehrenpforte errichtet, auf der hoch oben das Stuttgarter Stadtwappen, Banner und Inschriften angebracht waren. Das heiterste Herbstwetter begünstigte das Fest und zwanzig Minuten nach zwölf Uhr verkündigte ein Kanonenschuß, daß der Zug die Stuttgarter Markung erreicht habe. Die Glocken sämmtlicher Kirchen läuteten und dazwischen ertönte fortwährend der Donner der Kanonen. Die Sänger und Musiker der Gesellschaft Harmonie stimmten das:

„Heil unserm König, Heil!"

an, während der Zug vor dem Neckarthor ankam. Ihn eröffnete eine Abtheilung der Garde zu Pferd, dann folgte eine

Reihe von Wagen, in denen Damen und Herren vom Hofe und aus dem Gefolge der Kronprinzessin saßen, die berittenen Bürger von Stuttgart, alle gleich gekleidet mit schwarz und rother Schärpe, die Wagen der Königin Sophie der Niederlande, der Prinzessinnen Marie, Katharine und Auguste und der Markgräfin von Baden; sodann die Bürgergarde zu Pferd — die Stadtreiter —, der Wagen der Königin Pauline, ihr zur Rechten die hohe Neuvermählte, die Kronprinzessin Olga, und seiner Gemahlin zur Seite zu Pferd der Kronprinz Karl, sodann der König Wilhelm, neben ihm der Großfürst Constantin, ferner der Prinz Friedrich, gefolgt von einer glänzenden Suite. Nach einer Beglückwünschungsrede des Stadtschultheißen gieng der Zug weiter durch die Neckar-, Eßlinger- und Hauptstätterstraße und machte auf dem Wilhelmsplatz wieder Halt, wo der Königin und ihrer hohen Schwiegertochter von jungen gleich gekleideten Winzerinnen Trauben aus Stuttgarter Weinbergen geboten und von den beiden hohen Frauen freundlich angenommen wurden, während junge Weingärtner den Wagen mit Kränzen von frischem Traubenlaub zierten. Nach diesem Aufenthalt gieng der Zug bis zum Schlosse, wo sich der Stadtrath und Bürgerausschuß, die städtischen Beamten, die Geistlichkeit und die Bürger mit ihren Fahnen gegenüber dem Hauptportale aufgestellt hatten, rechts und links einer Tribüne, welche der Liederkranz und die Musik einnahmen. Im Schlosse wurden die hohen Neuvermählten von neunzig jungen Bürger-

mädchen begrüßt, die, weiß gekleidet, auf der Schulter die
württembergische Kokarde, schwarz und roth mit goldenen
Franſen hatten. Nach kurzer Zeit erſchienen die hohen Herrſchaften ſämmtlich auf dem Balkon und wurden von erneuer-
tem Jubel begrüßt. Dazwiſchen ertönte Muſik und Geſang
und noch lange, nachdem die hohen Herrſchaften ſich zurückgezogen hatten und bis in den ſpäten Abend hinein war der
Schloßplatz ſowie die Straßen der Stadt von einer wogenden
Menſchenmenge erfüllt.

Von den mancherlei Feſtlichkeiten, die zur Begrüßung
des kronprinzlichen Paares nach und nach veranſtaltet wurden,
war wohl das glänzendſte und gelungenſte die Wiederholung
eines Carrouſels, das im Jahre 1845 zur Vermählung des
Prinzen Friedrich mit der Prinzeſſin Katharine ſtattgefunden
hatte, damals nur von Herren geritten, jetzt aber durch eine
Damenquadrille verſchönert, die an Pracht Alles weit hinter
ſich zurückließ. Dem Feſtſpiele lag die Idee zu Grunde, daß
zur Zeit der Kreuzzüge ein Waffenſtillſtand den chriſtlichen
Rittern und Sarazenen Gelegenheit zur freundlichen Begrüßung
und zu ritterlichen Spielen gab.

„Dir entbietet, Fürſt der Wüſte, Seinen Gruß der fremde
Graf;
Der vom Württemberger Lande, der dich oft im Kampfe traf.
Alſo lautet Seine Botſchaft: Ruhen laßt für kurze Zeit
Zwiſchen Uns und Unſern Mannen den entbrannten Glau-
bensſtreit!

In mein Lager zog der Friede, zog die Freude gestern ein:
Holde Boten aus der Heimath kamen in geschmückten Reih'n,
Herrn und Frauen, Mir zu künden, über Meinem Hause
fern
Sei verheißend aufgestiegen ein ersehnter Liebes=Stern.

Schließen denn auch wir mitsammen kurzen Waffenstill=
stands Frist,
Eine Feier auszurüsten, wo Du mitgeladen bist.
Tritt mit Deines Stammes Besten ungescheut in unsere
Mitte,
Zu Turnier und Ritterspiel ganz nach guter deutscher Sitte."

So hieß es in dem von Dingelstedt gedichteten Fest=
programm, und als sich am Abend der Aufführung, am
27. Oktober 1846, die schaulustigen Eingeladenen auf den
Gallerieen des großen Reithauses in der Neckarstraße drückten
und drängten, sah man auf den beiden kurzen Seiten des
weiten Raumes hier das Lager der Abendländer, dort das
der Morgenländer. Das der ersteren stellte eine mit einem
Thor versehene, wie aus rohen Steinen aufgeführte Brust=
wehr dar, hinter welcher man die unter Palmen aufgerichteten
Zelte der Ritter und in weiter Ferne die Wüste erblickte;
der Lagerraum vor der Brustwehr wurde durch verfallene
Mauern bezeichnet, auf denen die Aloe wuchs und die von
Orangen= und Citronenbäumen beschattet wurden. Neben
einem Zelte in den altwürttembergischen Farben, gelb und
schwarz, war eine Tribüne aufgerichtet für die Damen, welche

mitritten, für den Bannerherrn des Kronprinzen, den Turnier-
marschall, sowie die Kampfrichter, und dieser gegenüber war
eine andere, auf welcher sich die Spielleute und Ritter zeigten.

Das Lager der Morgenländer befand sich vor einem
verfallenen maurischen Schlosse, von dem einzig der Thor-
bogen unversehrt stand, der, wie aus gelbem Stein gebaut,
mit blau glacirten Ziegelverzierungen und zackigen Zinnen
aus der übrigen Ruine hervorglänzte. Dieselbe war mit
Schlingpflanzen aller Art überwachsen und bedeckt, und ringsumher standen große schlanke Palmen, Bananen mit den
breiten üppigen Blättern und wilde, dunkelglühende Rosen
neben dichten Orangenbäumen. In diesem Lagerraum der
Sarazenen befand sich ein kleiner, mit Gebüschen bewachsener
Hügel, auf welchem die Musik derselben stand. Gegenüber
war eine andere Erhöhung, die mit kostbaren Teppichen belegt
war und auf welcher der Fürst des Morgenlandes, hier der
Herzog Paul von Württemberg, in einem schönen ächten
Costüm des Iman von Maskat ruhte. Zwischen diesen beiden
Hügeln war eine freistehende Palme, die ihre volle Blätter-
krone bis zur Decke erhob.

Prachtvoll war der Anblick der beiden Züge, wie sie,
die Abendländer voran, unter rauschender Musik in den so
herrlich geschmückten Raum einritten, die Ritter mit ihren
Damen und glänzendem Gefolge an Pagen und Knappen,
das Leuchten der Helmzierden, der Wappen und Schildzeichen,

das Wehen der Fahnen und Federn, dann die Morgenländer in ihrer fabelhaften Pracht, gefolgt und umschwärmt von einer Schaar Beduinen, die ich anführte und mit deren Costümirung und Bewaffnung ich mir große Mühe gegeben hatte.

Das Fest war ein vollkommen gelungenes, und um es in seinen Bestandtheilen so viel als möglich für spätere Zeiten zu erhalten, stellte ich es nach korrekten Zeichnungen zusammen, die, in Paris lithographirt, in der Autenrieth'schen Kunsthandlung hier als ein hübsches Werk erschienen. Was die Abbildungen anbelangt, so bin ich am schlechtesten dabei weggekommen und rief die Kronprinzessin, als sie das Blatt erblickte, aus: „Mais, Hackländer a tout à fait l'air d'une vieille femme!“

Wie bei all den Produktionen liegt für die Betheiligten der Hauptspaß in den Proben, zu denen ich im Reithause bei den Quadrillen und Scheingefechten fast täglich für diesen oder jenen, der gerade fehlte, eintreten mußte, was mir übrigens großes Vergnügen machte; höchst amüsant waren auch die Zusammenkünfte Abends nach den letzten Proben in den Appartements des Kronprinzen, wo es hoch hergieng, und am meisten nach der Vorstellung selber, wo die sämmtlichen Mitwirkenden im Costüm zu einem großartigen Bankett eingeladen wurden.

Da die Kronprinzessin von unseren theatralischen Vorstellungen gehört hatte und begierig war, einer solchen beizu-

wohnen, so mußte, da die Genoveva für Damen durchaus
nicht aufführbar war, Dingelstedt ein neues dramatisches Un=
geheuer schreiben, das, weder Schau= noch Trauerspiel noch
Oper, von allen diesen etwas hatte und wiederum von Kapell=
meister Kühner mit einer aus allen damals beliebten Opern
zusammengesetzten Musik versehen wurde.

Dieses Stück hieß „Ritter Toggenburg“ und war die
Geschichte des unglücklich Liebenden auf's freieste nach Schiller
behandelt. In der ersten Scene erhielt er unter der bekann=
ten Strophe:

> „Ritter, treue Schwesterliebe
> Widmet euch dies Herz;
> Fordert keine andere Liebe,
> Denn es macht mir Schmerz —“

den goldenen Korb sichtbarlich, worauf er als Kreuzfahrer
in's gelobte Land zieht, dort große Abenteuer erlebt, die zu
wirksamen Dekorationen und schönen orientalischen Costümen
Veranlassung gaben, und zurückkehrend findet er die Geliebte
nicht im Kloster, sondern in einer Mädchenpension, worauf
denn eine glückliche Vereinigung folgt. Verschiedene junge
Damen aus den besten Familien spielten dießmal mit, und
als die Aufführung auf allgemeines Verlangen wiederholt
werden sollte, lud sich auch, o Schrecken, Seine Majestät der
König selber dazu ein.

Rasch wurde noch eine burleske Vorscene eingeschoben,

in der sich beim Erheben des Vorhangs die Bühne in der größtmöglichsten Unordnung befand, wo die Prospekte schief herunter hiengen, wo einige Akteurs wie rathlos vor Schrecken hin und her und aneinanderrannten und wo endlich Dingelstedt mit einem sehr gelungenen Prolog auftrat, in welchem er bei dem unerwartet hohen, aber Alles beglückenden Besuche von dem freudigen Erschrecken der Künstler sowie der Maschinisten sprach, daß aber nun das Schauspiel mit Aufbietung aller Kräfte vor sich gehen solle; nur bäte er, die gut gemeinten Scherze und harmlosen Anspielungen freundlich und gnädig aufnehmen zu wollen. Das geschah denn auch in liebenswürdigster Art von Seiten des Königs, der zuweilen herzlich lachte und nach dem Schluß sogar die Bühne betrat, um sich manches von der Einrichtung erklären zu lassen.

Nach dieser Aufführung aber wurden die großartigen Singspiele zurückgelegt und dafür, was auch eigentlich richtiger war, kleinere ernste Sachen, meistens aber Lustspiele aufgeführt, bei welchen Vorstellungen auch der Kronprinz mitwirkte, während Baron Julius von Hügel, der überhaupt für Darstellungen und Deklamation großes Talent zeigte, die Titelrolle vortrefflich darstellte. „Der Schatz des Rhampsinit" von Platen und ein kleines französisches Lustspiel „Le capitaine Roque-finette", in welch letzterem Baron Hügel gleichfalls die Titelrolle hatte, wurden vorbereitet, kamen aber nicht mehr zur Aufführung. Zum ersten hatte ich schon Dekorationen malen lassen und zwar versuchsweise von einem holländischen Landschaftsmaler Braakmann, der in das Fach der Dekorationsmalerei übergehen wollte und den ich nach diesen recht gelungenen Proben dem Könige dringend empfahl, der ihn auch für einige Zeit nach Paris zu seiner Ausbildung sandte und dann bei dem königlichen Hoftheater anstellte. Ich freute mich später oft, ihm zu einer guten Stellung verholfen zu haben.

Das Villabauwesen hatte im vergangenen Sommer recht gute Fortschritte gemacht, und war das Hauptgebäude bis zur Höhe des ersten Stockwerkes fortgeschritten, auch die Auffahrtsstraße von Berg hergestellt und ein Theil des Parkes durch den fleißigen Hofgärtner Neuner angelegt; ja im untern Theil neben der Orangerie grünte es bei unserer Zurückkunft schon ganz vergnüglich. Auch gefiel dieß der Kronprinzessin ganz außerordentlich, ebenso wohl die herrliche Lage der Villa als die künstlerische und zierliche Ausführung des Baues. Sie liebte es, den Platz zu besuchen, dort den Arbeiten zuzuschauen, vor allen Dingen aber auf den Mauern umherzuklettern, wobei ich oft die Ehre hatte, sie begleiten zu dürfen und ihr beim Auf- und Absteigen die Leiter zu halten; sie war dabei freundlich und vergnügt, unbefangen wie ein Kind, voll treffender Vergleichungen und Bemerkungen und heiterer Scherze; so fragte sie mich eines Tages, ehe sie nach Hause fuhr: „Können Sie auch noch etwas russisch?"

und als ich ihr bedauernd von nur wenigen Worten sprach, die mir geblieben, verlangte sie von diesen etwas zu hören, worauf ich zu ihrem Kutscher sagte: „Paschol da Moi", was sie herzlich lachen machte, indem sie ausrief: „Es ist eigentlich gar nicht schön, daß Sie mich auf diese Art nach Hause schicken."

Das vorhin erwähnte Orangeriegebäude im untern Theil des Parkes war schon im Laufe des Sommers soweit fertig geworden und so eingerichtet, daß vier bis fünf schöne Zimmer im ersten Stock schon im nächsten Jahre von dem kronprinzlichen Paare bewohnt werden konnten, worauf die Kronprinzessin ganz besonders drang, um beim Wiederanfang der guten Jahreszeit etwas Eigenes zum Landaufenthalte zu haben; doch stellte ihr König Wilhelm, der anfangs in herzlichem Einvernehmen mit der angenehmen und schöner Schwiegertochter stand, sein Schloß Friedrichshafen am Bodensee für die kommende Sommersaison zur Verfügung.

Auch an meinem kleinen Anwesen auf der Höhe des Eßlingerberges war insofern Einiges geschehen, als ein Weingärtner von Gablenberg Ankäufe kleiner Grundstücke, die ich nothwendig zur Arrondirung brauchte, für mich vorbereitet hatte, so daß ich nur die Verträge ausfertigen zu lassen und die Anzahlungen zu leisten brauchte, was mir nicht schwer wurde, da ich aus dem Verkauf der in Rußland erhaltenen Hochzeitsgeschenke die hübsche Summe von fünfzehnhundert

Gulden mit nach Hause gebracht hatte. Auch gelang es mir damals, einen allerdings schmalen Fußweg, der quer durch mein Anwesen führte, von wohl einem Dutzend daran betheiligter Besitzer für fünfzig Gulden zu erwerben und war nun so Eigenthümer eines ziemlich großen Platzes geworden, der, auf allen vier Seiten von Wegen umgeben, die Höhenfläche des Berges einnahm, von dem man überall hin eine entzückende Aussicht hatte. Auch für eine solide Umzäunung reichten die vorhandenen Geldmittel aus und ich schwelgte schon in seligem Vorgefühle eines einstigen kleinen Landhauses mit breiter Terrasse gegen das Neckarthal, um dort in stiller Beschaulichkeit meine Mußestunden hinbringen zu können und damit einen allerdings phantasiereichen Wunsch erfüllt zu sehen. Doch fehlte noch manches an dieser Verwirklichung, und vermochte ich mit meinen beschränkten Mitteln nur sehr langsam und Schritt um Schritt vorzugehen. Aber auch darin lag ein unbeschreibliches Vergnügen und es hat mich in damaliger Zeit weit glücklicher gemacht, eine einzige Gartenbank, einen einzigen Stuhl oder irgend einen alten Steintisch anzuschaffen und hinaufschleppen zu lassen, als später die Bestellung auf ein ganzes Ameublement.

Vor Allem aber fehlte trinkbares Wasser auf meiner Höhe; und ein Brunnen, der sehr tief sein mußte und dessen Gelingen zweifelhaft war, sollte so viel kosten, daß ich erst im nächsten Frühjahr 1847, wo Adolf Krabbe eine neue Ausgabe meines Soldatenlebens im Frieden besorgte, daran denken konnte; doch wurde wenigstens mit großem Behagen der Platz dazu ausgesucht, und während des Winters, wo die Arbeiten auf der Villa der unfertigen Glashäuser wegen fast gänzlich ruhten, entwarf mir Hofgärtner Neuner einen hübschen Plan für die neuangekauften Theile meines Anwesens, steckte ihn aus und ließ von Taglöhnern von Gablenberg davon, was möglich war, herrichten. Es versteht sich von selbst, daß ich dazu die spezielle Erlaubniß des Kronprinzen einholte, die er mir auch bereitwillig mit den Worten gab: „Es soll mich sehr freuen, wenn Sie den schönen Platz, wo wir so vergnügt waren, hübsch anlegen lassen." Als es im Frühjahr an's Auspflanzen gieng, bemühte ich mich, die Bäume und Gesträuche von solchen Gärtnereien zu beziehen, die bei den Villaanlagen nicht betheiligt waren, habe auch damals Vieles von des Grafen Neipperg's Gärtner Koch aus Schweigern erhalten, und bewahre heute noch, nach mehr als dreißig Jahren, die meisten darauf bezüglichen Quittungen.

Weßhalb ich dieß anführe, wird in Kurzem klar werden, und will ich hier nur beifügen, daß ich in meiner Unbefangenheit, in meiner völligen Schuldlosigkeit, oder sagen wir auch in meinem leichten Sinn, keine Ahnung davon hatte, daß mir aus dem Ankauf meines Gartens, der ja auf den Wunsch des Kronprinzen geschehen war und aus dem, was darauf, wie ich erzählt habe, folgte, ein so großes Verbrechen

gemacht und daß Alles das zu einem Gewebe der nieder=
trächtigsten Lügen benutzt wurde.

Aber es war damals noch in Stuttgart ein ganz un=
glaublich günstiger Boden für Verleumdungen der grassesten
Art, — ganz verzeihlich gegen einen emporgekommenen Aus=
länder, den man allerdings damals nur mit einer Lieblings=
waffe jener Zeit anzugreifen wagte, mit anonymen Briefen
nämlich, die ich aber, wenn sie nicht gar zu häßliche Aus=
fälle gegen den Kronprinzen selbst enthielten, diesem stets zu
unserer gemeinschaftlichen Belustigung mittheilte! Anfänge wie:
„Ueberzeugt von Ihrer bodenlosen Schlechtigkeit," oder: „Wie
lange noch, elender Hofspeichellecker," waren nicht selten und
hoffte man im Verlauf zuweilen bei meiner Jugend doch noch
auf Besserung, die am besten aus meiner schleunigen Entfer=
nung zu erkennen sein werde, und unterzeichnete sich häufig:
„Der gewisse wohlmeinende Freund."

Auch an ernsthaften Drohungen, natürlich stets in Schreiben
ohne Unterschrift, sowohl gegen mich als auch gegen den Kron=
prinzen, dem man häufig die unglaublichsten Dinge vorwarf,
ließ man es nicht fehlen, und war es gerade so, als werfe
das kommende Jahr 1848 allerdings ohne jeden sicht= und
denkbaren Zusammenhang jetzt schon einen düstern Schatten
voraus; hier, in dem sonst so ruhigen Stuttgart, trat dieß
besonders am 3. Mai 1847 in dem sogenannten Brodkrawall
hervor, wobei das Volk das Haus des Bäckers Maier in der

Hauptstätterstraße, angeblich wegen Kornwuchers, zu stürmen begann. König Wilhelm, nur von einem Stallmeister begleitet, ritt sogleich mitten unter die lärmenden Volksmassen; doch vermochte auch seine sonst so geliebte und verehrte Persönlichkeit dießmal nichts auszurichten, das Militär mußte einschreiten, wobei an der Ecke der Reihlen'schen Apotheke ein Mann erschossen wurde. Sonst verpuffte diese Geschichte ohne weitere Folgen, und für Stuttgart speziell gab die Verheirathung des Kronprinzen Hoffnung auf einigen Aufschwung der darniederliegenden Gewerbe.

Sein Hauswesen mußte auf einen andern und großartigeren Fuß gesetzt werden, Dienerschaft und Stall vermehrt und eine Repräsentation auch nach außen geschaffen werden, für die ich in meiner Stellung und meinem Range nicht ausreichte und für welche Herr von Berlichingen nicht Takt genug hatte. Der Kronprinz wünschte begreiflicherweise zu seinem Hofmarschall einen der jüngeren Männer seines Umgangs, und fiel seine überaus glückliche Wahl auf den schon ein paarmal von mir erwähnten ersten Stallmeister und Kammerherrn des Königs, Baron Julius von Hügel, einen auffallend schönen Mann, der groß und stattlich, ein vortrefflicher Reiter und voll angenehmer gesellschaftlicher Talente war. Er gebot zum Beispiel über einen so vorzüglichen deklamatorischen Vortrag, daß er in jener Zeit bei einem Wohlthätigkeitskonzerte, als er mit Dingelstedt die große Scene aus „Tasso" zwischen

dem Herzog und dem Dichter las, von begeistertem Beifall
überschüttet wurde. Liebenswürdig und behaglich im Umgange,
wie er sein konnte, verstand es auch wieder Niemand so wie
er, plötzlich in Miene und Wort eine schroffe Seite hervorzu-
kehren, vollkommen gleichgiltig gegen irgend wen, sobald er in
seinem Rechte war, oder in seinem Rechte zu sein glaubte.
Eine bei Hof seltene Unabhängigkeit des Charakters, die ihn
aber seinen Freunden um so werther machte, da dieselbe durch
richtigen Takt und herzliches Wohlwollen unterstützt, für seine
Freunde, auch gegenüber den höchsten Personen, rücksichtslos
eintrat — ein Mann, auf dessen Rath und Hilfe man sicher
bauen konnte, kurz Alles in Allem, wie besonders geschaffen
zu jener Stellung, wo er neben der Leitung des kronprinzlichen Hofhaltes auch der Freund eines jungen Fürsten war,
dem gerade Hügel's Lebenserfahrung, sein gerader Sinn, sein
durchaus ehrenhafter Charakter, ja seine zuweilen hervortretende,
stets ehrliche Derbheit, die sicherste Stütze sein konnte, um
ihn vor leidenschaftlichen Abwegen zu bewahren.

Auch gieng es im Anfang ganz vortrefflich; Baron Hügel
mit seinen großen Kenntnissen und seinem soliden Geschmack
richtete die kronprinzliche Hofhaltung einfach, aber elegant ein,
und besonders war das Stalldepartement in Zusammenstel-
lung der Gespanne, in Geschirren und Livreen Aufsehen er-
regend hergestellt.

Der Kronprinz blieb in seiner Parterrewohnung des

Schlosses und das Appartement im Stocke über ihm bewohnte die Kronprinzessin, und hatte ich bei der Zimmereinrichtung hier Kleinigkeiten angebracht, die der Großfürstin in Olivuzzo bei Palermo gefallen hatten, unter anderem ein hohes Spiegelglas, das sich beim Drucke auf eine Feder als Thüre demaskirte und den Eintritt in ein anderes Zimmer gestattete.

Für solche Aufmerksamkeiten war sie empfänglich und dankbar, wie ich mich überhaupt aus jener Zeit nur der freundlichsten Behandlung rühmen darf und sich noch durch gar nichts auch nur im entferntesten der Entschluß kund gab, mich aus meiner Stellung zu entfernen. Man gieng eben vorsichtig zu Werke, und als die ganze Hofhaltung des Kronprinzen im Sommer 1847 zum Landaufenthalt nach Friedrichshafen zog, war es durchaus selbstrebend, daß ich gleichfalls mitgieng, und sagte mir der Kronprinz einigemal und zwar in offener, herzlicher Weise, wie sehr es ihn freue, daß mir auch die Kronprinzessin gut und freundlich geneigt sei. In der That geschah von ihr aus Alles, um mir diesen guten Glauben zu erhalten, sie sprach ungezwungen, ja vertraulich mit mir, sowohl über Geschäftliches, als auch über sonstige tägliche Angelegenheiten, ich durfte sie wie jeder Andere bei der Unterhaltung zwanglos anreden oder im Park auf Spaziergängen begleiten, ja sie lud mich ein, mit ihr Schach zu spielen, und ich kann nur wiederholen, daß sie bei all diesen Veranlassungen nur liebenswürdig und gütig gegen mich gewesen ist.

Auch die Königin Pauline mit ihrer Tochter, Prinzessin Auguste, kamen zum Landaufenthalte nach Friedrichshafen und ich stand zu Ihrer Majestät in dem eigenthümlichsten Verhältniß. Obwohl des Tages verschiedene Male, zum ersten und zweiten Frühstück, zum Diner und Souper, Abends auch häufig zu Spiel und Thee im gleichen Salon vereinigt, war ich doch eigentlich nicht für sie da, und wenn sie beim Cercle, dem ich mich aber, wenn es nur möglich war, entzog, mit meinem Nachbar oder Nachbarin sprach, so wußte sie mich durch irgend eine Gesprächs- oder Körperwendung zu umgehen, um gleich neben der Lücke, die durch mich dargestellt wurde, munter weiter zu plaudern.

Im Allgemeinen verlebten wir einen recht angenehmen Sommer in dem hübschen Schlosse Friedrichshafen mit seinem dicht am See gelegenen schönen Garten; früh Morgens badeten wir Herren gewöhnlich gemeinschaftlich und Baron Hügel und ich setzten das bis in den September hinein, ein paar Tage bei nur acht bis zehn Grad Wasserwärme, fort. Fast täglich wurde irgend eine Partie zu Wagen nach den benachbarten Landorten oder mit dem Dampfboot nach dem badischen oder Schweizer-Ufer des See's gemacht.

Was in meinen Kräften lag, trug ich zur Unterhaltung der Gesellschaft bei, und als einmal eine Reihe kalter Regentage eintrat, schlug ich eine improvisirte Komödie vor, was allgemeinen Anklang fand. Glücklicherweise fiel mir sogleich ein passender Stoff ein, den ich später in dem dramatischen Scherz „Monsieur de Blé" weiter ausführte. Ich schrieb den ungefähren Gang der Handlung auf, auch was jede Scene enthalten und wie sie schließen sollte, und da ich es hier mit einem gewandten Personal zu thun hatte, von denen die meisten schon auf Liebhaberbühnen geglänzt, so gieng das Stückchen nach ein paar Proben recht gut zusammen. Baron Hügel spielte die Hauptrolle, den Monsieur de Blé, der ein Schwabe war und eigentlich Döbele hieß, Graf Zeppelin, der unterdessen als Kammerherr der Kronprinzessin wieder angestellt worden war, einen Kommissionär Hagenlocher, und von den Damenrollen war eine liebenswürdige Hofdame, Frau von Sturmfeder, ausgezeichnet.

Da der Kronprinz, der für diese theatralische Aufführung sogleich leidenschaftlich eingenommen war, aber einen ganzen Unterhaltungsabend daraus zu machen wünschte, so sollte noch vorher irgend ein Scherz arrangirt werden, zu welchem ich die bekannte Geschichte vorschlug: Ein Marionettenkasten wird dargestellt durch einen quer vor die Thür gespannten Teppich, die Puppen bestehen aus runden Kartoffeln, in die man ein paar Punkte und Schrammen als Gesichtszüge schneidet; diese Kartoffeln — sie müssen natürlich roh und mit der Schale versehen sein — werden unten ausgehölt, auf den Zeigfinger gesteckt, dann die Hand, sowie ein Theil des Oberarms mit einem weißen oder bunten Taschentuch umwunden, und so wird oberhalb des Teppichs agirt, was, wenn es mit irgend welcher Geschicklichkeit geschieht, von äußerst komischer Wirkung ist; meistens wählt man eine höchst tragische, ja blutige Handlung, wo ein unglückliches Liebespaar zu Grunde geht, indem Sie aus einem übergroßen Wasserglase Gift trinkt, Er ein Tafelmesser an einer Seite der Scene aufsteckt, dann mit seinem Kartoffelkopf so lang hineinhackt, bis dieser stecken bleibt, worauf er sich dann selbst das Haupt vom Rumpfe reißt.

So geschah es auch hier bei der Probe, doch erschien Alles das dem Hofmarschall Baron Hügel, der gleichfalls mit= wirken mußte, so wenig komisch, ja förmlich albern, daß er auf's entschiedenste von dem Scherze abrieth, indem er über= zeugt war, wir würden uns damit gründlich blamiren.

Es war aber auch keine Kleinigkeit, dergleichen vor einem solchen Publikum zu wagen; denn wenn wir auch gerade kein Parterre von Kaisern und Königen vor uns hatten, so doch in der ersten Sesselreihe eine regierende Königin, den Groß= fürsten=Thronfolger Alexander, der zum Besuch seiner Schwester gekommen war, den Kronprinzen und die Kronprinzessin, die Prinzessin Auguste, ein paar Fürsten aus der Umgegend mit Gemahlinnen, durchlauchtigen Töchtern und dazu das statt= liche Gefolge aller dieser Herrschaften, von denen ich nur noch den Fürsten Gortschakoff, den heutigen russischen Staats= kanzler, nennen will.

Es war also wohl kein Wunder, daß der Held der Tragödie, wie er auftrat, mit etwas bebender Stimme sprach; doch kaum war seine Geliebte erschienen, in ein gelbseidenes Foulard gehüllt, auf dem dunklen, pausbackigen Kartoffel- gesichte ein kokettes Hütchen, das aus einem bunten Baum- blatte und einer Blüthe als Paradiesvogel bestand, so erfreute unser zagendes Herz ein so einstimmiges Gelächter des Publi- kums, daß wir beruhigt aufathmeten, auch steigerte sich die Heiterkeit von Scene zu Scene, und bei der Königin Pauline, die ich durch eine Spalte des Vorhangs sah, stellten sich von Zeit zu Zeit förmliche Anfälle von Lachkrampf ein. —

Für alle Fortschritte des Villabauwesens interessirte sich die Kronprinzessin sehr, und mußte ich ihr darüber, so oft ich etwas Neues erfuhr, Bericht erstatten. Da Orangerie und Gewächshäuser fertig geworden waren, so mußte an Pflanzen für beide gedacht werden, weßhalb mich der Kronprinz nach Nervi bei Genua schickte, um die dortigen berühmten Pflan- zungen junger Orangenstämme anzusehen und das Nöthige zu kaufen; auch sollte ich den Gärtner Neuner mitnehmen, um mit ihm verschiedene von der Kronprinzessin uns bezeich- nete Anlagen in Genua, Mailand und anderwärts anzusehen, auch wünschte sie Zeichnungen von einigen Interieurs genuesi- scher Paläste, weßhalb ich einen unserer damaligen talentvoll- sten Zeichner, Paul Wirth, gleichfalls mitnahm, auch um ihm, der von italienischer Architektur noch nichts gesehen, zum Studium derselben zu verhelfen. Später hat er auf Angaben des Baumeister Leins weitaus den größten Theil der wundervollen Zeichnungen sowohl für das Aeußere als für das farben= prächtige Innere der Villa bei Berg entworfen und letzteres auch theilweise mit ausgeführt. Leider war dieses große Talent von keinem festen Charakter unterstützt, da ihn Wirthshaus= schild und dahinter die Weinflasche zu mächtig anzogen, und er so, allerdings erst nach Jahren, nach und nach verkam und eines Morgens todt im Neckar bei Cannstatt, wohin ihn ab= sichtslos sein schwankender Fuß geführt, aufgefunden wurde. Schade um ihn, er war ein guter Mensch und ein großer Künstler, und wer heute den Arabeskenreichthum auf der könig= lichen Villa bei Berg anschaut, bewundert dabei das Werk seiner Hand und seines Geistes.

Auf dieser Tour, die für mich übrigens kaum vierzehn Tage dauerte, traf ich in Mailand mit meinem Freunde, dem Maler Karl Müller zusammen, der von Rom kam, um sich nach Stuttgart zu begeben; da ich wußte, daß er dem Kron= prinzen angenehm war, so überredete ich ihn, zuerst mit mir nach Friedrichshafen zu gehen, auch um dort der Kronprin= zessin vorgestellt zu werden; wir fuhren längs dem Lago Maggiore, ohne uns dabei gerade zu übereilen, besuchten die borromäischen Inseln, die für mich neu waren. Reizend ist Isola Madre, wogegen die Isola Bella, von weitem einem Pastetengehäuse ähnlich, mir auch im näheren Betrachten wegen

der steifen Formen ihrer Terrassen, ja der ganzen Garten=
anlage, keinen besonderen Eindruck machte. Um auch die
Simplonstraße kennen zu lernen, fuhren wir über diesen un=
angenehmsten aller Alpenübergänge, ein Weg, der sich wie
ein Faden stundenlang über die Bergabhänge herumwindet,
auf der einen Seite verschiedene tausend Fuß Abgrund, auf
der andern ebenso hohe steile Wände, so daß, wenn man bei
einer Biegung rückwärts schauend ein Fuhrwerk folgen sieht,
man erstaunt ist, daß es nicht der erste Windstoß in die Tiefe
schleudert. Uns beide, meinen Freund Müller zumeist, ver=
setzte diese Fahrt in eine gelinde Aufregung, die ich durch
allerlei gute und schlechte Scherze zu mildern suchte, indem
ich zum Beispiel einen vorher bestochenen Postillon oder den
Kellner eines Posthauses nach seinem Namen fragte, um stets
die verabredete Antwort zu erhalten: „Ich heiße Müller,"
was den ächten Müller stets zu einem Zornausbruche veran=
laßte, bei welchem er ausrief: „Siehst du, dieser Kerl heißt
auch wieder Müller! o, es ist ein Unglück, Müller zu heißen,
besonders wenn man Künstler ist." Daran hatte er aller=
dings nicht ganz Unrecht, hat aber doch, wie ich schon früher
bemerkt habe, seinen eigenen Künstlernamen Karl Müller sehr
zu Ehren gebracht.

In Friedrichshafen wurde er von den Herrschaften auf's
freundlichste empfangen, wohnte im Schlosse, nahm an Allem,
auch an den Landpartieen Theil und erfreute dafür die Kron=

prinzessin mit reizenden Aquarellskizzen von allerlei Vorfällen bei diesen Ausflügen. Hier faßte ich auch die erste Idee, den Tanzsaal der Villa mit zwei großen Oelbildern von seiner Hand zu schmücken, für die Müller eine Scene aus dem römischen Karneval und das Oktoberfest auf der Villa Borghese vorschlug. Der Kronprinz gab dazu gern seine Einwilligung und Müller erhielt dadurch Gelegenheit, zwei Kunstwerke zu schaffen, von denen das Oktoberfest durch das schöne Kunstblatt von Alfons Matinet auch weiteren Kreisen bekannt geworden ist.

Gegen Ende Septembers kehrten die kronprinzlichen Herrschaften mit der ganzen Hofhaltung nach Stuttgart zurück, und es war gut, daß ich mich wieder für den lebhafteren Fortgang des Villabauwesens persönlich interessiren konnte; auch zeigte sich das Herbstwetter dem Fortgang der Arbeiten günstig, und zu Allem hatte die Kronprinzessin, die an der Schöpfung ihres Gemahls warmen Antheil nahm, eine nicht unbedeutende Geldsumme zum rascheren Betrieb beigesteuert; doch begann ihr Sekretär, Herr von Adelung, bei dieser Gelegenheit schon gegen mich zu agiren, indem er seine Herrin zu der Bedingung veranlaßte, diese Gelder unter die spezielle Controle des Hofmarschalls Baron von Hügel zu stellen, mit welcher Bedingung ich übrigens vollkommen einverstanden war. Ich wünschte nichts sehnlicher, als die ganze, immer drückender werdende finanzielle Last von einem Andern und Stärkern mittragen zu lassen. Dazu aber wollte sich Baron Hügel, was ich auch begreiflich fand, nicht herbeilassen, und so sollte das Villabauwesen auch ferner speziell unter meiner Leitung und getrennt von der Hofhaltung bleiben. Doch bezeigte er mir andern Theils den Freundschaftsdienst, mich gegen Herrn von Adelung's Aeußerungen in Schutz zu nehmen.

Da der Staat dem jeweiligen Kronprinzen eine standesmäßige Wohnung herzurichten hatte, so war das kronprinzliche Palais, wie es heute zwischen dem Königsbau und dem Bazar steht, von Oberbaurath Gaab projektirt worden, wobei ihm übrigens das Maximilianspalais in der Ludwigsstraße von München vorgeschwebt haben mag, und man riß die dort stehenden Häuser, theils dem Staate, theils Privatleuten gehörend, ab; als ich eines Tages dazukam, bemerkte ich in dem Thorwege des Hauses, welches dem sogenannten Indigo-Müller gehört hatte, vier schöne steinerne Säulen im edelsten Renaissancestil, die offenbar von dem ersten Umbau des königlichen Lusthauses herrührend, hier zur Hälfte eingemauert standen. Mit dem Unternehmer des Abbruchs, für den diese vier Säulen nicht mehr als den Werth gewöhnlichen Steins hatten, wurde ich bald handelseinig, kaufte sie für vierundvierzig Gulden und ließ sie in meinen Garten hinauftransportiren, um sie später einmal zur Ausschmückung eines Landhauses zu benutzen; doch kam ich zu einem solchen, allerdings von bescheidener Art, rascher als ich mir selber gedacht; denn da die Villa jetzt unter Dach gekommen war, so wurde das Bau- und Zeichnungsbureau in ein paar Räume des Haupt-gebäudes verlegt und so die ehemalige Bauhütte entbehrlich. Was damit geschehen werde, frug der Kronprinz eines Tages, worauf Leins die Antwort gab: „Da das Holzwerk für den Bau nicht mehr verwendbar sei, wolle er es versteigern lassen, wenn sich kein Liebhaber für die Hütte als solche zeige," worauf ich bei der Werthlosigkeit des Gegenstandes lachend sagte: „Schade, daß ich sie nicht kaufen darf, es gäbe ein prachtvolles Landhaus für mich." — „So nehmen Sie sie unverkauft," erwiederte er gütig, „und soll es mich recht freuen, wenn Sie sie gebrauchen können."

So ist der wahrheitsgetreue Anfang meines später so berühmt gewordenen kleinen Landsitzes „Haidehaus", von dem so viel Unerhörtes gefabelt worden ist, wie er in meinen Besitz gekommen sei, und wie ich ihn mit kronprinzlichen Geldern gekauft und auf's prachtvollste eingerichtet habe.

Das Holz dieser Bauhütte ließ ich in meinen Garten hinauftransportiren, dort an geeigneter Stelle einen Keller graben und ausmauern und nachdem ein kleiner Steinsockel gelegt war, die Riegelwände mit dem Dachstuhl wieder auf-richten, was ein ganz stattliches Gebäude gab und mir schon während der Ausführung ein ganz unglaubliches Ver-gnügen machte. Stundenlang, besonders Abends, konnte ich da oben auf dem Punkt mit der herrlichen Aussicht sitzen und

Pläne machen, wie mein kleines Landhaus vergrößert und verschönert werden konnte; ja während des Aufschlagens der ehemaligen Bauhütte fügte ich am südlichen Ende rechts und links je noch ein kleines Zimmer an, wodurch der Grundriß die Zeichnung eines T's bot und ich hüben und drüben eine Veranda erhielt, dießseits aus einem Dache bestehend, das auf weißen Birkenstämmen, wie ich in Rußland gesehen, ruhte, und jenseits gegen die Schlucht, in welcher das Dörflein Gablenberg liegt, hatte ich für den Villabau gänzlich unbrauchbare Säulenstücke auf Steinsockel gestellt, die ein leichtes Netzwerk von Latten trugen, über welches sich später Jungfernreben und wilde Rosen schlingen sollten, und hiezu wurden, um gar keine Zeit zu verlieren, schon in diesem Herbste Anpflanzungen gemacht.

Auch mit dem Graben meines Brunnens war ich glücklich gewesen, und wenn auch meine Bekannten darüber lachten, daß ich da oben Wasser finden wollte, so ließ ich doch nicht nach, besonders aufgemuntert durch einen benachbarten alten Weingärtner, der mir eines Tages sagte: „So gut der Mensch auch im Kopfe Blut hat, eben so gut kann es auch auf der Höhe des Berges Wasser geben." Und in der That fand ich vortreffliches, klares, trinkbares, allerdings erst bei achtzig Fuß Tiefe, was den Werth meines Grundstücks sogleich bedeutend erhöhte, es wurden Holzteichel, sowie ein einfaches Pumpwerk eingesetzt, und nie vergesse ich die Seligkeit, mit der ich das erste Glas kristallhellen Wassers und so kalt, daß das Glas augenblicklich anlief, austrank, nachdem ich es selbst heraufgepumpt hatte.

Daß diese und ähnliche Arbeiten in meinem Garten nicht verschwiegen bleiben konnten, ist selbstredend; auch machte ich durchaus kein Hehl daraus, ja lachte dazu, wenn man mit weniger oder gar keinem Wohlwollen von meiner Villa sprach, erinnere mich aber doch, wie tief verletzend ich es empfand, als, wie schon erwähnt, der alte General von Spitzemberg dem König Wilhelm sagte: „Da legt sich die Hackländer ein Landhaus an, was jetzt schon über zehntausend Gulden kostet" — zehntausend Gulden! — wo hätte ich diese Summe hernehmen müssen, oder wo den Leichtsinn, sie schuldig zu bleiben. Trotzdem aber konnte ich diese Aeußerung nicht so hingehen lassen, und nahm in einer passenden Stunde Veranlassung, Seine Majestät darüber aufzuklären, indem ich ihm die Ankaufsakten meiner Grundstücke mit den allerdings noch unbedeutenden Anzahlungen, sowie die Summe meiner bisherigen Ausgaben vorlegte. Er behielt diese Papiere einige Tage, und als er sie mir alsdann zurückgab, geschah das mit einer wohlwollenden Aeußerung.

Ueberhaupt muß ich hier sagen, daß König Wilhelm über zwanzig Jahre lang stets in einem freundlichen Verkehr mit mir gestanden ist, wenn ich mir diesen Ausdruck erlauben darf, und daß Seine Majestät bis zu Ihrem Tode stets gnädig und wohlwollend für mich gewesen ist; dabei war es eine Freude, ja ein wahres Glück, mit ihm reden zu können und sich von ihm belehren zu lassen, was er während der Unterhaltung oft in den kürzesten Worten, aber stets in klaren und bestimmten Gedanken that. Auch war seine Sprache stets deutlich und verständlich, wogegen seine Handschrift sehr schwer zu entziffern war. Anstatt der Vokale und der Buchstaben m und n pflegte er nur gerade Striche zu machen, für jeden Uneingeweihten sehr schwer zu lesen; doch da ich alle eigenhändigen Schriftstücke des Königs dem Kronprinzen übersetzen oder vorlesen mußte, erlangte ich nach und nach eine vollkommene Fertigkeit darin, besonders aber auch, weil die Hieroglyphen Seiner Majestät stets ganz genau dieselben blieben.

König Wilhelm war nicht groß, hatte eine offene Stirne, schöne kluge Augen und einen sehr wohlgeformten Mund und nur ein kleines Schnurrbärtchen. Viel Bartwerk, vor allen Dingen große Vollbärte konnte er nicht leiden und galten sie ihm als Attribut eines Demokraten; öfters, wenn ich damals bei ihm im Zimmer stand, konnte er an's Fenster eilen und hinausschauend sagen: „Da kommen auch wieder ein paar solcher Kerle, die statt zu arbeiten sich in den Volksversammlungen herumtreiben und mein Volk aufhetzen.“ Gekleidet war der König stets fein, selten streng nach der Mode; gerne trug er einen braunen, sogenannten Reitfrack, graue Beinkleider, einen Cylinder und feine graue Handschuhe, deren

Finger aber stets zu lang waren. Während er bei Militär- und Civilvorstellungen, selbstverständlich auch bei Paraden und dergleichen, meistens auch im Theater in Uniform war, sah man ihn auf der Straße nur in Civilkleidern, und mochte er hier scheinbar noch so sehr unter der Menge verschwinden, wurde man doch auf ihn aufmerksam, ja Fremde blieben stehen, um dem vornehmen alten Herrn nachzuschauen.

Wenn er nicht sprach, erschienen seine Gesichtszüge sehr ernst, ja häufig im Theater verdrießlich, fast düster, während wieder beim aufmerksamen Zuhorchen eine Kleinigkeit im Dialog, etwas Ansprechendes in der Musik im Stande war, sein Gesicht plötzlich heiter aufleuchten zu lassen, ja, ihm ein kurzes, oft hörbares Lachen zu entlocken; auch markirte er häufig den Rhythmus der Musik mit seiner Hand auf der Logenbrüstung, aber mit einer unglaublichen Virtuosität im Verfehlen des Taktes. Auch in der Unterhaltung verstand er einen wohlangebrachten Scherz, konnte alsdann, wenn das Geschäftliche erledigt war, sehr heiter sein und war stark in witzigen und oftmals sehr pikanten Anspielungen auf bekannte Persönlichkeiten.

Häufig ließ er mich rufen, entweder durch Vermittlung des geheimen Kabinets, wo es alsdann Geschäftliches in Betreff seines Sohnes zu verhandeln gab, so während des Villabaues, um mit mir den Zustand der kronprinzlichen Kasse zu besprechen, für mich allerdings ein hartes Stück Arbeit, dem ich mich aber mit größtmöglicher Wichtigkeit unterzog, indem ich sogar in meiner schönen, hellblauen, mit Silber gestickten Uniform erschien. Dann bedeutete mich Seine Majestät unter sehr ernster Miene, am andern Ende des Tisches Platz zu nehmen und begann dann seine sehr geschäftsmäßigen Fragen nach unseren momentanen Verdrießlichkeiten. Zu eigener, bedeutender Hilfe war er nicht bereit, doch erlaubte und erleichterte er sogar hie und da eine kleinere oder größere Anleihe, besonders wenn es mir gelang, ihn durch irgend eine Antwort auf seine Fragen lachen zu machen und vom eigentlichen Thema abzubringen. Dieß war durchaus nicht schwer und wenn er so in andere Regionen gerieth, vergaß er den Zweck meines Dortseins und entließ mich nach Ablauf der für mich bestimmten Zeit mit einer freundlichen Handbewegung und dieß war der geeignete Augenblick, um ihm rasch noch einmal in der betreffenden Angelegenheit eine Bitte vorzutragen, die er dann auch meistens im Abgehen genehmigte. Oft ließ er mich auch ganz privatim durch einen seiner Kammerdiener rufen, und dann hatte ich das Recht, durch ein kleines Kabinet neben seinem Schlafzimmer einzutreten und ihn dort zu erwarten. Häufig kam er dann, irgend eine Melodie vor sich hinsummend, nach Hause, während ich schon da war, sprach sogleich mit mir, wenn er es eilig hatte, oder bedeutete mir zu warten, bis er umgekleidet sei und das vom geheimen Kabinet Herübergekommene unterschrieben habe. Dieß wurde ihm durch den Legationsrath Hummel vorgelegt, dem er rasch durch die Zimmer gehend zuweilen zurief: „Hummele, Hummele! — wo ist Hummele?" In diesen Stunden sprach er, ob ernst oder heiter, stets mit einer gewinnenden Liebenswürdigkeit, oft unter Berührung der intimsten Verhältnisse, häufig seinen Sohn betreffend, und zeigte alsdann eine Theilnahme und Herzensgüte, die er ein andermal wie absichtlich hinter sarkastischen, oft scharfen Bemerkungen verstecken zu wollen schien.

Manchmal ertheilte er mir kleine Aufträge, meistens in Kunstangelegenheiten, dieses oder jenes Gemälde, auch wohl eine Bildhauerarbeit für ihn anzuschauen, und bei meinen häufigen Reisen mußte ich besonders nach Allem fahnden, was in alten Broncen in maurischem Stile aufzutreiben war und so habe ich, hauptsächlich in Venedig, manch werthvolles Stück dieser Art für die Wilhelma angekauft, wo Vieles davon heute noch zu sehen ist. Für diese arabische Ornamentik hatte der König einen feinen Geschmack und richtigen Sinn, während sich sein Urtheil und sein Kunstgeschmack in andern Dingen oft ganz absonderlich zeigte. So hatte er für die steifen, nüchternen Möbelformen des Empire eine Liebhaberei, und die geistreichste Renaissance sowie das launenhafte Rococo verwarf er verächtlich unter dem gemeinsamen Begriffe Zopf; was er neben dem maurischen Baustil allenfalls noch gelten ließ, waren Formen antiker Säulenstellungen, wie er sie an seinem Landhaus Rosenstein und an dem späteren Königsbau, dem Schlosse gegenüber, aufführen ließ.

Was König Wilhelm in seiner langen, segensreichen Regierung vom Jahr 1816 an seinem Land und Volke gewesen ist, wie er mit der umfassendsten Sachkenntniß, mit Ernst und Strenge, wo es galt, sonst wohlwollend und milde für dasselbe gewirkt und geschafft, tritt heute wieder glänzender als je auch vor die Erinnerung aller Derer, die in den letzten Jahren seines Lebens, als der alte König, krank und müde geworden, nur noch mit Bitterkeit von der Welt, die er verachtete, sprach und, ganz in sich zurückgezogen, fast zur Fabel geworden war, sich rasch von ihm abgewandt und sich eine schönere Zukunft prophezeit hatten. Die Verfassung, die König Wilhelm bei seinem Regierungsantritt sogleich und freiwillig seinem Volke gab, wurde nicht wie so viele andere, oktroirt, sondern durch gewählte Vertreter des Volkes gemeinschaftlich mit den Räthen der Krone festgestellt und war für die damalige Zeit so freisinnig, daß der neue Regent Württembergs, der Sohn König Friedrich's, als Demokrat verrufen wurde. Im Jahr 1814 hatte er tapfer für die Befreiung Deutschlands mitgekämpft, hatte alsdann das gute Recht der Deutschen auf Elsaß und Lothringen anerkannt und war dadurch so populär geworden, daß die seit den Carlsbader Beschlüssen verfolgte Burschenschaft die Hoffnung hegte, ihn einmal als deutschen Kaiser begrüßen zu können. Näher stand ihm damals

die Vergrößerung Württembergs durch das Großherzogthum
Baden und es wäre damit bei seinem Muth und seiner Energie
ein festeres Bollwerk gegen Frankreich geschaffen worden, was
aber Talleyrand, die engherzige Politik Kaiser Alexander's,
sowie auch England und vor allen Dingen Metternich zu
verhindern wußten, um Deutschland nicht erstarken zu lassen.
So in seiner Thatkraft und seinem edlen Streben auf Würt=
temberg beschränkt, suchte er wenigstens hierin, von seiner
trefflichen Gemahlin Katharine unterstützt, die Wunden, welche
die schändliche Rheinbundspolitik und der Despotismus seines
Vaters dem Lande geschlagen hatten, zu heilen und dessen
Zukunft durch einen neu begründeten Rechtszustand im Verein
mit der Volksvertretung zu sichern. Er schloß sich sogleich
dem entstandenen Zollverein an und ließ die unvermeidliche
Censur, welche mißliebige Aeußerungen in keinem Bundesstaate
duldete, wenigstens in seinem Württemberg in schonender
Weise üben. Seinem Ausspruche gemäß, daß er es für
seine erste Regentenpflicht und stets für eine seiner wichtigsten
und liebsten Aufgaben angesehen habe, die Grundlage aller
Wohlfahrt, die Landwirthschaft zu fördern und zu pflegen,
stiftete er, um tüchtige Land= und Forstwirthe zu bilden, die
so berühmt gewordene Akademie Hohenheim und machte sie
zu einer der ersten derartigen Anstalten Deutschlands, ja Eu=
ropa's; seine eigenen Domänen und Meiereien waren muster=
giltig nach jeder Richtung, und was er für die Pferdezucht

gethan, zeigt sich heute noch an den vielen Spuren edlen arabischen Blutes, mit denen er die Landeszucht auffrischte; doch war dieß zu einer speziellen Liebhaberei des Königs geworden, bei der er anfangs die Schattenseite übersah, eine für Zugpferde zu schwache und kleine Gattung zu schaffen; später aber sah er es selbst ein und verbesserte es durch Trakehnerzucht.

Was er nach jeder Richtung hin für den Volksunterricht gethan, zeigt sich in dem Bildungsgrade des schwäbischen Volkes, wo der Prozentsatz derer, die keinen geregelten Unterricht genossen, ein verschwindend kleiner ist. Auch Kunst und Wissenschaft förderte er allseitig und gab, was die erstere anbelangt, gern den Rathschlägen bewährter Männer Gehör, wenn es nicht gerade seine Privatanschaffungen betraf, für die er allerdings zuweilen einen etwas decolletirten Geschmack bewies. Doch hat er dagegen auch wieder, was Malerei anbelangt, wahrhaft Großes schaffen lassen, wie zum Beispiel Gegenbauer's berühmte Fresken im königlichen Residenzschlosse, Scenen aus der älteren Geschichte Württembergs. Eines dieser Bilder stammt aus der Zeit, wo er im Frühjahr 1849 die Kammer der Abgeordneten sowie auch seine eigenen Minister, die eine solche willkürliche Aenderung der Thronrede nicht erwartet, durch die bekannten Worte: „Einem Hohenzollern unterwerfe ich mich nicht" verblüffte und stellt die Herzogin Henriette von Mömpelgard vor, wie diese tapfere

Dame hoch zu Roß den Ausfall der Hohenzollern zu=
rückwies.

Ein paar Jahre später, nach wiederhergestelltem gutem
Einvernehmen mit Preußen, besuchte König Friedrich Wil=
helm IV. Stuttgart, und da es zufällig nicht anders gieng,
als daß man ihn diese Zimmerreihe der Freskogemälde be=
wohnen ließ, so wurde das eben bemerkte Bild durch eine
harmlose Draperie verdeckt, was aber den König von Preußen,
der genau wußte, was dahinter steckte, zu der anscheinend
unabsichtlichen Aeußerung gegen den Obersthofmeister von Uex=
küll veranlaßte: „Schade, daß man für diese Wand noch
keinen passenden Gegenstand gefunden hat.“

Damals wurde nach einem großen Diner auf der pracht=
vollen Wilhelma im Cannstatter königlichen Theater eine
Festvorstellung gegeben und dazu eine kleine französische Operette
„Der Deserteur“ gewählt, wo in einer gewissen Scene der
Chor jubelnd in die Worte ausbricht: „Es lebe der König,
der König lebe hoch!“ was dann durch eine Verbeugung gegen
den Gast auf diesen zu deuten gewesen wäre. Doch kam der
in solchen Dingen unglaublich gewandte und stets schlagfertige
preußische Monarch seinem königlichen Bruder zuvor, indem
er sich rasch erhob und zuerst die Verbeugung machte, was
in der kleinen Proscenumsloge, da nun auch König Wilhelm
so schnell als möglich aufstand, etwas komisch aussah.

Bis jetzt glaube ich in diesen Blättern niemals erwähnt

zu haben, daß ich in meiner Jugend Klavierunterricht erhielt, konnte und kann auch nicht viel Rühmliches darüber sagen, da ich bei mangelndem Talente und Fleiß darin nie über die Mittelmäßigkeit hinausgekommen bin; doch hatte ich bei merkwürdigem Taktgefühl ein feines Gehör für Musik, konnte eine gehörte Melodie leicht nachsingen oder nachpfeifen, ja, erfand mir zu Liedern eigene Weisen, von denen ich mich sogar erinnere, schon als Knabe am Klavier welche aufge=schrieben zu haben. Doch war dieser Quell, wenn ich das so nennen darf, bei meinem vielbewegten Leben gänzlich versiegt und erst in Stuttgart, wo ich Gelegenheit hatte, vor=treffliche Musik sowohl in Konzerten als im Theater zu hören und mit Musikern häufig in Gesellschaft kam, sprudelte es in mir plötzlich wieder von allerlei lustigen Liedern und Weisen. Ich theilte davon einiges meinen Bekannten mit, die das ganz charmant fanden und mich aufforderten, darin fortzu=fahren — und wie befolgte ich diesen Rath! — Ich schaffte mir ein Pianino an sowie einen Lehrer für Contrapunkt und Harmonielehre, schrieb mir selbst einen Operntext und fieng frischweg an, denselben zu componiren. Dieser Operntext hieß „Soldatenleben" und zeigte im ersten Akte die Mannschaft einer Batterie reitender Artillerie, die soeben auf einem Dorfe angekommen, dort einquartiert und von der Bevölkerung, be=sonders von dem weiblichen Theile derselben herzlichst begrüßt wird. Der Bürgermeister des Orts hatte eine hübsche Tochter,

in die sich ein junger Bombardier sogleich verliebt, was er
ihr in einem zärtlichen Duett zu verstehen giebt, sowie er sie
vor allen anderen Schönen hauptsächlich beim Tanze später
auszeichnet. Eine Klosterruine in der Nähe, die besonders
dem hochpoetischen Unteroffizier Dose Anlaß zu Fragen giebt,
veranlaßt des Bürgermeisters Töchterlein, eine Romanze zu
singen, in der sie von einer gespenstigen Nonne erzählt, die
häufig dort um Mitternacht ihr Wesen treibe, ja auch Be-
schwörungen zugänglich und schon auf flehentliches Bitten
erschienen sei. Genügend für Dose, um im zweiten Akte eine
Beschwörung zu versuchen. Doch haben die lustigen, freiwilligen Bombardiere der Batterie das gemerkt und beschlossen,
ihrem Vorgesetzten als gespenstige Mönche zu erscheinen; dieß
geschieht in dem vom Mond beleuchteten Klosterhofe mit etwas
Anklang an Robert den Teufel, sie travestiren im Chor seine
Beschwörungsformeln, tanzen einen höllischen Reigen um ihn,
kurz, machen einen solchen Spektakel in stiller Nacht, daß der
Hauptmann der Batterie mit ein paar Unteroffizieren erscheint
und die ganze Gesellschaft mit Dose in ein noch ziemlich er-
haltenes Gemach des Klosters sperrt. Hier finden sie aber
Gelegenheit sich Wein zu verschaffen, singen lustige Lieder und
wie es auf Mitternacht geht, beginnt der oben erwähnte junge
Bombardier zum Entsetzen Dose's die gespenstige Nonne zu
beschwören, sie solle ihm erscheinen und ihn hinnehmen mit
Leib und Seele.

Es schlägt zwölf Uhr, die Mittelthür öffnet sich — unter allgemeinem Entsetzen erscheint dort die gespenstige Nonne — begreiflicherweise das rasch eroberte Bürgermeisterstöchterlein, winkt den Verwegenen her zu sich und verschwindet mit ihm, worauf der Vorhang fällt. Im dritten Akt ist der Morgen eben angebrochen, die entlassenen Arrestanten kommen herbei, um dem Hauptmann die Schauergeschichte zu erzählen; doch erscheint auch der verloren Geglaubte, berichtet, das Gespenst sei kein so unfreundliches gewesen, habe ihm nur sein Herz geraubt und stellte es schließlich als seine Braut vor, die er nach glücklicher Rückkehr von dem bevorstehenden Feldzuge heimzuführen gedenke.

Man sieht, die Handlung war eine sehr einfache und was die Musik anbelangt, so verbietet mir die Bescheidenheit mehr davon zu sagen, als daß, wie mir Musikkenner sagen, schon schlechtere einem verehrungswürdigen Publikum vorgeführt worden sei. Das Machwerk selbst anbelangend, schrieb ich die Melodieen für Arien, Duette, Chöre und so weiter am Klaviere auf und wurden sie alsdann von meinem Lehrer richtig gestellt und von diesem und einem andern Musiker in Harmonie gebracht und instrumentirt. Ersterer hieß Schlooz. Er war Chorist am Hoftheater und ein tüchtiger Musiker, dem es nur an Energie fehlte, um selbstständig etwas aus sich zu machen. Für meine Arbeit hätte ich Niemand besser finden können, und so beendigten wir dieselbe noch im Spätherbst des Jahres 1847;

die Partitur wurde sauber abgeschrieben, das Libretto ge=
druckt und — man wird meine Kühnheit kaum für möglich
halten — der Hoftheaterintendanz zur Aufführung eingereicht
und, was noch staunenswerther, auch von dieser zur Auf=
führung aufgenommen. Doch will ich das gewiß nicht dem
Werthe unserer Arbeit zuschreiben, vielmehr wollte sowohl
mein verehrter Freund, der Intendant Baron von Tauben=
heim, als auch der Hoffapellmeister von Lindpaintner mir,
dem begünstigten Sekretär des Kronprinzen, damit ein Ver=
gnügen machen, kurz, die Stimmen wurden ausgeschrieben
und sollten noch im Laufe des Winters einstudirt werden.
Doch verzögerte sich die Aufführung, und im Anfang des
Jahres 1848 sandte mich der Kronprinz in Begleitung des
Baumeisters Leins nach Paris, um dort Passendes in Decken=
verzierungen, Tapeten, Möbeln und Stoffen für die spätere
Einrichtung der Villa anzusehen, auch so viel als möglich in
Mustern und Modellen, die in Stuttgart nachgebildet werden
könnten, zu kaufen, denn es sollte in allen thunlichen Dingen
die inländische Industrie bevorzugt werden. Da aber dieselbe
noch lange nicht auf der Höhe ihrer heutigen Entwickelung
stand, so sollten allerdings auch für Anderes, was in Stutt=
gart nicht beschafft werden konnte, Bestellungen gemacht werden
— ein Recht, das man damals noch nicht gewohnt war,
sich durch den Volkswillen oder vielmehr durch den Volksüber=
muth streitig machen zu lassen.

In Paris — es war im Januar — herrschte eine theils gedrückte, theils aufgeregte Stimmung, die selbst Fremden wie uns Beiden, welche durchaus nicht in der Absicht gekommen waren, uns um das politische Leben zu bekümmern, nicht entgehen konnte. Die Geschäfte giengen schlecht, Gasthöfe und Vergnügungsorte waren leer und nur in den Theatern zweiten und dritten Ranges gieng es, besonders in den Zwischenakten, lebhaft, ja stürmisch zu, man unterhielt sich mit lauter Stimme im Parterre und auf den Gallerieen, zuweilen fielen auch Gefechte durch Umherwerfen von Orangenschalen vor, es wurde gejohlt und gepfiffen, bis irgend eine kräftige Männerstimme das damals berühmte Lied aus den Girondisten, mit dem Refrain:

> „Mourir pour la patrie,
> c'est le sort le plus beau
> le plus digne d'envie —"

begann und von Hunderten nachgebrüllt wurde. Fast täglich ward irgendwo eines der sogenannten Reformbankette angekündigt, wurde entweder von der Polizei geduldet oder verboten oder auseinandergesprengt, worauf dann die Betreffenden unter Vortragung irgend einer, häufig rothen Fahne und unter Absingung des oben erwähnten Liedes durch die Straßen zogen.

Für unsere Einkäufe und Bestellungen war die flaue Stimmung nicht ungünstig, da die Preise gedrückt waren und

es auch nicht schwer hielt, die mannigfaltigsten Dinge, neue
Erfindungen oder bei uns noch Unbekanntes in einzelnen
Stücken als Muster zu erhalten; und so brachte ich eine ganze
Sammlung verschiedenartigster Gegenstände und in der Ab=
sicht zusammen, sie durch Stuttgarter Handwerker nachbilden
zu lassen. Es waren dieß besonders eiserne Haus= und Garten=
möbel, Drahtgeflechte aller Art, Blumenbeeteinfassungen, Holz=
schnitzereien, Zinkmodelle, sowie die mannigfaltigsten Verzie=
rungen in Steinpappe, die zu jener Zeit noch sehr unbekannt
bei uns waren. Da wir mit der Malle, der französischen
Briefpost, damals der schnellsten Beförderungsart, die außer
dem Kondukteur nur drei Passagiere mitnahm, zurückkehren
wollten, so hatten wir unsere Plätze, wie das nothwendig war,
schon acht Tage vorher belegt, und mußten wir uns zur Ab=
reise rüsten, trotzdem es in Paris täglich unheimlicher, aber
auch täglich interessanter wurde; ja, wenn ich mich so aus=
drücken darf, es brodelte in der riesigen Stadt, wie in einem
kochenden Kessel, der am Ueberlaufen ist, und als wir am
23. Februar nach dem betreffenden Posthofe fuhren, sahen
wir, daß schon da und dort Anfänge gemacht wurden das
Pflaster aufzureißen, so daß wir angesichts der mit fünf
schweren Normännerhengsten bespannten Malle unschlüssig
wurden, ob wir nicht unser Fahrgeld verloren geben und da=
bleiben sollten, doch versicherte uns der dritte Passagier, der
mit uns eingestiegen war, ein Mitglied der Deputirtenkammer

und directeur des ponts et chaussées von Straßburg,
daß die ganze Geschichte nichts auf sich habe, sondern höchstens
eine kleine Emeute sei, die Marschall Bugeaud mit einem ein=
zigen Bataillon niederschlagen werde.

So fuhren wir also ab, hatten aber kaum Stuttgart
erreicht, als der Telegraph schon hinter uns drein die Ge=
schichte der ganzen kleinen Emeute meldete, daß Marschall
Bugeaud nichts habe ausrichten können und dürfen, daß Louis
Philipp mit seinem Regenschirm nach England gegangen sei
und daß in Frankreich wieder einmal die Republik proklamirt
worden.

Anfänglich war man diesseits des Rheins starr und
stumm vor Ueberraschung und Erwartung, eine bange Stille
vor dem Sturme, der sich denn auch in nie geahnter Schnellig=
keit alsbald durch drohende Windstöße ankündigte und, allen
deutschen Ländern und Ländchen willkommen, Gelegenheit gab,
diese neue französische Mode so rasch als möglich nachzuäffen.

Auch in der schwäbischen Hauptstadt begann man so=
gleich, soviel als nur möglich Revolutiönchen zu spielen, Ver=
eine in rother und rötherer Färbung schossen wie Pilze aus
dem Boden, die gesinnungstüchtigen Blätter, vor allem der
Beobachter und Eulenspiegel, letzteres ein illustrirtes Blatt,
das in seiner Frechheit sogleich bis an die Grenzen des Mög=
lichen gieng, munterte so unverblümt als möglich zur Zer=
brechung des Sklavenjoches und zum Sturze der Thrannei

auf und Viele heulten diese Worte nach, wahrlich ohne zu wissen, worin denn gerade hier bei uns Tyrannei und Sklaven= joch zu finden sei. Es wurde eine Bürgerwehr errichtet, der sich Niemand entziehen durfte und wobei es von komischer Wirkung war, ältere, oft wohlbeleibte und dadurch bequeme Herren in der heißen Sommerhitze als Schildwache zu sehen; so vergesse ich nie den dicken Hofschauspieler Maurer, der ge= wöhnlich sehr enge lakirte Stiefel zu tragen pflegte, wie er schwitzend auf den heißen Steinen vor der königlichen Bibliothek hin= und hertrippelte. Ich hatte mich bei der zu errichtenden Bürgerartillerie gemeldet, doch bedeutete mir ein guter Be= kannter unter der Hand, einem reaktionären Höfling, wie mir, sei jenes gesinnungstüchtige Corps verschlossen. So trat ich denn bei dem Schützenbataillon von Berg, in dessen Nähe ich beim Bau der Villa ja täglich beschäftigt war, ein und habe Joppe, Ranzen, Büchse und Schlapphut so gut getragen wie jeder Andere. Alles zusammen genommen begann mit dieser Revolutionsspielerei eine sehr ungemüthliche Zeit. Menschen, die man früher nicht beachtet, warfen sich zu Volksführern auf, brüllten in den Wirthshäusern über Dinge, die sie gar nicht verstanden, und je lauter sie schrieen, je mehr wurden sie angestaunt und auf den Schild erhoben. Ich habe verkom= mene Subjekte gekannt, denen Niemand einen halben Gulden geborgt hätte und die nun mit einem Male insofern ton= angebend wurden, als man ihnen feigerweise aus dem Wege gieng oder sich von ihnen überschreien oder meistern ließ. Es war eben eine allgemeine Begriffsverwirrung, ein gewaltsames Aufrühren der untersten Bodenschichten, wobei Bestandtheile zu Gesicht kamen, die man nur mit Grauen betrachten konnte. So erinnere ich mich jenes Abends im März 1848, wo das Bildniß des Königs von Preußen verbrannt und in den Feuersee gestürzt wurde; ich kam gerade aus der untern Stadt, wo aus den engen Straßen am Markt haufenweise bewaffnetes Gesindel auszog, und bei der Stiftskirche gieng ich hinter einigen fremden Kerls her, von denen einer, der nebst klirrendem Schleppsäbel eine Muskete trug, laut die Worte hinausbrüllte: „So ist es recht, das Volk muß frei werden!" —

In diesen wild bewegten Tagen hatten Dingelstedt und ich die Kühnheit, ein konservatives Blatt zu gründen und herauszugeben, „die Laterne", das soviel als möglich jenem zuchtlosen Treiben der oben erwähnten und ähnlicher Blätter entgegenwirken sollte, dieß auch gethan hat, ohne allerdings ein nennenswerthes Resultat zu liefern. Wir hofften auf die Unterstützung unserer Gesinnungsgenossen, daß sie sich durch literarische Beiträge oder zahlreiches Abonnement dafür interessiren sollten; doch muß ich zur Schande jener Partei, die sich die bessere Klasse nannte, ja auch der Hof= und Adelspartei ausdrücklich erklären, daß sie uns bei diesem Unternehmen auf's schmachvollste im Stiche ließen, indem sie theils zu stumpfsinnig, theils zu feige waren, unser Unternehmen zu unterstützen. Nicht nur, daß hauptsächlich Dingelstedt und ich unsere Zeit bereitwillig opferten, daß wir auf's maßloseste angefeindet wurden, von Insulten und Mißhandlungen bedroht waren, — wobei ich nur jener Nummer des Eulenspiegels erwähnen will, wo mein langer Freund, an einem Laternen= pfahl aufgeknüpft, mit der Unterschrift erschien:

„Dingelstedt — Dingelhängt.‟

Nein, wir haben später noch für Druck, Papier und der= gleichen tüchtig zu bezahlen gehabt.

Welche Masse von anonymen Briefen erhielt ich damals, die theils mich betrafen, theils Drohungen gegen den Kron= prinzen enthielten, der auch so aufrichtig war, ähnliche Sen= dungen, die privatim an ihn gelangt waren, mir mitzutheilen, ja auch Aeußerungen selbst hochgestellter Personen offen mit mir besprach und es mich in seinem Benehmen nicht entgelten ließ, daß, wie wir Beide wußten, von den verschiedensten Seiten gegen mich gewühlt und intriguirt wurde.

Dazu kamen nun noch eines schönen Tages jene Pariser Einkäufe, in große Kisten verpackt, auf dem hiesigen Zollamte an und wie ein Lauffeuer verbreitete es sich durch die Stadt, ich, der Ausländer, der verhaßte Preuße, habe sämmtliches Mobiliar für die Villa in Paris bestellt und das schöne Würt= temberger Geld gehe außer Landes, während der arme kleine Gewerbsmann darben müsse.

Und dieser kleine Gewerbsmann besonders, wenn er, statt zu Hause seine Geschäfte ordentlich zu betreiben, Tags über im Wirthshaus saß und einen Schoppen um den andern trank, führte damals das große Wort in der Hauptstadt Schwabens; kein Wunder also, daß die Mücke zum Elephanten gemacht wurde, daß es zu förmlichen Anklagen gegen mich kam, ja, daß man strikte verlangte, ich solle zur Rechenschaft gezogen werden.

Letzteres ließ ich mir auch recht gern gefallen, schlug vor, die sämmtlichen Kisten in einem Saal des Rathhauses auspacken zu lassen und die Gegenstände dort aufzustellen. Herr Kommerzienrath Ostertag und Herr Gemeinderath Geiger waren so freundlich dieß zu besorgen, dann in den öffentlichen Blättern zur Besichtigung dieser Ausstellung einzuladen, hinzufügend, daß die Besichtigung den Gewerbetreibenden von großem Nutzen sein würde, da sie fast nur Dinge enthalte, die in Stuttgart vortheilhaft nachgebildet werden könnten.

Letzteres ist auch, nachdem sich die revolutionären Sturmwogen wieder gelegt, geschehen und haben verschiedene industrielle Unternehmungen, die heute noch blühen, dadurch ihren Aufschwung genommen. Mich nützte indessen jene Ausstellung nicht viel; denn ich war und blieb der Verbrecher, der den sauren Schweiß des armen Volkes — damals ein beliebter Ausdruck jener schwadronirenden Straßen- und Wirthshaushelden — im Ausland vergeudete. Hatte ich doch, so sagten sie, die wichtigsten Kisten, in denen Möbel und Sonstiges für das Villabauwesen befindlich war, zurückhalten lassen, hatte ich doch Künstler von Paris bestellt, um die Zimmer ausmalen zu lassen, und was des Unsinns mehr war, den sie auf klebriger Bierbank verhandelten; kurz, auch das Villabauwesen, das doch schon so Vielen reichlichen Verdienst gewährt hatte, wurde mit scheelem Blick betrachtet, und man fand, daß es besser gewesen wäre, das arme Volk direkt mit jenen Summen zu unterstützen, die der Prachtbau gekostet habe und noch kosten würde. Dingelstedt machte damals ein scherzhaftes Gedicht, in dem es vom Kronprinzen hieß:

> „Er baut für seine Pflanzen
> Dort einen Glaspalast,
> Und nackte Kinder tanzen
> Umher in Hungerhaft.“

Und von mir:

> „Sie bleibt nicht aus, die Rache!
> Herbei, ihr Leut’, herbei;
> Dort hängt er an dem Dache
> Als Jud Süß Numero Zwei.“

Man sieht, der Humor war uns damals noch lange nicht ausgegangen, und wer unser Journal, „die Laterne“, heute noch durchstöbern wollte, würde darin manches Ergötzliche finden.

So viel als möglich wurden die Arbeiten auf der Villa

fortgeſetzt, ja um den Leuten Verdienſt zu geben, hätte ich ſie gern eifriger als bisher betrieben, doch wollte bei dem Schwindel, der faſt jeden ergriffen hatte, beinahe Niemand mehr ausdauernd arbeiten und zogen es Maurer und Stein= hauer, Handwerker, ſelbſt Bildhauer und andere Künſtler häufig vor, den Volksverſammlungen nachzulaufen, oder in der Kneipe das große Wort zu führen und ſich um die Ver= beſſerung ſtaatlicher Einrichtungen zu bemühen.

„Doch wie ſollt' man die Knechte loben?
Kam doch das Aergerniß von oben!"

könnte ein anderer Kapuzinerprediger donnern; denn hätte man an jenem berüchtigten 18. März in Berlin ein beſſeres Beiſpiel gegeben und die braven Truppen nicht aus Berlin entfernt, nachdem ſie mit den Barrikadenhelden fertig gewor= den waren, hätte man dort nicht das königliche Haupt unter den Pöbel=, nicht Volkswillen gebeugt, ſo hätte man vielleicht Aehnliches in den übrigen deutſchen Landen nicht nachzuahmen verſucht.

Doch hatten auch wir, wie ſchon oben bemerkt, in kurzer Zeit eine ſtattlich ausſehende Bürgerwehr, die ſich beſſer dünkte, als jede Linientruppe, und deren anſtändige Elemente auch feſt entſchloſſen waren, Uebergriffen entgegen zu treten, was aber nicht hinderte, daß auch ſie gewiſſermaßen begeiſtert und berauſcht in den allgemeinen Jubel der Volkserhebung mit einſtimmten und das Feſt der Stuttgarter Fahnenweihe am

Bartholomäustage im Jahre des Heils 1848 auf der damals
sogenannten Seewiese mitfeierten. Außer dem König, der sich
in Meran befand und, in Wahrheit gesagt, damals durch seine
Abwesenheit glänzte, hatten sich die Prinzen des Hauses, so=
wie die meisten Damen der königlichen Familie, letztere zu
Wagen, eingefunden und ritt der Kronprinz die Reihen ab
und ließ dann die einzelnen Banner — nicht Bataillone! —
vorbei defiliren.

Jeden Augenblick war irgend etwas anderes los, heute
Wählerei, morgen Wühlerei, hier Bürgerversammlung, dort
Volksabstimmung unter freiem Himmel, wo man fraternisirend
Arm in Arm nach Hause zog, der kleine Gewerbsmann mit
dem reichen Bankier, der schlichte Weingärtner mit dem frei=
herrlichen Hofmann.

Was nun unter diesen Verhältnissen meine arme Oper
anbetraf, so hatte man sie allerdings einstudirt, und wäre sie
vielleicht nach Neujahr gegeben worden, wenn ich in Stutt=
gart gewesen wäre; denn nach der Februarrevolution mit
ihren ernsten Folgen schob man sie stets weiter zurück, so daß
die Aufführung erst für den 4. Juni 1848 angesetzt wurde.
Leider gewann ich dadurch Zeit, in sehr unüberlegter Weise
noch einen komischen Bürgerwehrchor einzuschieben, wo die
betreffenden Biedermänner in Schlafmützen mit Mistgabeln
und Dreschflegeln in ihrem Diensteifer Erlaubniß begehren,
die einquartierte Batterie bewachen zu dürfen.

Bei der Vorstellung war ich versteckt in der Loge des Intendanten anwesend, und zu gleicher Zeit mit mir befand sich dort der noch sehr jugendliche, aber doch schon bekannte Hans von Bülow, und daß sich derselbe Melodien in seine Brieftasche notirte, gefiel mir ganz außerordentlich. Auch sonst gieng die Oper nicht ohne anständigen Beifall vorüber, und nur bei dem oben erwähnten Bürgerwehrchor vernahm man murrende Stimmen und gelindes Zischen, und war diese allerdings nicht ganz passende Anspielung auch wohl mit Schuld daran, daß die Oper nur einmal gegeben wurde. Später kam sie in Augsburg, aber auch ohne sonderlichen Beifall, zur Aufführung; doch trachtete ich trotzdem noch eine Zeit lang nach musikalischen Erfolgen, schrieb mir ein Libretto: „Der Student von Salamanka", komponirte auch ein paar Arien und Chöre; doch blieb es glücklicherweise dabei und ich wandte mich nutzbringenderen Arbeiten zu. Freunde und Bekannte haben viel über meine musikalischen Bestrebungen gelacht, und doch bin ich überzeugt, daß ich auch darin etwas Bedeutendes hätte leisten können, wenn ich in der Jugend durch gründlichen Unterricht zu einem tüchtigen Musiker gebildet worden wäre. Mit nichts zu vergleichen erschien mir stets die Seligkeit eines Komponisten, der, den Taktirstock in der Hand, bei gedrängt vollem Hause, seine Werke — natürlich unter rauschendem Beifall — einem kunstsinnigen Publikum vorführen darf! —

Der König ließ mich in jenen bewegten Tagen öfters

rufen, theils um mir kleine Aufträge zu geben, auch Mit=
theilungen für seinen Sohn, den Kronprinzen, zu machen, oder
um sich über die Vorkommnisse der ernsten Zeit zu unter=
halten, das heißt: alsdann sprach nur Seine Majestät und
ich lauschte aufmerksam und ehrfurchtsvoll, lernte aber viel
dabei und brachte etwas Klarheit in meine sehr verworrenen
Anschauungen und politischen Begriffe. Offenherzig gesagt
habe ich dafür nie Sinn und Talent gehabt, will gestehen,
daß wenigstens bis zu jener Zeit der Lauf der Weltbegeben=
heiten mich ziemlich kalt und gleichgiltig ließ und ich mir
förmlich Gewalt anthun mußte, um mindestens den Versuch
zu machen, bis auf den Grund einer der großen politischen
Zeitfragen zu dringen; deßhalb habe ich auch nie einen politi=
schen Artikel geschrieben, auch in meinen Geschichten Re=
flexionen und Spekulationen möglichst vermieden und bin
thunlichst dem Spruch des Altmeisters gefolgt:

„Grau, theurer Freund, ist alle Theorie,
Und grün des Lebens goldener Baum."

Diesen Baum des Lebens habe ich denn auch tüchtig geschüttelt
und mich gefreut, wenn die gesunden Früchte meinen Lesern
gefielen, habe sie dabei weder mit spitzfindigen Betrachtungen,
noch mit langweiligen und verwirrten Philosophien geplagt,
ja habe sogar Fremdwörter oder dunkle Ausdrücke, die mir
anfänglich selbst unverständlich waren, möglichst vermieden,
und indem ich auf diese Art, natürlich und unbefangen mit

meinem geneigten Leser plauderte, hat man meine Schriften und mich selbst lieb gewonnen, auch auf Tendenz habe ich nie gearbeitet, und wenn ich Geschichten las, wo die Zeitfragen so recht an den Haaren herbeigezogen wurden, stets die Absicht bemerkt und häufig das Buch weggeworfen. Wohl weiß ich, daß man im Gegensatz hiezu meinen Schriften von verschiedenen Seiten den ächten Gehalt, ja sogar den sittlichen Werth abgesprochen; doch war mir stets und ist mir auch heute noch solches Urtheil höchst gleichgiltig; weiß ich doch, daß sich an meinen Schriften Hunderte, Tausende erfreut und ergötzt haben, erhielt ich doch in zahllosen Zuschriften herzlichsten Dank und die Versicherung, trübe Stunden erheitert, ja zwischen Thränen der Trauer beglücktes Lächeln hervorgerufen, Leidende getröstet, schwer Kranke erheitert zu haben. — Sei's darum, daß hochmüthige Kritiker und kunstgeschwollene Aesthetiker den Versuch gemacht haben, mich todtzuschweigen oder verächtlich bei Seite zu schieben, vermag ich mich doch zu trösten mit Schöpfungen der allweisen Natur, die gleichfalls keine sichtbaren tendenziösen Früchte zeigen und doch das Menschenherz durch süßen Duft erfreuen. —

Eines Tages kam ich gerade in Joppe, Schlapphut, mit Ranzen und Büchse vom Exerzieren zurück, als mich, da ich gerade in's Schloß treten wollte, zwei athemlose Bedienten von verschiedenen Seiten einholten und mir den Befehl überbrachten, augenblicklich zum Könige zu kommen. — „Doch nicht in diesem Anzuge?" — „Es ist befohlen worden, Sie augenblicklich, wo man Sie findet, zu Seiner Majestät zu bringen."

Was konnte ich anders thun, als achselzuckend folgen, legte aber im Fahnenzimmer meine Bewaffnung bis auf den Hirschfänger ab und vergesse nie des Königs hoch erstauntes Gesicht, als ich eintrat und er meiner ansichtig wurde.

„Pfui T . . . . . . Hackländer, wie sehen Sie aus!" rief er mir entgegen, war aber sonst gut gelaunt, hatte auch nichts Unangenehmes mit mir zu bereden und brach deßhalb in ein herzliches Lachen aus. Was er mir für einen Befehl gab, weiß ich nicht mehr genau, jedenfalls war er nicht so dringend, als daß man mir nicht Zeit zum Umkleiden hätte lassen können; doch lief damals fast Alles, was zum Hofe gehörte, wie verscheuchte Hühner umher, und ein lautes Wort genügte, um sie ängstlich durcheinander laufen zu machen.

Ernst war die Zeit allerdings geworden; denn das Frankfurter Parlament hatte seine Thätigkeit begonnen und die Throne deutscher Fürsten fiengen unter erschütternden Stößen an zu beben. Wie tief schmerzlich der König von Württemberg die zersetzenden Wühlereien an seinen Grenzen, sowohl in Baden als hauptsächlich in Frankfurt, empfand, wo man den Bundesrath weggejagt hatte und auf die allerdings große Idee eines deutschen Kaiserthums losstrebte, braucht nicht erst gesagt zu werden, sowie, daß er mit einem Gefühl der Bitterkeit auf ein Volk blickte, das er milde und freisinnig regiert, das er durch Dankbarkeit an sich gefesselt glaubte, um nun schmerzlich zu erfahren, welche Anziehungskraft die rothe Fahne auch auf einen guten Theil seiner getreuen Schwaben ausübte, bei denen sich republikanische Elemente zu regen begannen. Daß er sich genöthigt gesehen, seine alten Minister, mit denen er lange Jahre verkehrt, zu entlassen und ein neues, sogenanntes freisinniges Ministerium aus allerdings achtbaren Männern zusammen zu stellen, hatte ihn ebenso, wie die feindselige Haltung der Kammer der Abgeordneten, vor Allem aber Symptome, daß er nicht mehr unbedingt und in jedem Falle auf seine Truppen rechnen konnte, tief erschüttert, und als die Nationalversammlung in Frankfurt am 28. Juni jenes Gesetz über die provisorische Centralgewalt annahm, welches dem Reichsverweser und seinen verantwortlichen Ministern die vollziehende Gewalt übertrug, die Entscheidung über Krieg und Frieden und über Verträge mit auswärtigen Mächten, keimte ein Entschluß in ihm, der mich auf's schmerzlichste überraschte, als er mir am 22. Juli darüber Mittheilung machte. Ich fand den König, der mich rufen ließ, in seinem Arbeitskabinet am Fenster sitzend, zusammengesunken in seinem einfachen Stuhl — einen Lehnsessel oder Fauteuil hatte er nicht — und träumerisch in den Park hinausschauend, so daß es wohl eine halbe Minute dauerte, bis er mich zu bemerken schien, worauf er mir winkte näher zu kommen und vor ihm Platz zu nehmen. Dann nahm er von seinem Tischchen ein Papier, gab es mir und befahl es ihm vorzulesen. Doch brachte mich das in keine geringe Verlegenheit; denn obgleich ich wohl im Stande war, seine eigenthümliche Handschrift nach und nach zu entziffern, so doch nicht, sie ihm prima vista vorzulesen; doch begriff er mein Zaudern, nahm es auch nicht ungnädig, sondern las, was ich hätte thun sollen, mir den Entwurf seiner — — Abdankungsurkunde vor. „Geben Sie es meinem Sohn zum Durchstudiren und zur Ueberlegung, und bringen Sie mir dann dieß Papier, von dem Niemand sonst eine Ahnung hat und haben soll, wieder zurück."

Unter diesen und ähnlichen ernsten, wichtigen, häufig auch sehr unangenehmen Geschäften, die mich vom Könige zum Kronprinzen, von diesem oft in die Neckarstraße trieben, war mir mein kleiner Garten auf dem Eßlingerberg eine nicht zu beschreibende Erholung. Wie oft arbeitete ich da oben mit Spaten und Haue, pflanzte, jätete und goß, und machte Pläne für die Zukunft, dieß mein Eldorado betreffend, wenn ich am Abhange unter dem breitästigen uralten Nußbaum lag und träumend in das Neckarthal schaute, dessen Berge mit den sanften, schön geschwungenen Linien zu jeder Tageszeit unter anderen und stets wechselnden Lichteffekten glänzten. Malerisch zogen die langgestreckten Wolkenschatten über Berg und Thal; am Ufer des Neckars flog die Lokomotive mit weißer Dampffahne vorüber, gegen Osten blickte ernst das

Grabmal der Königin Katharina herüber, und unter mir sah ich den Bauplatz der Villa und konnte mit einem guten Glase deutlich das Treiben der Arbeiter erkennen. Schöne unver= geßliche Stunden, die ich damals auf der mir so liebgewonnenen Höhe verbrachte, mich ergötzend an jedem Baum und Strauche, an der frisch umgegrabenen Erde, an jedem neuen Pflänzchen, das sich zeigte, an einem Trunke klaren frischen Wassers, den ich selbst aus dem tiefen Brunnen herauspumpte.

Von der Stadt sah ich hier oben nicht die Spur und hätte, was das angenehme Gefühl der Einsamkeit vermehrte, glauben können, hundert Stunden von jeder menschlichen Wohnung entfernt zu sein. Ja, daß ich bei diesen Zeiten, häufig von unten herauf Trommelschlag hörte oder den Ton gequälter Signalhörner, erhöhte meine Behaglichkeit und ließ mich Stille und Schatten doppelt süß empfinden.

Mein Häuschen war unter Dach gebracht worden, auch vergipst, theilweise tapeziert, und hatte ich begonnen, es mit höchst einfachen Möbeln, die ich hie und da gekauft, einzu= richten. Die Fenster des einen sechseckigen Anbaues, der zum Eßzimmer dienen sollte, wurden mit Lithographien behängt, und von hier aus führte eine Thür unter die reizende Veranda, welche durch die beim Abbruch des Hoftheaters unbenützt ge= bliebenen Säulen gebildet wurde. Neben dem Eßzimmer und dem Anbau auf der anderen Seite befand sich ein kleines Wohnzimmer, dann kam eine Miniaturküche und endlich mein

Schreibkabinet, dessen Ausschmückung ich schon damals begann große Aufmerksamkeit zu widmen.

Jener Landschafter Braakmann, der völlig zur Dekorationsmalerei übergegangen war und in einem derartigen Pariser Atelier gearbeitet hatte, aber durch die Revolution vertrieben wurde, befand sich in Stuttgart ohne eigentliche Beschäftigung; denn der König, verbittert und ergrimmt über seine undankbaren Stuttgarter, hatte die Auflösung des königlichen Hoftheaters dekretirt, und wenn auch diese harte Maßregel, dank Taubenheim und auch des Fräuleins v. Stubenrauch rastlosen Bemühungen, nicht vollständig ausgeführt wurde, so entließ man doch einen großen Theil des Personals und gab sich den Anschein, als sollten die gewöhnlichen Theaterferien der Monate Juli und August vielleicht Jahrelang ausgedehnt werden. Dadurch war auch Braakmann ohne Beschäftigung und häufig droben bei mir im Garten, wo er mir eines Tages den Vorschlag machte eine Wand, in meinem Schreibzimmer zu übermalen. Das nahm ich dankbar an, wählte dazu eine Ansicht des mir liebgewordenen Palermo, richtete sogleich eine Schlafstelle für Braakmann ein und war nun, so oft es meine Zeit erlaubte, bei ihm, um mich an den Fortschritten des Bildes, das, recht gelungen, heute noch dort an der Wand zu sehen ist, zu erfreuen, worauf wir dann meistens nach Gablenberg hinunterstiegen, um dort ländlich einfach zu Mittag oder zu Nacht zu speisen. Braakmann wurde später als Hofdekorationsmaler angestellt, heirathete eine Schwester des Professors Leibnitz aus Tübingen und ist schon vor mehreren Jahren gestorben — ach, wie vielen schwarzen Kreuzen begegnet man, wenn man, älter geworden, im Buche seiner Erinnerungen blättert — glücklich, wenn man letzteres noch zu thun vermag! —

Ich hatte nach und nach eine Anzahl alter Glasgemälde zusammengekauft, womit ich den obern Theil der Fenster meines Schreibzimmers ausschmückte; die zu öffnenden Flügel hatten alterthümliche in Blei gefaßte Scheiben, wo ich die Zahl 1848 einsetzen ließ, nicht zum Angedenken an das Revolutionsjahr, sondern weil ich mein Häuschen beendigt und zum ersten Male eine Zeitlang dort geschlafen und still und glücklich gelebt hatte. Waren doch die Sommermorgen hier oben auf frischer, luftiger Höhe am schönsten, und wenn ich wieder in den Dunst der Stadt, in den Lärm des Parteigetriebes hinabsteigen mußte, freute ich mich schon auf die Abendzeit, die mir erlaubte meine geliebte Höhe wieder zu ersteigen. Von all dem Aufregenden, was da unten die Leute durcheinander hetzte und verbitterte, merkte ich droben so gut wie gar nichts, und wenn auch hie und da ein frecher oder dummer Kerl vorüberkam und die Bemerkung über den Zaun rief: das Alles sei vom sauren Schweiße des armen Volkes hergestellt und müsse zurückerstattet werden, so machte ich mir doch gar nichts daraus, besonders weil ich mit meinen nächsten Nachbarn, den Gablenbergern, auf gutem Fuße stand. Diese braven Weingärtner, sonst nicht gerade als sehr umgänglich bekannt, hatten mich lieb gewonnen, da ich gewissermaßen zu ihnen gehörte und ihnen, wo ich konnte, mit Rath und That an die Hand gieng.

Von meinem Brunnen mit dem herrlichsten Wasser der ganzen Umgegend habe ich schon erzählt, doch war derselbe sehr tief und hatte ein Taglöhner stundenlang zu thun, um das nöthige Wasser zum Gießen heraufzupumpen. Da machte ich die Bekanntschaft eines Ingenieurs Namens Dollfuß, welcher bei der im Bau begriffenen Gasfabrik beschäftigt war, und der, als er mich einmal droben besuchte und das mühsame Wasserpumpen mit den Händen sah, mir als einfachstes Mittel dagegen eine Windmühle anrieth. Schnell eingenommen von dieser Idee ergriff ich sie begierig, ließ mir von Dollfuß eine Zeichnung machen und mir darnach die Windmühlenflügel, genau in der Gestalt wie die holländischen, von einem Zimmermann zurichten, das Pumpenwerk wurde auf die einfachste Art daran gehängt und eines schönen Tages der Wind erwartet, der auch endlich so gefällig war, sich einzustellen. Anfangs lief die Windmühle zum Entzücken, und ich war außer mir vor Freude, als ich den vollen Wasserstrahl sah, der sich in die Stande ergoß, plötzlich aber fieng es heftiger zu blasen an, die Flügel saußten gewaltig, daß der Wasserstrahl hoch oben aus dem Teichel hinausspritzte; dann —

wir hatten kaum Zeit auf die Seite zu springen — drückte der Wind, da die Achse zu kurz war, die Flügel gegen das Holzgerüst, wo sie krachend brachen und an unseren Köpfen vorbeigeschleudert wurden; damit war der erste Akt dieser Lustbarkeit vorbei, ich aber, wie man später hören wird, durchaus noch nicht von meiner Windmühlenliebhaberei geheilt. Vorläufig wurden allerdings nur die Trümmer weggeräumt und das Handpumpenwerk wieder eingerichtet.

Das kronprinzliche Paar hatte unterdessen die schon im vorigen Sommer fertig gewordenen hübschen Zimmer auf dem Orangeriegebäude bei der Villa insoweit bezogen, daß sie zuweilen dort oben über Nacht blieben und am Tage meistens die reine frische Luft droben dem Dunst und dem Lärmen der Stadt vorzogen. Hier hatte ich oft Gelegenheit, Zeichnungen und Stoffe für das künftige Ameublement der Villa vorzulegen, bei deren Wahl meistens die Kronprinzessin den Ausschlag gab, wobei sie mir häufig und lachend zurief: „Ich bitte mir aus, keine Parteilichkeit, sagen Sie nur ganz ungenirt, daß Sie meiner Ansicht sind," was allerdings aus dem Munde einer so schönen Frau gewissermaßen ein moralischer Zwang war, dem ich aber unbedingt nachgeben durfte, da sie in diesen Dingen durch ihren guten Blick und ihren feinen Geschmack stets das Richtige traf. Auch bekümmerte sich der Kronprinz in dieser Zeit nicht viel mehr um die Einzelheiten des Villabauwesens, da er durch sein Regierungs=

provisorium ziemlich in Anspruch genommen war und sich den
Wellen der bewegten Zeit mehr hingab, als wir erwartet
hatten. Wenn ihm auch das ganze Treiben unsympathisch sein
mußte, so imponirten ihm doch die neuen Minister mit ihren
Reden und ihrem zwanglosen Benehmen, welches so weit gieng,
daß sie eines Tages, zum Diner auf den Rosenstein eingeladen, in einem Omnibus, den sie auf dem Fiakerstand bestiegen, dahin fuhren. Ebenso fand er Gefallen an den kräftigen Gestalten mancher Bürgerwehrmänner, unter denen man
allerdings schöne, ausdrucksvolle Köpfe mit prächtigen Vollbärten
sah. Ferner wirkte auf Letzteren die oft sehr ungenirte, an's
Vertrauliche grenzende Art, mit der man ihn bei passenden
Gelegenheiten ansprach, nicht ungünstig, vorausgesetzt, daß der
Sprecher einer jener schönen wohlgestalteten Männer war, wogegen der Kronprinz gegen ein unscheinbares oder gar häß-
liches Aeußere stets einen gewissen Widerwillen bezeigte. Nicht
ungern empfieng er Deputationen oder ließ irgend ein Banner
vor sich paradiren, so eines Tages Schützen aus einem kleinen
Orte der Umgegend. Schließlich wurde ihm der Kommandant
und die Offiziere vorgestellt, wobei der Hofmarschall Baron
von Hügel, der in seiner Nähe war, sich mit verächtlicher
Miene abwandte, daß ihm der Kronprinz in etwas scharfem
Tone sagte: „Es ist dieß der Kommandant und Major des
Bataillons," worauf Hügel nicht minder ausdrucksvoll zur
Antwort gab: „Oh ja, ich kenne ihn ganz genau, er war

ehemals königlicher Kutscher und wurde wegen leichtsinniger Streiche entlassen."

Mich wunderte Rede und Gegenrede, namentlich der Ton, in welchem beides gesprochen wurde, obgleich ich schon verschiedene Male zu bemerken geglaubt, daß sich das höchst freundschaftliche Verhältniß zwischen dem Kronprinzen und seinem Hofmarschall zu lockern begann; ja, ersterer hatte mir bei meinen täglichen Rapporten schon verblümte Anspielungen über ein beginnendes Zerwürfniß gemacht, was ich, die vollkommene Ehrenhaftigkeit Hügels, seinen streng rechtlichen, ja bis zur Schroffheit graden und derben Charakter kennend, mit Schrecken vernahm und wobei ich der Ansicht des Kronprinzen, daß ihm Hügel nicht mit der ihm so nothwendigen, freundschaftlichen Ergebenheit zugethan sei, entgegen zu arbeiten strebte. Was Hügel's Dienst als Chef der Hofhaltung anbelangt, so war auch nicht die Spur eines Versehens darin zu finden; Alles gieng seinen streng geordneten vornehmen Weg, was auch die Kronprinzessin und der König, wie ich aus Aeußerungen beider entnahm, anerkannten, und doch mußte ich sowie Alle, die es mit dem Kronprinzen gut meinten und Kenntniß von diesen Verhältnissen hatten, mit tiefem Schmerz sehen, wie das Zerwürfniß aus unbekannten Ursachen immer größer wurde und wie es nur noch des gewissen kleinen Tropfens bedurfte, um das gefüllte Gefäß überlaufen zu machen. Dieser Tropfen, das heißt der Grund zum vollständigen Bruche, bestand in einer geringfügigen Ursache, die nicht hieher gehört, in einem: Entweder — Oder! — von dem Hügel im Bewußtsein seines Rechts sogleich das „Oder" annahm, worauf er, zu Hause angekommen, alsbald sein Entlassungsgesuch schrieb.

Daß ich durch Hügel's Weggang gewissermaßen einen Halt verloren hatte, wurde mir nur zu bald fühlbar; er war es, der mich bei Angriffen und Anklagen in Schutz nahm und der als Rechnungsbehörde beim Villabauwesen mir eine schwere Last abgenommen hatte, die nun, auf Berlichingen übergehend, eine Quelle von Unannehmlichkeiten aller Art für mich werden mußte. Auch hatte ich mich Hügel's wegen zu weit gegen den Kronprinzen vorgewagt, hatte ihn unkluger= weise an den Grafen Zeppelin erinnert und nicht verschwiegen, daß Hügel's Weggang in allen Kreisen ein höchst unange= nehmes Aufsehen erregte. Genug, ich bemerkte in Bälde eine Aenderung seines Benehmens auch gegen mich und wenn er mich auch nach wie vor zum täglichen Rapporte kommen ließ, so war das, im Fall ich nichts Geschäftliches hatte, eine bloße Formalität, die oft nur wenige Minuten dauerte.

Im Herbst des Jahres 1848 reiste die Kronprinzessin nach Rußland. Der Kronprinz, Berlichingen und ich, die wir später nach St. Petersburg folgen sollten, begleiteten sie bis Köln, wobei ich die Aufmerksamkeit hatte, für sie ein prachtvolles Bouquet aus Blumen von der Villa mitzunehmen

und ihr beim Besteigen des Berliner Courierzuges zu über=
reichen, was sie bestens dankend annahm, worauf sie heiter
zu mir sagte: „Förmlichen Abschied wollen wir nicht nehmen,
da ich ja auch Sie bald in Rußland wiedersehe." Allein
damals war mein Schicksal schon entschieden und meine Ent=
lassung nur noch eine Frage der Zeit und des Zufalls.

So begann der dießmal unerquickliche Winter, gesell=
schaftliche Vergnügungen gab es so gut wie gar nicht, öffent=
liche Lustbarkeiten fanden auch nicht statt, denn jeder scheute
sich, heiter zu erscheinen, um nicht in den Verdacht zu kommen,
als spotte man des sogenannten darbenden Volkes, das in=
dessen Versammlungen im Freien und in Wirthshäusern mit
anerkennenswerther Ausdauer besuchte. Obendrein fielen noch
zuweilen häßliche Streiflichter von Wien und Frankfurt her=
über, wo man hier Auerswald und Lichnowsky, dort Lam=
berg schmachvoll ermordet hatte, was letzteres unserer „Laterne"
Anlaß zu einem Gedicht gab, dessen erster und letzter Vers
hießen:

„Und noch ein Mord! Und wieder eine Woche,
Die rothgezeichnet im Kalender steht!
Ein Brandmal auf dem Antlitz der Epoche,
Das keine Fluth verwäscht, kein Wind verweht!
Lamberg, Lichnowsky, Auerswald und Gagern,
Die Schatten stehen auf und wandern frei,
Und wenn wir einst zum Siegsbankett uns lagern,
So sitzen sie, wie Banquo's Geist dabei!"

„Entzwei das Tischtuch zwischen uns, jenen
Nothzüchtigenden Freiern unserer Zeit,
Die mit des Pöbelwahnsinns wüsten Scenen
Des Weltgeists großes Drama frech entweiht!
Zeit ist's, für Herkules sich zu entscheiden,
Zu lange schon am Kreuzweg blieb er steh'n:
Auf! Laßt uns ehrlich wählen zwischen Beiden —
Geht linkwärts Ihr, uns lasset rechtswärts geh'n!"

So kam das Neujahr 1849 ohne Sang und Klang
heran, von Wenigen freudig, von Vielen sorgenvoll begrüßt,
und wenn ich auch nicht gerade zu den letzteren gehörte, so
war ich doch nicht in angenehmer Erwartung der Dinge, die
für mich kommen sollten und mußten.

Und ein kleiner Anlaß genügte, um die Katastrophe
herbeizuführen. Berlichingen hatte provisorisch mit dem Hof-
marschallamte auch die Verwaltung des Orangeriegebäudes
sowie der Gärtnereien übernommen, weßhalb ein leichter
Kaminbrand in dem ersteren, den ich auch früher wohl keiner
Meldung werth gehalten hätte, jetzt von mir gänzlich unbe-
achtet blieb. Ferner war ein rekommandirtes Schreiben aus
Rußland für den Kronprinzen von mir durch einen Lakaien
sogleich auf die Villa gesandt worden, wo er sich gerade befand, hatte ihn aber nicht mehr angetroffen und kam erst
ein paar Stunden später in seine Hände, zwei Sachen, die
mir ungerechterweise zur Last gelegt wurden.

Von diesen Beschuldigungen hatte ich übrigens keine

Ahnung, als ich mich am 14. Januar, wie gewöhnlich, zu meinem Rapporte begab und auf der unteren Treppe vor den Gemächern des Kronprinzen Berlichingen begegnete, der von dort herkommend wenigstens noch so anständig war, mir im Vorbeigehen zu sagen: „Nehmen Sie sich zusammen, es sieht da drüben sehr schlimm für Sie aus."

Der Kronprinz empfieng mich in sichtbarer Verlegenheit, und statt daß er sich wie sonst, wenn ich mit ihm sprach, in eine Sophaecke setzte, gieng er erregt hin und her, rieb die Hände über einander und endlich, am Fenster stehen bleibend, drückte er mühsam die Worte heraus: „Ich habe Ursache, mit Ihnen unzufrieden zu sein." — „Ich wüßte nicht, aus welchem Grunde, Königliche Hoheit." — „Oh doch, Sie haben mir einen gefährlichen Brand auf der Villa nicht ge= meldet und einen wichtigen, an mich adressirten Brief stunden= lang bei sich behalten." — „Was die Villa betrifft, König= liche Hoheit, so stehen die fertigen Räumlichkeiten derselben wie die Orangerie, wo der ganz unbedeutende Kaminbrand war, unter dem Hofmarschallamt und nicht unter mir und mit dem gewissen Brief habe ich sogleich einen Lakaien an Sie abgesandt, der Eure Königliche Hoheit nicht mehr auf der Villa antraf."

„Möglich, aber auch in Ihrem Dienst sind Sie nicht mehr so korrekt wie sonst, und es hat sich Manches geändert."

— „Gewiß, es hat sich Manches geändert, wie auch ich schon

schmerzlich empfunden." — „Auch ist man in der Stadt und im Lande mit Ihnen unzufrieden; wenigstens muß ich viel Unangenehmes über Sie hören, was mir auch meine Stellung erschwert, und Sie werden deßhalb selbst einsehen, daß es besser ist, wenn wir uns trennen."

Damit war es heraus und ich verbeugte mich schweigend, während er nun rasch auf mich zutrat und, mir die Hand reichend, sagte: „Wir werden deßhalb doch Freunde bleiben und ich will für Ihre Zukunft sorgen."

So war ich denn entlassen und wenn mich auch dieser Schlag nicht unvorbereitet traf, so vermochte ich doch ein tiefes Weh kaum zu bekämpfen, als ich langsam die Treppen hinanstieg, die zu meiner Wohnung im Schlosse führten.

Dreizehntes Kapitel

Soldatenleben im Kriege. I.

Es ergieng mir damals, wie es uns bei manchem Leid, bei manchem Unglück, das uns trifft, ergeht; ich fühlte anfänglich nicht die Tiefe und Schwere desselben, gab mich auch vielleicht der Täuschung hin, daß es dem Kronprinzen gar nicht möglich sein werde, ohne meine Dienste und ohne meine Gesellschaft auszukommen, fand auch wohl eine Abwechslung und meine völlig wieder errungene Freiheit nicht so ganz unangenehm, oder es half mir auch mein leichter Sinn, das Herbe niederzukämpfen, kurz, ich befand mich schon nach einigen Stunden nicht mehr so unglücklich wie anfangs, ja ich gieng aus und machte Bekannten, denen ich begegnete, durchaus kein Hehl aus meiner Entlassung. Dann besuchte ich Dingelstedt, der meine Nachricht mit bedenklichem Kopfschütteln aufnahm, unter dem Ausrufe: „Armer Kerl, das ist sehr schlimm!"

während seine gute Frau, die früher als Sängerin so berühmte Jenny Luzer, ihre Thränen nicht zurückhalten konnte.

Daß meine Entlassung in kurzer Zeit der ganzen Stadt bekannt war, wird man ebenso begreiflich finden, als daß dem so rasch emporgekommenen Ausländer der Sturz aus schwindelnder Höhe vielseitig gegönnt wurde. Auch im Schlosse begegnete ich recht bald Gesichtern, die meinen Gruß kühl erwiederten oder mit einem gewissen Lächeln an mir vorübergiengen.

Der Kronprinz hatte sein Wort gehalten und mir meinen Gehalt für Lebensdauer als Pension gelassen; daß Berlichingen, der das vermittelt hatte, dabei zu meinen Gunsten gesprochen, bezweifle ich, da er gleich darauf eine an sich unbedeutende Geschichte sehr zu meinen Ungunsten zu wenden versuchte. Es war kurz vorher eine Kiste Bordeaux angekommen, die sich in der Hofhaltung nicht vorfand, und zwar aus dem einfachen Grunde, weil man vergessen hatte sie abzuholen und sie noch auf dem Zollamte lagerte. Ich führe dieß nur zum Beweis an, wie gern man von gewissen Seiten irgend etwas Greifbares gegen mich aufgefunden hätte, was mich auch später veranlaßte, Seine Majestät den König Wilhelm um Revision der kronprinzlichen Rechnungen durch die Hofkammer ersuchen zu lassen. Dieß geschah auch, und es gab allerdings ein paar Bogen Ausstellungen, aber meistens wegen unbedeutender Kleinigkeiten, sowie wegen Ankäufen, die ich für den Kron-

prinzen gemacht, ohne dafür einen schriftlichen Befehl beige=
bracht zu haben, wie zum Beispiel auf Reisen, und will ich
dabei nur der Erwerbung jener vier Schimmel des Grafen
Zichy in Wien erwähnen. Ueberhaupt beruhte unser ganzer
geschäftlicher und sonstiger Verkehr auf einem unbedingten Ver=
trauen des Kronprinzen zu mir, das ich auch niemals und
in keiner Weise mißbraucht habe. Oftmals unbehaglich war
es für mich dabei, daß er mit Geldgeschäften, Rechnungen
und dergleichen nur höchst ungern zu thun haben wollte; es
war ihm das eben gleichgiltig, und wenn er je einmal eine
Ausstellung machte, so betraf das vielleicht einen ganz kleinen
Betrag, während er über größere Summen unbedenklich ver=
fügte; dabei war er freigebig, gab gern und viel, und ich
weiß mich keiner Gelegenheit zu erinnern, daß er mir jemals
eine Bitte abgeschlagen, sei es um Unterstützung für Bedürf=
tige, sei es zu einem Geschent für einen seiner Bekannten,
woran zu erinnern er mich beauftragt hatte und wobei er
gewöhnlich mehr gab als ich verlangte. Wir hatten wöchent=
lich eine große Liste armer Familien oder Anstalten, die
unterstützt wurden, worüber aber nie etwas in die Oeffentlich=
teit kam; denn damals war es noch nicht wie heute Mode,
dergleichen Geschenke in den Zeitungen angezeigt zu lesen,
ganz entgegen dem Spruche, daß die Linke nicht wissen soll,
was die Rechte thut.

Was das Gleichgewicht zwischen Einnahmen und Aus=

gaben anbetraf, so war dasselbe allerdings durch den Bau der
Villa verzweifelt alterirt worden und hatte sich unsere Schulden-
last in bedenklicher Weise vermehrt; auch waren unsere Hoffnungen, von der Kronprinzessin große Zuschüsse zu diesem
Bauwesen zu erlangen, das nun gewissermaßen gemeinschaftlich genannt werden konnte, weil bei der bevorstehenden Vermählung die Ausführung stets kostbarer und auch durch Wünsche
von der russischen Seite vertheuert wurde, nicht in Erfüllung
gegangen und nur hie und da kleine Summen, wie ich früher
schon erwähnte, bewilligt worden.

Das Rechnungswesen führte mein Schreiber Lindner,
natürlich unter meiner Aufsicht und Verantwortlichkeit, und
hatte sich, weil wir durch die oben erwähnten Zuschüsse häufig
mit dem Sekretär der Kronprinzessin, Adelung, in Berührung
kamen, das eigenthümliche Verhältniß herausgebildet, daß
Lindner, der am Morgen bei mir beschäftigt war, Nachmittags bei Adelung arbeitete. Freunde hatten mich schon öfter
gewarnt, daß jener sich so nach und nach einen vollkommenen
Einblick in meine Geschäfte verschaffen könne; doch war ich
erstens zu sehr von der Ehrenhaftigkeit Lindner's überzeugt
und brauchte auch zweitens einen allenfallsigen Einblick selbst
von meinem mir nicht eben grünen Kollegen nicht zu scheuen
— vielleicht eine etwas leichtsinnige Auffassung meinerseits;
doch habe ich mir nie Skrupel oder Vorwürfe darüber gemacht. Lindner, dem meine Entlassung sehr zu Herzen gieng,

zeigte sich äußerst niedergeschlagen, wohl auch, weil ihm seine Zukunft nicht gesichert erschien, und gieng einige Tage, während ich die kronprinzlichen Rechnungs- und andere Papiere an Berlichingen übergab, wie verwirrt umher und setzte sich dann mit einer Miene des Jammers an meinen leeren Schreibtisch und mit der kleinlauten Frage, ob wir nun wieder mit schriftstellerischen Arbeiten beginnen sollten. Doch hatte ich wahrlich noch keinen Sinn dafür, wußte aber ein anderes Geschäft für ihn, nämlich das höchst unangenehme, mir meine (eigenen) Rechnungen ordnen zu helfen. Daß ich in meinen persönlichen Angelegenheiten ziemlich derangirt war, wußte ich wohl, hatte aber keine Ahnung von dem Abgrund, vor welchem ich stand. Mein in den ersten Jahren sehr mäßiger Gehalt war auf Reisen und zu Hause für laufende Ausgaben darauf gegangen, Anschaffungen hatte ich meistens auf Kredit gemacht, der damals in Stuttgart Jemandem in meiner Stellung nicht nur in wahrhaft unverantwortlicher Weise gewährt, sondern förmlich aufgedrungen wurde; von meinem Garten und den dazu gekommenen Grundstücken war nur das Angeld und Zinsen bezahlt und ich nie an die Zieler gemahnt worden; kurz, nachdem Lindner, vor den ich eine ganze Schublade unbezahlter Rechnungen gestürzt, ein paar Tage gearbeitet hatte, stellte es sich heraus, daß ich, um von den dringendsten Rechnungen häufig sogar nur Abschlagszahlungen zu machen, über viertausend Gulden gebraucht hätte; und wie dringlich diese Rechnungen waren, stellte sich baldigst heraus, da ich, kaum daß meine Entlassung bekannt geworden war, mit energischen Mahnungen überschwemmt wurde, meistens von solchen Leuten, die mich bisher mit Anerbietungen überhäuft hatten.

Dazu kam noch, daß von einer gewissen Seite her schon nach den ersten Tagen auf Berlichingen gewirkt wurde, um mich durch diesen zu bestimmen, meine Wohnung im Schloß zu verlassen; doch hatte auch König Wilhelm davon gehört, und so kam eines Tages der Obersthofmeister von Seckendorf, ein höchst ehrenwerther Charakter, der gleichmäßig vor und nach meiner Entlassung mich häufig nach dem Rapporte besuchte, um bei mir seine Cigarre zu rauchen, in offizieller Eigenschaft zu mir, um mir im Namen Seiner Majestät zu sagen, daß ich meine Wohnung so lang behalten möge, als es mir beliebe, und daß der König Niemandem das Recht zuerkenne, in irgend welcher Art in seiner, des Königs Residenz, Verfügungen zu treffen. Das war außerordentlich gnädig und liebenswürdig; doch da auch mir der Aufenthalt im Schlosse nur unangenehm sein konnte, so suchte und fand ich zwei Zimmer im Hause des Buchhändlers L. Hallberger in der Königsstraße, recht passend für mich, da Haus und Lage zu den elegantesten Stuttgarts gehörte und ich doch meinen Feinden nicht das Vergnügen machen durfte, irgendwo in den dritten Stock einer Seitenstraße zu ziehen.

Meine Bekannten und sogenannten guten Freunde an=
belangend, machte ich allerdings vereinzelt bittere Erfahrungen,
doch nur bei sehr schwachen Charakteren, während andere und
klügere Leute bedenklich an die sich rasch folgenden Entlassungen
aus dem kronprinzlichen Dienste. Graf Zeppelin, Baron Julius
von Hügel, erinnerten und mich nicht verläugneten, auch da
sie sahen, daß mich König Wilhelm mit unvermindertem
Wohlwollen behandelte; ja, Seine Majestät ließ mich ebenso
häufig wie früher zu sich kommen, und wenn er mir auf der
Straße begegnete, blieb er oft stehen und plauderte mit mir.

Was nun Berlichingen anbelangt, so übernahm er nach
meinem Fortgange sämmtliche Geschäfte des kronprinzlichen
Hofhaltes, auch das Villabauwesen, und wußte es dahin zu
bringen, daß er zum Hofmarschall ernannt wurde, und neben=
bei auch fortwährend die Adjutantendienste so gut und schlecht
wie ihm alles das möglich war, versah; doch konnte sich eine
solche Persönlichkeit, die dieser Stellung in keiner Weise ge=
wachsen war, auf die Dauer nicht behaupten, und ist der
Schluß seiner Laufbahn recht charakteristisch. Einige Jahre
später war Großfürst Constantin von Rußland zum Besuch
auf der Villa und es sollte bei der Abreise ein Hofwagen
zur Fahrt auf den Bahnhof für ihn bestellt werden, wovon
Berlichingen durch Adelung in Kenntniß gesetzt wurde. Jener
aber, der einen direkten Befehl des Kronprinzen ambitionirte,
hatte sich weiter darum nicht bekümmert, woraus die pein=

lichen Augenblicke entstanden, daß sich der Abschied — auch
der König war zugegen — unangenehm in die Länge zog,
weil die Equipage noch immer nicht erscheinen wollte. Dar=
über, allerdings unter vier Augen, vor der Thüre vom Kron=
prinzen befragt, gab Berlichingen eine unpassende Antwort
und wurde darüber zur Rede gestellt. Er verließ sogleich die
Villa, um sein Entlassungsgesuch einzureichen, das selbstver=
ständlich augenblicklich angenommen wurde. Dann lebte er
noch einige Jahre in Stuttgart, glücklich, wenn sich sein Reich=
thum vermehrte, und starb frühzeitig, ohne, glaube ich, von
einem liebenden Herzen betrauert zu werden.

Meine oben erwähnten, gänzlich zerrütteten Finanzen
mußten mich fast nothwendig in eine ganz verzweifelte Lage
bringen; denn wohin ich auch in Gedanken meine Blicke rich=
tete, so fand ich doch Niemand, der mir eine ausgiebige Hilfe
hätte leisten können. Mein Verleger Krabbe befand sich da=
mals selbst in mißlichen Verhältnissen, war, selbst wenn er
gewollt hätte, nicht im Stande, mir mit einigen tausend
Gulden baarem Gelde auszuhelfen, und von anderen Freunden
und Bekannten wußte ich Niemand, an den ich mich mit
Erfolg hätte wenden können, oder der gewagt hätte, das zu
thun. Unter solchen Umständen saß ich einige Tage nach
meiner Entlassung recht trübselig beim Grafen Neipperg am
Kaminfeuer und rauchte, vor mich hinträumend, eine Cigarre,
als er mich plötzlich ohne jede Einleitung fragte: „Hast',

haben Sie Schulden?" und ich ihm ebenso kurz zur Antwort gab: „Ja, und recht bedeutende!" — „Wie viel ungefähr?" — „Das kann ich nicht einmal ganz genau sagen, brauche aber mindestens viertausend Gulden, um meinen dringendsten Verpflichtungen gerecht zu werden; ich könnte mir aber," fuhr ich redseliger fort, da ein Hoffnungsstrahl vor mir aufblitzte, durch meine Arbeiten für Krabbe, der mich gut bezahlen wird, leicht weiterhelfen; auch besteht ein Theil meiner Schulden aus Zielern und Zinsen für meinen erkauften Garten, der dagegen auch wieder einen gewissen Werth darstellt."

„Nun, ich will Ihnen etwas sagen," sagte er nach einer Pause, „ich habe mit meiner Frau darüber gesprochen und wollen wir Ihnen ein unverzinsliches Anleihen von viertausend Gulden machen, Sie müssen mir aber vorher versprechen, meinem Geschäftsführer, dem Hofrath Ehrlenspiel, Ihre ganze Lage ohne Rückhalt auseinander zu setzen; er soll dann Ihre Rechnungen revidiren und zahlen und sehen, wie er Sie überhaupt wieder aus diesen Unannehmlichkeiten herausbringt."

Wie hoch ich erfreut war, kann man sich leicht denken, und wie warm ich dem guten Grafen Neipperg meinen Dank auszusprechen versuchte; doch brach er das mit kurzem Lachen rasch ab, indem er sagte: „Wir schenken Ihnen ja gar nichts, Ehrlenspiel wird sich schon, was die Heimzahlungen anbelangt, mit Ihnen verständigen." Dieß war nun auch der Fall, und als ich dem umsichtigen Geschäftsmanne — er war damals bei der Oberhofkasse angestellt und ein ebenso genauer als erprobter Rechner — meine Verhältnisse offen darlegte, fand er sie allerdings bedenklich, aber nicht unheilbar und nahm sich auch insofern meiner bestens an, als er übertriebene Forderungen, die auch hie und da vorkamen, sowie Zinsanrechnungen reduzirte oder strich und die Rechnung selbst bezahlte. Dadurch wurde mein Kredit und mein Ansehen überhaupt nicht geschädigt, ja, man nahm mich immer noch als im Wohlwollen selbst des Kronprinzen stehend an, und die gemeine Verläumdung hütete sich wenigstens, gar zu offen und unverschämt gegen mich aufzutreten. Wußte man doch schon insgeheim ganz genau, wie viel Tausende von Gulden ich im Dienste des Kronprinzen unrechtmäßig erworben und was ich mir sonst Alles zugeeignet hatte; geschah es mir doch einmal, daß ich, allein in meinen Garten hinaufgehend, ziemlich dicht hinter einige junge Mädchen aus guten Ständen herankam, die bei lauter, lebhafter Unterhaltung meine Schritte überhört hatten und sich von meinen Frevelthaten mittheilten, daß ich mir von Baumeister Leins auf Kosten des Kronprinzen habe ein Landhaus bauen und dazu schöne Säulen auf der Villa anfertigen lassen; sie waren im Begriff, sich das selbst anzuschauen und erschraken nicht wenig, als ich ihnen nun: „O Ihr Gänse!" zurief und mitten durch sie schritt. Sie stoben augenblicklich nach allen Richtungen auseinander.

So war das Frühjahr 1849 herangekommen und in Deutschland schienen die hochgehenden Wogen der Revolution sich langsam wieder legen zu wollen, denn Preußen, im Einverständniß mit dem größten Theil der kleineren Staaten, erließ gegen Ende Februar eine Kollektiverklärung, welche, das Wesentliche der Reichsverfassung anerkennend, nur einzelne Abänderungen vorschlug, die theils den Zweck hatten, das Recht der Einzelstaaten stärker zu begrenzen, theils die Reichsgewalt zu verschärfen. Oesterreich hatte Anfangs März seine neue Verfassung oktroirt, was auch wohl auf den Antrag Welker's in der Nationalversammlung in Frankfurt einwirkte, die deutsche Reichsverfassung in Bausch und Bogen anzunehmen und die erbliche Kaiserwürde dem König von Preußen zu übertragen. Selbstverständlich war es, daß die österreichische Regierung Alles thun und manches opfern mußte, um wenigstens den Kern ihrer Länder zu beruhigen und so freiere Hand zu haben für die auf's neue bevorstehenden Kämpfe in Italien.

Der alte zweiundachtzigjährige Feldmarschall Graf Radetzky stand allerdings wieder in Mailand, das er im vergangenen Sommer nach den siegreichen Gefechten und Schlachten bei Sommacampagna, Custozza, Volta, Cremona und andern wieder eingenommen hatte. Die österreichische Armee hatte sich durch diese Kämpfe in einem feindlich aufgeregten Lande mit unsterblichem Ruhme bedeckt, und man erzählte

begeistert von einzelnen Waffenthaten, wie man von den Pala-
dinen Karls des Großen, von den Thaten der Griechen und
Römer, von den Kämpfen der Kreuzfahrer gesprochen. Der
Name des Feldmarschalls Radetzky war in aller Munde, und
man erzählte von ihm die abenteuerlichsten Geschichten, und
auch er hatte seine Paladine, die mit ihm Unglaubliches geleistet, von denen ich nur Heß und Schönhals anführen will.
König Karl Albert von Sardinien hatte sich nach dem gänzlich mißglückten Feldzug von 1848 nach Alessandria zurückgezogen, wo er, wie man ganz genau wußte, rastlos bemüht
war, seine Truppen zu verstärken und zu verbessern, um nach
Kündigung des Waffenstillstandes auf's neue über die österreichische Armee herzufallen. Hiezu mehrten sich denn schon
Ende Februar alle Anzeichen und aus jeder Nachricht von
jenseits der Alpen erkannte man deutlich, daß jener Waffenstillstand nicht durch einen Frieden besiegelt werden würde.
Mit dem gleichen regen Antheil wie im vergangenen Jahre
schaute man auch jetzt wieder nach Mailand, wo der alte
Heldenmarschall ruhig abwartend in der Villa Reale saß oder
seine täglichen Promenaden durch den herrlichen Garten machte,
den General Schönhals, als ob es sonst in der Welt nichts
zu thun gebe, durch allerlei reizende Zuthaten verschönert hatte.

Mit welchem Enthusiasmus war im vergangenen Jahre
ganz Teutschland, mit welch' hohem Interesse ganz Europa
den oft fabelhaft klingenden Siegesnachrichten gefolgt, die von

jenseits der Alpen zu uns herüberdrangen, zu einer Zeit, wo diesseits der Alpen Verrath und mancherlei Unsinn Triumphe feierten. Der edle Greis mit dem weißen Haar, in dessen gefeiertem Namen die Hauptstärke der ganzen Armee gleich einem Zauberworte lag, drang plötzlich, als man das österreichische Heer in der mißlichsten Lage glaubte, unaufhaltsam vor, schlug mit seinen braven Truppen den an Anzahl weit überlegenen Feind, nahm unbezwinglich geglaubte Städte, stürmte feste Verschanzungen auf schwindelnden Bergeshöhen und kam daher, ein flammender Komet auf dem schwarzen Nachthimmel des österreichischen Kaiserstaates, an dem alle Sterne zu verbleichen schienen. — Neuen Glanz verbreiteten für die, welche gläubig an ihm aufschauten: Curtatone und Custozza, Sommacampagna und Vicenza, als Zeichen einer wiederkehrenden besseren Zeit. So zog er durch die Porta Romana auf seinem Schimmel in seinem grauen Röcklein und dem kleinen Hut in Mailand ein und hinter ihm die siegende Armee, wohlgemuth und jubelnd, im Innern frisch und muthig, aber im Aeußern alle Spuren des Kampfes und der Strapazen an sich tragend.

Es gab damals wenig Offiziere, die mehr hatten, als sie gerade auf dem Leibe trugen. Das Schuhwerk der Soldaten war defekt, ihre Mäntel fadenscheinig und durchlöchert. Aber Vater Radetzky, der Alles gut und weise eingerichtet hatte, wußte wohl, daß seine Soldaten zur Zeit der Winterquartiere in den reichen, gesegneten Städten der Lombardei seien und Zeit finden würden, den äußeren Schein mit dem inneren Gehalte in Einklang zu bringen. Und so kam es auch, bald hatten die Soldaten wieder, was sie brauchten, und standen so zu sagen Gewehr im Arm abwartend da, um mit ganz Europa, obgleich man anderwärts auch bei sich im eigenen Hause genug zu thun hatte, aufmerksam nach Alessandria zu blicken, wo König Karl Albert sein Heer zusammenzog und seine Freischaaren bildete.

Auch ich, obgleich ich mich, wie schon bemerkt, im Allgemeinen wenig um politische Ereignisse kümmerte, war doch den Siegen Radetzky's mit lebhaftestem Interesse gefolgt, ja hatte, wie so viele Andere, eine schwärmerische Verehrung für den Helden gefaßt, den ich vor Jahren in Mailand bei einer Parade gesehen, und würde viel darum gegeben haben, wenn sich die Gelegenheit geboten hätte, mich ihm nähern zu dürfen.

Da saß ich eines Abends im Hotel Marquardt, damals schon, wie heute noch, dem vornehmsten Gasthof der Stadt, wo ich aus Ostentation häufig mein Nachtessen einzunehmen pflegte, und plauderte mit Baron Cotta über die Weltlage im Allgemeinen, sowie über die bevorstehenden Ereignisse in Italien, als dieser mich plötzlich fragte: „Wüßten Sie mir denn Niemand, den ich bei dem dort in Aussicht stehenden Feldzuge als Berichterstatter für meine Allgemeine Zeitung auf den Kriegsschauplatz senden könnte?" und ich ihm rasch zur Antwort gab: „O ja, schicken Sie mich, es würde mir das größte Vergnügen machen."

„A—a—a—a Ihnen, der ein so vornehmer Herr geworden ist," gab er lächelnd in seiner häufig übertriebenen verbindlichen Art zur Antwort, „würde ich mir nicht erlaubt haben es anzubieten." — „Ich bitte Sie — ich, ein in Ungnade gefallener Pensionär! Bieten Sie immerhin, aber recht viel, und ich bin überzeugt, daß wir einig werden."

Das wurden wir denn auch am Morgen auf seinem Bureau, und wenn er mir auch außerordentlich hohe Honorarsätze für meine Arbeiten bewilligte, so umgieng er doch die für mich sehr wichtige Frage eines Geldvorschusses mit einer Gewandtheit, die dem besten Diplomaten Ehre gemacht haben würde. Ich war damals auch in ähnlichen Dingen noch zu bescheiden und fühlte mich zu sehr geehrt, Berichterstatter der Augsburger Allgemeinen Zeitung zu sein, um aus jenem Vorschuß eine Kabinetsfrage zu machen. Dennoch wäre daran vielleicht Alles gescheitert, wenn nicht König Wilhelm in außerordentlicher Güte für meine Reisekosten gesorgt hätte. Auch ließ er mich sogleich rufen, sprach mir seine Freude darüber aus, daß ich in's österreichische Hauptquartier gehen wolle, und beauftragte mich, seinen früheren Waffengefährten, den Feldmarschall Radetzky, herzlichst von ihm zu grüßen.

Meine Reisevorbereitungen waren baldigst getroffen, ich kündigte sogleich meine monatweise gemiethete Wohnung,

schaffte, was ich an eigenem Mobiliar besaß, in mein Garten=
haus hinauf und nahm von demselben, sowie von Allem,
was dort zu keimen und zu sprossen begann, ziemlich weh=
müthigen Abschied und fuhr am 8. März Abends bei starkem,
anhaltendem Regen von Stuttgart über Ulm nach Lindau,
wo mich besonders durch die Schweiz und bei meinem Ueber=
gang über den Splügen der Winter mit mächtigen Schnee=
und Eismassen festhalten zu wollen schien und dieß auch für
einige Stunden that, da beim österreichischen Mauthhause erst
eine Schlittenbahn geschleift werden mußte.   Welch trostloser
Aufenthalt ist das hier, im ödesten und traurigsten aller Fels=
thäler, beinahe zehn Monate ununterbrochenen Winter, meistens
mit sechs bis acht Fuß hohem Schnee; das Auge entdeckt, so
weit es reicht, keinen grünen Halm und das Ohr vernimmt
nur das einförmig tönende Klingeln der Maulthiere und
Pferde, die in langen Reihen mit ihren Schlitten ankommen
und abgehen. Als letzte große Haltstation dagegen zum Wun=
derlande Italien ist das Mauthhaus auf dem Splügen in
seiner Oede und Traurigkeit ein interessanter Uebergangspunkt.
Man hat die Höhe des Gebirges erreicht, der Blick schweift
begierig vorwärts, den weißen und blauen seltsam geformten
Spitzen der Alpen entlang, nach den herrlichen Thälern in
der Tiefe. Die Gedanken, diese lustigen Vorposten, schlüpfen
schon durch Rebengelände, ja wiegen sich mit einiger Phantasie
schon unter den laubduftigen Citronen= und Orangengärten,

während der schwerfällige Körper auf dem Schnee droben erst den Schlitten wieder besteigt.

Abends zehn Uhr waren wir in Chiavenna, wo uns Olivenbäume, ja schon einzelne Citronen= und Lorbeerbüsche begrüßten, fuhren um elf Uhr auf einer der schönsten Straßen der Welt längs dem im Mondscheine schimmernden Comersee, und als endlich der Tag graute, umgab mich die reiche, schöne Lombardei in ihrem ganzen Zauber, in saftigem Grün mit Blüthen und Nachtigallenschlag. Vor uns am Horizonte glänzte das erste Sonnenlicht auf die weiße Marmorkathedrale von Mailand, deren Anblick mich so lebhaft an frühere schöne Tage erinnerte, und wenige Stunden später befand ich mich in einem behaglichen Zimmer des Hotel Reichmann, wo ich mich erst durch einen sehr festen und sehr langen Schlaf von dem ununterbrochenen Eilwagenfahren, das vier Tage und vier Nächte gedauert hatte, erholen mußte, ehe ich daran denken konnte, Schritte zu thun, um im österreichischen Hauptquartier etwas für mich zu erreichen.

Dazu hatte ich nun durchaus keine Empfehlungsbriefe, hoffte aber auf die freundliche Vermittlung des Grafen Gustav Neipperg, der gleichfalls mit dem Heere wieder nach Mailand zurückgekehrt war, um hier allerdings seine Wohnung, das heißt nur die leeren Zimmer derselben, wiederzufinden. Bei Beginn der Revolution im März 1848 war er zum Feld=marschalllieutenant d'Aspre berufen worden, nahm Hut und

Säbel und verließ seine Wohnung, um vorläufig nicht mehr dahin zurückzukehren; nach dem Abzug der österreichischen Truppen wurde das Geniegebäude, in welchem sich dieselbe befand, vom Volke gestürmt und dort Alles zerstört, wobei Andenken aller Art, die Graf Gustav auf seinen großen Reisen gesammelt, Waffen, Gemälde, Kupferstiche und Manuskripte, verloren giengen.

Ich suchte den Grafen sogleich auf und fand ihn durch die Ereignisse des letzten Jahres zwar ernster geworden, doch für mich freundlich und liebenswürdig, wie immer. Er begleitete mich sogleich in's Hauptquartier des Feldmarschalls, um mich dort vorzustellen, wobei es sich ganz außerordentlich gut traf, daß Major Eberhardt, der Adjutant des Generalkommando's, in meiner Angelegenheit die bedeutendste Person, derselbe war, den ich im Jahr 1841, als er noch Oberlieutenant bei den Kaiserjägern war, kennen gelernt hatte, der sich auch heute noch freundlichst des Verfassers jener „unsterblichen Werke", wie er Soldatenleben und Wachtstubenabenteuer nannte, erinnerte, mich herzlichst aufnahm und Alles that, um meine Zwecke zu fördern.

Das Hauptquartier des Feldmarschalls Grafen Radetzky befand sich in dem kleinen Palais der Villa Reale in der Nähe des großen öffentlichen Gartens und der Porta Orientale, rings von Grün umgeben, still und heimlich in dem lärmenden Treiben der großen Stadt gelegen, jetzt aber den Mittelpunkt eines eigenthümlich bewegten Lebens bildend. Es sah hier wie in einem kleinen Heerlager aus; Offiziere aller Waffengattungen kamen und giengen, Ordonnanzen jagten hin und her, gesattelte Pferde standen im Hofe, und auf den Treppen und Gängen hörte man nur das Klirren der schweren Kavalleriesäbel und den einförmigen Schritt der Schildwachen. Hoch interessant war für mich eine Schaar Rothmäntel, die dem Feldmarschall vorauszureiten pflegten, und jetzt hier am Hofthore lagerten, wild aussehende Gesellen, diese Sereschaner mit ihren dunkelbraunen Gesichtern und blitzenden Augen, beinahe ganz orientalisch gekleidet, mit rothen Jacken, blauen, bis an's Knie weiten Beinkleidern, im Gürtel die großen Pistolen und den Yatagan, umhüllt mit einem scharlachfarbenen Burnus.

Major Eberhardt machte mich sogleich mit dem General-adjutanten des Feldmarschalls, dem Obersten Schlitter bekannt, der meinen Wunsch, im Fall eines Feldzugs mit dem Hauptquartier gehen zu dürfen, gleichfalls freundlich aufnahm, auch mit dem Feldmarschall darüber zu reden versprach, und so war ich bestens installirt.

„Dem Unsterblichen", wie sie mich scherzhaft nannten, war auch der Zutritt in die Kanzleizimmer gestattet, um nach Neuigkeiten zu fahnden, es wurde mir ein Platz zum Schreiben angewiesen, kurz ich war förmlich „in die Familie" aufgenommen, wie sich der Feldmarschall selbst später auf's liebenswürdigste ausdrückte, und verlebte ich auf diese Art heitere, genußreiche, glückliche Tage.

Mit welchen Gefühlen durchschritt ich Morgens die lebhaft bewegten Straßen Mailands und den frühlingsduftenden öffentlichen Garten, um mich nach der Villa Reale zu begeben, wo in dieser Zeit ein Theil der Weltgeschichte deutlich fühlbar pulsirte. Und wie freundlich war ich in diesem Kreis jüngerer und älterer, niederer und höherer Offiziere aufgenommen! Mit welchem Vertrauen wurden mir wichtige Mittheilungen gemacht, wie häufig sagte mir Oberst Schlitter irgend etwas Interessantes oder ließ mich Major Eberhardt ein vielleicht eben angekommenes Schriftstück lesen, wobei aber dem „Unsterblichen“ stets bedeutet wurde, in wie weit er davon Gebrauch machen dürfe oder nicht, und habe ich wahrlich dieß Vertrauen nie mißbraucht. Auch in den Mußestunden war das Dienstzimmer des Generalkommando-Adjutanten ein höchst angenehmer Aufenthalt, wo sich Bekannte zusammenfanden, Offiziere aus der Stadt selbst oder von Stationen draußen, die beim Hauptquartier etwas zu thun hatten; es gab hier einen heimlichen Wandschrank, der uns manchen guten Steyrer, manchen Bissen vortrefflicher Salami spendete, und meistens erfuhr man hier etwas Neues, war es auch nur eine pikante Anekdote oder Mittheilungen aus dem Geisterreiche, worin ein vortrefflicher Freund und Gönner, General von Reischach, der tapfere Kommandeur des Regiments Prohaska, Außerordentliches leistete. Häufig führte er ein Buch: „Der höllische Proteus" bei sich, in dem das Kapitel „vom schmatzenden Todten" ganz besonders ansprach, und wenn sein leichter Wagen, der seiner eigenthümlichen Konstruktion wegen die Feuerspritze genannt wurde, draußen anfuhr, so verlängerten sich häufig die Sitzungen und endigten nicht selten mit einem köstlichen Haberschnaps, den der General aus der Nachbarschaft herzuzaubern wußte. Daß aber bei dergleichen Kurzweil in den Freistunden der Dienst durchaus nicht versäumt wurde, hat der Erfolg des Feldzugs glänzend bewiesen. Es galt hier eben noch etwas vom friedländischen Leben und leben lassen, und hatte Hauptquartier und Armee überhaupt noch manches von dem so wohlthuenden und gemüthlichen Treiben eines Wallensteinischen Lagers an sich. Droben saß der gewaltige Kriegsheld, der es aber verstand, mit seinen Offizieren und Soldaten wie ein Vater zu verkehren, und ein kameradschaftliches Band verknüpfte General und Feldobersten mit dem jüngsten Lieutenant und glich auf behagliche Art außerhalb des Dienstes die strengen Abstufungen des Ranges aus.

Am andern Tage wurde ich dem Feldmarschalllieutenant Heß, Chef des gesammten österreichischen Generalquartiermeisterstabs, sowie dem ersten Generaladjutanten Feldmarschalllieutenant Schönhals vorgestellt und von diesen hochstehenden Männern, deren Name so glänzend aus der Geschichte dieser italienischen Feldzüge hervorragt, freundlich, ja herzlich aufgenommen.

Bei Beginn des vorjährigen Feldzuges hatte Radetzky sich vom Kriegsminister „seinen Heß" zum Generalquartier= meister erbeten und bildete dieser kühne und große Stratege zugleich mit dem gewandten Schönhals als Generaladjutanten, der jene begeisternden Armeebefehle schrieb, und dem in seiner Waffe so hochbedeutenden Etwrtnik als Artilleriechef, ein leuch= tendes Dreigestirn, auf's wärmste und dankbarste gewürdigt von dem Feldmarschall, der das auch in seiner Dienst= und Privatkorrespondenz offen bekannte; schrieb er doch später, kaum eine Stunde nach dem Sieg bei Novara, an die liebens= würdige Gemahlin seines General=Quartiermeisters: „Wir schlugen den Feind und wenn der Ruhm des Tages mir zu= geschrieben wird, Heß hat ihn, nur ihm gebührt das ganze Verdienst."

Daß ich hierauf nicht ohne einiges Herzklopfen dem Major Eberhardt zum Feldmarschall selbst folgte, wird man wohl begreiflich finden. Er bewohnte den ersten Stock der Villa Reale, eine Reihe großer Säle und Zimmer, schön und geschmackvoll, jedoch ohne übertriebenen Luxus möblirt. Seine eigenen Sachen, seine Möbel, sein Silbergeschirr, Kristall und dergleichen hatte übrigens Graf Radetzky bei dem Rückzuge aus Mailand fast sämmtlich verloren; in einem Vorzimmer neben dem Billardsaal befanden sich zwei Serefchaner und einige Kavallerieordonnanzen; im Billardzimmer selbst Ordonnanz= offiziere, von denen täglich zwei den Dienst hatten. Major

Eberhardt legte dem Marschall einige Papiere zur Unterschrift vor und forderte mich dann auf einzutreten.

Der Marschall stand an einem Fenster und hatte ein Blatt der Allgemeinen Zeitung in der Hand. Seine Figur dürfte eher klein als groß genannt werden und erschien vielleicht um so kleiner, da er etwas beleibt war. Sein Gesicht trug, mit Ausnahme der hellen, sehr lieben und freundlichen Augen, Spuren seines hohen Alters. Dagegen waren seine Bewegungen, sein Gang, seine Sprache, letztere aus einem tiefen, wohlklingenden Organ kommend, ganz wie die eines rüstigen Fünfzigers.

Mit der ihm eigenen Freundlichkeit trat er mir beim Eintreten entgegen und reichte mir die Hand. „Freund Eberhardt," sagte er, „hat mir Ihre Absicht mitgetheilt, über uns und über den bevorstehenden Feldzug der Allgemeinen Zeitung getreue Berichte einzusenden, das soll mich recht sehr freuen. Gelobt wollen wir nicht sein, wo wir's nicht verdienen; aber meine braven Offiziere und Soldaten werden Ihnen schon Gelegenheit geben, manch Schönes und Großes zu sehen."

Dann fügte er noch hinzu, daß die Allgemeine Zeitung manchmal über ihn und seine Handlungsweise ungetreue Berichte gebracht habe, setzte aber entschuldigend hinzu: „Freilich muß man in der Nähe sein, um die Wahrheit zu wissen, und damit Sie im Stande sind, dieselbe bei uns zu erfahren, so lade ich Sie mit Vergnügen ein, den Feldzug in meinem

Hauptquartier mitzumachen, Eberhardt soll das Nöthige für Sie besorgen."

Dann kam er auf die deutschen Verhältnisse zu sprechen und insbesondere auf den König von Württemberg, den er als Regenten und Soldaten außerordentlich hochschätzte. Ich habe diese Verehrung für den König bei allen älteren Offizieren der italienischen Armee gefunden, sowie auch bei allen jüngeren, die sich für Krieg und Weltgeschichte lebhaft interessirten. Man war fest überzeugt, daß, würde das Schicksal den König heute noch an die Spitze einer großen Armee stellen, er durch Energie und Tapferkeit das Ende seines Lebens mit den schönsten Lorbeeren schmücken würde, wie er als Kronprinz seine Laufbahn begonnen hatte.

„Der Herr ist mein lieber Kriegskamerad," sagte der Marschall sichtbar bewegt, als ich ihm einen freundlichen, herzlichen Gruß des Königs überbrachte und der jetzigen Wirren des Vaterlandes gedachte. „Wir waren zusammen auf dem Schlachtfelde und das vergißt man nicht."

Der Marschall sprach auch über die Wühlereien unter dem Militär, fluchwürdige Wühlereien, um die Soldaten von einer und derselben Nation ihrer Fahne und ihrem Diensteid untreu zu machen, und wiederholte die Worte: „Untreue schlägt seinen eigenen Herrn." Ein wahres Wort, was namentlich später in Baden so vollkommen zur Wahrheit wurde. „Sie werden sehen," sagte er, „wir Soldaten sind hier eine einzige große Familie. Der Offizier kennt seine Leute, lebt mit ihnen so innig, als es thunlich ist, sorgt für seine Untergebenen und hat sich so zu stellen gewußt, daß der Soldat vertrauensvoll zu ihm emporsieht. Sie werden aber auch sehen, wie meine braven Offiziere in's Feuer gehen, immer dem Regimente voran, und das flößt dem Soldaten, in und außer dem Dienst, Achtung ein. Verführungen durch ein paar elende Gläser Wein können in meiner Armee nicht leicht vorkommen. Wo solche Versuche gemacht würden, da ließe ich den Soldaten das doppelte Quantum geben, einen lustigen Steyrer auf= spielen, und ich glaube, es bliebe mir keiner weg."

Das glaubte auch ich! Aber dieser alte Herr hatte auch eine Persönlichkeit, so wunderbar anziehend, wie ich selten etwas Aehnliches gesehen habe. Seine tiefe klangvolle Sprache, sein treuherziger, etwas österreichischer Dialekt, dazu das Gute und Liebe in seinen Mienen, Alles dieß mußte ihm, in Ver= bindung mit dem Gedanken an die herrlichen und großen Thaten, die er vollbracht, jedes Herz gewinnen. Ich verließ den Marschall mit dem Bewußtsein, einen der interessantesten und schönsten Augenblicke erlebt zu haben. Die Sereschaner draußen sahen mich freundlich an und hielten mich wahr= scheinlich für etwas ganz Besonderes, weil ihr Vater so lange mit mir gesprochen.

So war ich denn als Berichterstatter für die Augsburger Allgemeine Zeitung im Hauptquartiere an= und aufgenommen

und hatte es wieder einmal so vortrefflich getroffen, daß am
Tage nach meiner Ankunft in Mailand — es war am 12. März
gegen zwei Uhr Mittags — ein piemontesischer Major bei
dem Feldmarschall eintraf und eine Depesche des Königs Karl
Albert von Sardinien übergab, in welcher der Waffenstillstand
gekündigt wurde. Man kann sich keinen Begriff von der
Freude machen, mit welcher der Feldmarschall diese Botschaft
in Empfang nahm und sie seinen Offizieren mittheilte. Wie
ein Lauffeuer verbreitete sich die Nachricht durch das ganze
Haus bis zu den Soldaten, die sich in ihrem Jubel geberdeten,
als zögen sie schon durch die Thore Turins ein. Auf den
Straßen traten die Offiziere in Gruppen zusammen oder riefen,
mit der wichtigen Nachricht zu ihren Freunden und Bekannten
eilend, einander zu: „Weißt du's schon! — Gott sei Dank! —
Er hat gekündigt." — Es war ein Enthusiasmus, eine Freude
wegen des bevorstehenden Feldzugs, die nicht zu schildern ist,
und der Jubel wurde immer stärker, je mehr sich der Inhalt
der Depesche verbreitete.

Bei dieser allgemeinen freudigen Aufregung, die sich
durch mehrere Tage äußerte, wo nur ein Kamerad den andern traf, ja in Zwischenakten der Theatervorstellungen durch
rauschende Vivats und Eljens auf den Feldmarschall, wurde
auch ich nicht vergessen, sondern dem Chef der Stabsdragoner-
schwadron, dem Major Grafen Forgatsch, zugewiesen, der
mich durch einen kräftigen Fuchs beritten machte und mir

einen Stabsdragoner, Namens Weiler, mit dem ich in jeder
Hinsicht außerordentlich zufrieden war, zur Ordonnanz gab.
Da es eine mißliche Sache ist, einem Hauptquartier in „Civil"
zu folgen, so ließ ich mir einen Offizierspaletot von grauem
Tuche machen, den der Schneider zufälligerweise mit dunkel-
blau besetzte, wodurch ich dem tapfern Regimente Giulay angehörte; hierzu nahm ich die kleine, zierliche Feldmütze der
Offiziere, schwarz mit Gold, und ein verehrter Freund, Major
Graf Ingelheim von Radetzky-Husaren, machte mir einen
tüchtigen Säbel zum Geschenk; auch trug ich einen dunkel-
blauen, uniformartigen Rock mit dem rothen Band des russischen Sankt-Anna-Ordens, was letzteres ich hier nur erwähne, um eines komischen Vorfalles zu gedenken, wo ich,
als wir einige Tage später in einem Meierhofe mehrere Stunden rasteten, von der zahlreich herbeieilenden hübschen weiblichen Bevölkerung so auf's ängstlichste gemieden wurde, daß,
wo ich mich hinwandte, die Weiber und Mädchen mit einem
lauten Aufschrei auseinanderstoben. Einer der jungen Ordonnanzoffiziere hatte ihnen nämlich gesagt, ich sei der General-
profos der Armee und das blutrothe Band auf meiner Brust
bezeichne mein schreckliches Amt.

Die nothwendigste Wäsche und ein paar unentbehrliche
Kleidungsstücke wurden in den Mantelsack gepackt; Schreib-
zeug, Papier, eine Karte von Piemont fand Platz in einer
kleinen Tasche, welche ich auf der rechten Seite trug, links-

aber hatte ich eine ziemlich große Feldflasche mit Kirschwasser gefüllt, und somit war der Berichterstatter feldkriegsmäßig ausgerüstet.

Daß es mir einmal vergönnt sein werde, das im Ernste zu erleben, was mich und Andere schon als heiteres Waffenspiel so sehr ergötzte — einen Feldzug — das schauerliche Original für die leichte Kopie eines Manövers, hatte ich selbst in meinen kühnsten Phantasien nicht zu hoffen gewagt. Dennoch wurde mir, neben manchem anderem Guten, was ich vielleicht nicht verdiente, auch diese Vergünstigung vom Schicksal zu Theil. Ich bekenne es gern, das „Vielleicht", welches ich eben hervorhob, hat nie mein Gewissen gedrückt. Ich habe es vielmehr gern, recht gern Andern überlassen, das richtige Gegengewicht für das, was mir im Leben Schönes zu Theil wurde, durch ängstliche Abwägung aller Verhältnisse herzustellen und ich durfte mich dabei der tröstenden Ueberzeugung hingeben, daß diese Arbeit von meinen Freunden nicht ungethan blieb.

Eigenthümlicher, aber angenehmer Weise war ich damals der einzige Berichterstatter im Hauptquartier, während es schon im Jahre 1859 in Verona vor der Schlacht von Solferino verschiedene Kollegen gab und es im französischen Feldzug 1870 und 1871 bei allen Truppentheilen von Korrespondenten wimmelte. Als Zeichner waren die Brüder Franz und Eugen Adam im Hauptquartier des Feldmarschalls, damals schon bedeutende Künstler, welche später ein großes Werk über die italienischen Feldzüge vom Jahre 1848 und 1849, zu welchem ich ihnen den Text schrieb, herausgaben. Wir sahen uns häufig, hauptsächlich später bei der Belagerung von Venedig, und lebten in freundschaftlichstem Verkehr.

Am 17. März erhielt auch ich den Befehl zum Abmarsch auf den andern Morgen und ich muß gestehen, daß ich in dieser Nacht sehr wenig schlief. Das Herz war mir zu voll und die Brust zu bewegt. Um drei Uhr begann auch schon wieder der militärische Lärm auf der Straße und es tobte und rasselte in Einem fort. Ich stand endlich auf und begann mich zu wappnen. Es war noch finstere Nacht, als ich das Haus mit klirrendem Säbel und Sporen und einem Mann verließ, der mir meinen Nachtsack trug, welchen ich zum Ueberfluß noch mitnahm. Major Eberhardt hatte mir für denselben ein Plätzchen auf seinem Wagen versprochen. An der ersten Straße vor dem Corso der Porta Romana, welche nach der Post führt, mußte ich über eine Stunde warten, da mir mehrere Regimenter Infanterie und Grenadierbataillone entgegen kamen, deren feste Reihen ich weder durchbrechen konnte noch wollte — ich sah sie gerne so lustig und heiter vorüberziehen — ich wartete. Die Leute sahen vergnügt und muthig aus und blickten zuversichtlich auf den klaren Sternenhimmel, der einen schönen Tag versprach.

Da der Morgen frisch war, so trat ich in das Kaffee-

Haus zur Post ein und ließ mir einen erwärmenden Kaffee geben. Dort auf dem Bänkchen, in der halbdunkeln Stube, machte ich ernste Betrachtungen, denn es war ein wichtiger, neuer Abschnitt meines Lebens, dem ich entgegen gieng. Was konnte, was würde mir jene Zeit bringen? Gewiß des Interessanten und Schönen sehr Vieles, doch auch vielleicht manches recht Unangenehme, antwortete eine innere Stimme auf jene Frage. Es ist kein Kinderspiel, dem du entgegen gehst, und was Anderen widerfahren kann, kann auch dich treffen. Wenn ich gleich nicht das Glück hatte, den Kämpfenden anzugehören, welche um den blutigen Lorbeer warben, so stand doch der Vorsatz fest in mir, alle Gefahren, wie sie auch kommen konnten, mit denen zu theilen, die so freundlich waren, mir die Gelegenheit zu verschaffen, ein so ernstes und interessantes Drama, wie das eines Feldzuges, sich vor meinen Blicken entwickeln zu sehen.

In den Straßen dauerte das Durchziehen der Infanterie immer noch fort. Jeden Augenblick sprang einer der Soldaten in das Haus, stürzte eine Tasse heißen Kaffee's hinunter oder ließ sich eine tüchtige Portion Liqueur in die Feldflasche füllen. Endlich begann der Tag zu dämmern und ich begab mich hinaus zur Porta Orientale. An der Villa Reale, bei der ich vorbei kam, sah ich alles in größter Bewegung, Reisewagen standen im Hof und die schweren Fourgons wurden emsig gepackt.

Vor der Porta Orientale liegt ein weitläufiges Viereck von Gebäuden, das ehemalige Choleraspital. Dort waren die Stabsdragoner kasernirt und auch ich fand hier mein Pferd; wir ritten alsdann gegen die Porta Orientale zu, um uns mit dem Hauptquartier zu vereinigen, welches von der Villa Reale her den großen Corso herabzog. Der Feldmarschall selbst, die Generale Heß und Schönhals, sowie mehrere andere namhafte Offiziere waren nicht in dem Zuge, sondern fuhren später in ihren Reisewagen zum heutigen Nachtquartier.

Nun folgten die ewig denkwürdigen fünf Tage, bis zur Schlacht von Novara, die nicht nur für alle Betheiligten, sondern auch für das ganze aufhorchende und zuschauende Europa eine wundervolle Erinnerung bleiben werden, dieser kurze und glänzende Feldzug, über den schon so viel geschrieben wurde und von dem auch ich in meinem Soldatenleben im Kriege erzählt habe. Ich habe dieß Buch mit großer Liebe und Verehrung für die Betheiligten verfaßt, und wer sich für meine Schilderungen jener Zeit meines Lebens interessirt, mag sie dort nachlesen, während ich hier nur Einiges von meinem persönlichen Verkehr mit dem hochverehrten Feld- marschall und dessen Hauptquartier nachtragen will.

Ich kann wohl sagen, daß ich von Allen fortwährend auf's freundlichste behandelt wurde und daß man mich, wie Radetzky gesagt, mit zur Familie rechnete. Mit meinen Be- richten, die stets ungefähr acht Tage später aus der Augeburger Allgemeinen Zeitung im Hauptquartier gelesen wurden, hatte ich nur einmal einen kleinen Anstand; als ich nämlich von den Ordonnanzoffizieren des Marschalls — es waren fast alles liebenswürdige, junge Leute, und sind mir', wie unter anderem Graf Schönfeld und der Oberst von Heißinger, bis heute befreundet geblieben — erzählte und ihres Beinamens „Kibitze" erwähnte — so nannten sie sich nämlich scherzweise nach dem Vogel, der unermüdlich hin- und herfliegt, seinen Weg durch Röhricht und Moor, durch Sumpf und Gestrüpp sucht und dabei immer heiter und wohlgemuth ist, wie auch ein richtiger Ordonnanzoffizier sein soll — so wurde mir von gewisser Seite die an sich so harmlose Veröffentlichung dieses Namens verübelt, und war es unter anderen ein ungarischer Offizier mit sehr großem Selbstbewußtsein und äußerst schwerem Säbel, der sich ungnädig und mißliebig darüber äußerte. Doch kam dieß dem Feldmarschall zu Ohren und er bemerkte darüber eines Tages sehr laut und deutlich gegen General Schönhals, daß er in meinem Berichte durchaus nichts Verletzendes für seine jungen Herren finden könne, es sei denn, daß welche von ihnen sich schämten, auch öffentlich als die braven Kibitze des alten Radeßky genannt zu werden, und die möchten sich nicht geniren, dieß zu sagen. Damit war die Sache vollständig beigelegt, und wenn ich auch mit jenem Ungarn nie auf besonders freundlichen Fuß kam, so behandelten mich doch die andern wie einen guten Kameraden.

Es war eine große, mir stets unvergeßlich bleibende Zeit, dieser kurze glorreiche Feldzug, der mit dem schönen Manöver begann, daß die ganze österreichisch-italienische Armee am Morgen des 20. März Corps um Corps, Kolonne um Kolonne vor Pavia ankam, die Stadt durchzog, um mit dem Glockenschlage Zwölf auf drei Brücken über den Ticino zu ziehen. Während vieler Stunden stand der Feldmarschall an einem Fenster der engen Hauptstraße und ließ die Truppen vorbeidefiliren. Der Lärm war wahrhaft betäubend, das Schmettern und Klingen der Feldmusik, das Dröhnen der Schritte von Menschen und Pferden, das Rasseln der Batterien, die in langen Reihen vorbeifuhren, das Jubelgeschrei der Soldaten, als sie den Marschall am Fenster erblickten, donnernde, tausendstimmige Vivats, Eljens, Evviva's und Zivio's — diese Grüße in allen Mundarten der österreichischen Monarchie — und dieß Alles in der engen Gasse, die mit Menschen vollgepfropft war! Es wogte Welle um Welle mit lautem Rauschen dahin! Dazu wehende Fahnen, glänzende Säbel und Bajonnette, herzliche Grüße an Kameraden, Abschiede, vielleicht für ewig! — Grüß dich Gott! wie geht's? — Gut! — Leb' wohl! — Leb' wohl! — und die bekannten Gesichter verschwanden in dem allgemeinen Getümmel — ein einziger Händedruck und der munter klingende Marsch mahnt an's Weiterschreiten.

Und in dieser Weise dauerte das Durchziehen der Truppen

bis Nachts gegen zwei Uhr, wo ich endlich so glücklich war, in einem Gasthof ein Sopha zu finden, auf dem ich mich für ein paar Stunden ausstrecken konnte.

Der Feldmarschall litt mich gern in seiner Nähe, sprach häufig mit mir und ließ sich kleine Dienste, die ich ihm leistete, gerne gefallen. So sorgte ich ihm bei jenen oft amüsanten Frühstücken, die um einen Holzblock, stehend oder auch wohl im Sattel gehalten wurden, für seinen Imbiß, meistens ein Stück Brod mit Schinken oder Käse und bediente ihn darauf aus der Weinflasche, nicht aber ohne alsdann auch an mich zu denken, wozu er mich durch ein eigenthümliches Blinzeln seines Auges aufzufordern wußte.

Bei einem dieser Frühstücke in Trumello, wo es besonders hoch hergieng — denn es war am 22. März nach dem siegreichen Gefechte bei Mortara und wir saßen um eine lange, aus Brettern zusammengesetzte Tafel im Hofe des Hauptquartiers bei vortrefflichem Nostrano, der bald hier, bald da zu einem leisen oder halblauten Trinkspruche Veranlassung gab — als Graf Pachtha, der Generalintendant der Armee und unermüdliche Ernährer derselben, die Frage aufwarf, warum sich der Feldmarschall, der vollständig glatt rasirt gieng, keinen Bart wachsen ließe? Doch meinte der alte Herr mit launigem Lächeln: „Meine grauen Stoppeln müssen sich wahrlich gut genug ausnehmen, laßt's mich aus mit euren Geschichten, ich habe nach dem Reglement so lange Jahre keinen Bart mehr getragen und werde doch jetzt nicht wieder damit anfangen sollen!" — „Aber," entgegnete ihm Schönhals, „die ganze Armee trägt jetzt Bärte und nur der Erste derselben, Euer Excellenz, nicht," — welche Worte Veranlassung gaben, den alten Herrn mit Bitten und lustigen Einfällen so lange zu drängen, bis er endlich lachend ausrief: „Jetzt paßt's mir auf, ich will euch was versprechen: wenn wir die Piemontesen in einer großen Schlacht tüchtig klopfen, so lasse ich meinen Schnurr= bart wachsen." Ein allgemeiner Jubel folgte dieser Er= klärung und das Frühstück wurde mit großer Heiterkeit be= endigt.

Es war dieß am Vortag der Schlacht von Novara und ritten wir Abends noch nach Borgo Lavezzaro, wo das Haupt= quartier die Nacht blieb; es war aber hier keine rechte Ruhe zu finden, kaum ein dürftiges Lager in dem überfüllten Orte, und die ganze Nacht zogen Truppen unter feinem kaltem Regen durch, bald Infanteriekolonnen unter Trommelschlag und Musik, bald klirrten die Hufe zahlloser Pferde auf dem Pflaster oder man hörte das dumpfe Dröhnen der Geschütze. Von unseren Truppen war das zweite Armeekorps unter Feldzeugmeister d'Aspre auf der Straße nach Novara schon weit vorgeschoben, das dritte und das Reservekorps folgten ihm, und das erste und vierte bewegte sich in paralleler Richtung gegen die Rückzugslinie des Feindes, wodurch die Absicht, ihn von der Straße nach Alessandria und Turin ab=

zuschneiden und in die Gebirge hineinzuwerfen, später voll=
kommen erreicht wurde.

Am andern Morgen, dem 23. März, hatte sich der
Himmel seit unserem Ausmarsch aus Mailand zum ersten Mal
trübe überzogen und graue Wolkenschleier blickten auf die Erde
herab. Wir fanden uns schon frühzeitig im Hofe des Hauses,
wo der Feldmarschall wohnte, ein, denn ferner Kanonendonner
deutete auf irgend ein Engagement mit dem Feinde und
gieng die erste Ansicht dahin, daß der Feldzeugmeister d'Aspre
die Nachhut des Feindes beunruhige; wollte doch Niemand
an das Glück glauben, daß wir hier schon mit der Haupt=
macht König Alberts zu thun bekämen. „Hält uns bei Novara die piemontesische Armee," sagte General Heß, „so kann
ihr nur Gott allein weiter helfen."

Wo und wie aber die Truppen engagirt waren, darüber
wußte man eine Zeit lang nichts Gewisses, denn Feldzeug=
meister d'Aspre, der als ein tüchtiger, aber sehr eigenthüm=
licher Herr geschildert wurde, hatte noch gar keine Meldungen
in's Hauptquartier geschickt, obgleich der stärker werdende
Kanonendonner schon recht deutlich und ernsthaft sprach.
„Man wird sehen," flüsterte man sich zu, „dieser d'Aspre
wird mit seinem einzigen Korps die ganze piemontesische Armee
schlagen und für uns andere nichts übrig lassen wollen."
Auch der Marschall fieng an ungeduldig zu werden, bis end=
lich die ersten genaueren Meldungen kamen, die denn anzeigten,

daß d'Aspre, allerdings durch eigene Schuld, sehr ernsthaft im Gefecht sei und daß ihm Luft gemacht werden müsse, worauf denn die Adjutanten und Kibitze sich freudig erregt in die Sättel schwangen, um Befehle nach den verschiedenen Seiten hinzubringen. Endlich verließen auch wir den Ort, um dem General Heß zu folgen, der mit seinen Offizieren schon vorausgeritten war, und ich mußte meinem schon etwas ältlichen Pferde tüchtig zusprechen, um hinter dem Feldmarschall und seiner Begleitung nicht zurückzubleiben.

Daß mich Alles dieß stark bewegte und erregte, will ich eben so wenig läugnen, als daß sich diese Bewegung steigerte, je deutlicher der rollende Kanonendonner wurde, als ich auch das Knattern des kleinen Gewehrfeuers hörte und leichte, helle Pulverrauchwolken bald hier, bald da in der Ferne aufsteigen sah. War es doch zum ersten Mal, daß ich mich diesem großartigen, blutig ernsten Schauspiel näherte. Und wenn ich auch nicht bestimmt war mitzukämpfen, so doch mit zu empfinden, was die Tausende und Tausende vor mir bewegte. Und eine recht trübe, schauerliche Einleitung sahen wir in Kurzem, als wir durch Nibiola, ein kleines Dorf, kaum eine halbe Stunde vom Kampfplatz entfernt, ritten, wo ein Hauptverbandplatz eingerichtet worden war; in der Geschwindigkeit hatte man Betten und Stroh herbeigeschafft, so viel nur möglich war, und da lagen nun die armen Menschen mit zerrissenen Gliedern, in ihr Schicksal ergeben;

die weniger schwer Verwundeten lehnten an den Mauern oder
saßen auf dem Pflaster und hoben öfters die Hand empor,
wenn der Feldmarschall vorbeiritt.

Wie man die Fahne grüßt, still und feierlich, so grüßte
auch der Feldmarschall und Alle vom Hauptquartier die verwundeten Soldaten, wir Alle ritten mit unbedecktem Kopfe
vorüber. Endlich erreichten wir die Gefechts- und Schußlinie,
und der Feldmarschall, der immer weiter vorwärts wollte,
konnte von Heß und Schönhals nur mit Mühe bewogen
werden, auf einer kleinen Anhöhe, von der man das Terrain
weithin übersehen konnte, zu halten. Durch einen Zufall,
ohne daß ich mich gerade vorgedrängt hätte, kam ich in seine
Nähe, worauf er mir freundlich zuwinkte und dann sein Fern-
glas sowie eine Landkarte zu halten gab, auf der ihm Heß
etwas nachgewiesen hatte. Wie stolz ich darauf war, darüber
wird Niemand im Zweifel sein. Was man übrigens vom
Gange der Schlacht sah, erschien nicht viel anders als wie
das Bild der schon erlebten großen Feldmanöver, nur daß
das Donnern der Geschütze und das Krachen des Gewehrfeuers weit stärker, ja zuweilen wahrhaft betäubend klang;
auch vernahm man nicht selten das Zischen einer Granate,
ja, von den schweren sechzehnpfündigen Batterien der Piemontesen war hie und da eine Vollkugel unhöflich genug, in
unsere Nähe zu kommen, eine Erdschramme aufzureißen oder
einen Baum zu zerschmettern. Als das wieder einmal geschah,

trat mein Stabsdragoner Weiler zu mir, klopfte den Hals des Pferdes und sagte: „Ja, ja, der kennt schon diese Geschichten; bei Curtatone wurde ein Hauptmann von demselben Gaul und von demselben Sattel heruntergeschossen und er hat sich nicht gerührt," eine Bemerkung, die mich veranlaßte, abzusitzen, um nicht eine gleiche unangenehme Erfahrung zu machen, und etwas rückwärts zu den braven Kibitzen zu gehen, die sich da bei einem kleinen Frühstück unterhielten; doch gerieth ich hier vom Regen in die Traufe und wurde ich sogleich ersucht, bei der nächsten Meldung, die zu machen sei, mit in die Feuerlinie hinauszureiten. „Auch das muß ein braver Zeitungskorrespondent mit erlebt haben," meinte Einer, und der Andere sagte: „Das wird Ihnen unvergeßlich bleiben," worauf ein Dritter hinzusetzte: „Und das Ansehen, das man sich dadurch giebt." Doch hätte es wahrhaftig aller dieser Worte nicht bedurft. Oberstlieutenant Eberhardt aber erinnerte auch jetzt wieder daran, wie der Feldmarschall bei ähnlichen Bestrebungen seiner jungen Ordonnanzoffiziere gesagt hatte: „Seid's gescheid und laßt's mir den Hackländer da; bei euch allerdings trägt's ein Avancement oder einen Orden, wenn man euch ein bischen anschießt, aber bei unserem Freunde da wär's ein Unglück; auch hätten wir ja Niemand mehr, um Berichte zu schreiben. — Sie, Eberhardt, mache ich ganz besonders dafür verantwortlich."

Nun aber drückte der eine Viertelstunde nach jenem

kleinen Frühstück pantomimisch beide Augen zu, als General Heß in Begleitung von Offizieren, Adjutanten, Kibitzen und Stabsdragonern, zu einer größeren Rekognoszirung in die Schlachtlinie hinausritt, worauf ich mich sachte bei Seite stahl, meinen Rothfuchs bestieg und eifrigst nach und mitgalopirte.

Ein eigenthümliches Gefühl ist das, wenn man so an dem immer lauter werdenden Lärm um sich her und an den sich mehrenden blutigen Ereignissen rechts und links merkt, daß man jetzt im Schußrayon der Feldgeschütze ist und nicht mehr die Kugeln zu zählen vermag, die auf allen Seiten einschlagen, hier unschuldig weghüpfen, dort aber durch eine Infanteriekolonne eine entsetzliche Furche zieht, die sich aber bald wieder schließt und ausgleicht; aber auch hier ist es nur der erste Augenblick, der uns nur schneller athmen läßt und peinlich zu überwinden ist; bald denken wir mit jenem Grenadier „eine jede Kugel trifft ja nicht" und versenken uns mit ungetheilter Aufmerksamkeit in das hochinteressante Schauspiel rings umher. Nur ein paar Mal noch zuckte es auch in mir etwas lebhafter, als wir nämlich auf der Chaussee mit einem Male in den Bereich des feindlichen Kleingewehrfeuers kamen, wo die Kugeln, da wir rasch abschwenkten, hinter uns knatternd den Staub aufwühlten, wie schwere Regentropfen bei einem Gewitter, und dann wieder, als einer unserer Stabsdragoner vom Pferde geschossen wurde.

Doch war er nicht allzuschwer am Bein verwundet und wir konnten ihn mitnehmen. So kamen wir glücklich ohne Verlust wieder zurück, schienen aber doch einen von der Begleitung beklagen zu müssen, denn mit uns lief das ledige Pferd eines italienischen Obersten, der sich im österreichischen Haupt= quartier aufhielt, doch zeigte es sich später, daß ihm ein Steigbügelriemen gerissen und er nicht im Stande gewesen war, sich im Sattel zu erhalten. Er war bei den Offizieren nichts weniger als beliebt, und als er später hinkend zurück= kam, hatten es die Kibitze veranstaltet, daß er sein Pferd bei einem Husaren einlösen mußte, der es aus den feindlichen Reihen mitgebracht.

Gegen fünf Uhr Abends näherte sich die Schlacht ihrem Ende; auf unserer linken Seite erschienen Reiter in weißen Mänteln, die Spitzen des herannahenden vierten Armeekorps. Dasselbe stellte sich à cheval der Straße gegen den Feind auf und von allen Seiten begann ein letzter, neuer, heftiger Angriff; noch einmal tobte fürchterlich der Kanonendonner, es war ein unerhörtes Krachen und der Boden dröhnte unter unzähligen Schlägen: plötzlich hörte nun zwar dieses donner= ähnliche Getöse auf, doch begann das Kleingewehrfeuer noch einmal mit furchtbarer Heftigkeit, tausende von Schüssen knatterten durcheinander, dumpf wirbelten die Trommeln, bis endlich ein ungestümes nicht enden wollendes, weithin schallen= des Hurrahgeschrei dem Ohre die Stelle zeigte, wo der Feind nach einem tüchtigen Bajonnetangriff vollständig geworfen wurde und so auf allen Seiten! — Der österreichische Adler hatte gesiegt.

Wohl grollten noch hie und da einige Kanonenschüsse durch die Dämmerung, wohl sah man jetzt deutlicher als früher die großen Bogen der Raketen. Das war aber nur ein kleines Nachspiel. Es begann dunkel zu werden, vom Himmel hiengen die Wolken schmutzig und grau wie lange Schleier herab auf die blutgetränkte Erde, leise und gleichförmig fiel der Regen hernieder und wusch, die Pflichten weit entfernter Lieben übernehmend, manchem Todten mitleidig das wachsbleiche Antlitz. — — —

Unsere Wachtfeuer erhoben sich diesen Abend bis dicht vor Novara, das noch von feindlichen Truppen besetzt war, welche in der armen Stadt fürchterlich hausten; wildes Geschrei erschallte aus den Gassen, hie und da knallten Flintenschüsse und schauerlich entstieg die Flamme brennender Häuser gen Himmel und leuchtete weithin durch das Feld. Es war spät, als wir unseren Rückzug antraten und wir erreichten die Landstraße erst, als es schon vollkommen finster war. Einen Ritt nun wie diesen werde ich in meinem ganzen Leben nicht vergessen. Gegen das Gefährliche desselben war Alles Kinderspiel, was ich bisher in diesem Genre, selbst in Syrien, im Libanon, geleistet hatte, das Hauptquartier bildete eine lange Linie, an deren Spitze der Marschall ritt. Die

Straße war im wahren Sinne des Worts vollgepfropft und Artillerie, Packwagen ꝛc. standen so in einander geschachtelt, daß die ganze Masse sich nur langsam vorwärts bewegen konnte. Und wir kamen diesem Gewühl in finsterer Nacht entgegen und suchten einen Durchweg. Zwischen den Wagen war der Durchgang so eng, daß man rechts und links an den Knieen die Räder spürte; zwischen den Fuhrwesenspferden mußte man sich ordentlich durchdrängen und man konnte froh sein, wenn Roß und Mann zwischen diesen Bestien, die wegen ihrer Böswilligkeit bekannt sind, ohne zerschlagene Glieder herauskam.

Oft machten die Kolonnen auf einer Seite ein paar Fuß breit Platz, und dann führte unser Weg über die Stein= haufen dicht an dem tiefen mit Wasser angefüllten Chaussee= graben vorbei, und einigemal über einen herabgestürzten Ba= gagewagen. Tragbahren und Karren mit Verwundeten fanden sich mitten in diesem Knäuel, und die tiefen Seufzer und das schmerzliche Gestöhne in der dunkeln Nacht waren höchst ergreifend.

Nach ungefähr zweistündigem Ritt (wir hatten am Tag für dieselbe Strecke nicht drei Viertelstunden gebraucht) erreichten wir Vespolate, einen kleinen Ort, welchem für heute Abend das Glück zu Theil wurde, den Sieger von Novara in seinen Mauern zu beherbergen. Man kann sich denken, daß wir einen lebhaft erregten Abend hatten und am lodernden Kamin=

feuer die Ereignisse des verflossenen Tages immer und immer wieder besprachen.

Für mich war nicht ohne Mühe in einer Ecke ein kleines Tischchen aufzutreiben, wo ich mitten in dem Lärm der Fröhlichen einen vorläufigen Schlachtbericht schrieb, den mir einer der Kibitze versprach noch während der Nacht mit nach Novara zu nehmen, wohin er einen Ritt zu machen hatte.

Wenn auch ein Lager zu finden gewesen wäre, ich glaube, es hätte doch keiner von uns davon Gebrauch gemacht, denn die ganze Nacht gieng es im Radetzky'schen Hauptquartier ab und zu, wie in einem Bienenhause, Adjutanten und Ordonnanzoffiziere kamen mit Meldungen und Parlamentäre aus dem feindlichen Lager erschienen, um wegen eines Waffenstillstandes anzufragen und alsdann den piemontesischen General Cossato zum Abschluß desselben anzumelden.

In dieser denkwürdigen Schlacht war überhaupt viel, viel Interessantes geschehen; König Karl Albert hatte sich während der Schlacht dem heftigsten Feuer ausgesetzt, sich aber endlich überzeugt, daß jeder weitere Widerstand vergeblich sei und er einen Waffenstillstand erbitten und die härtesten Bedingungen unterzeichnen müsse. Er erklärte daher sein Tagewerk für beendet und sprach seinen festen Entschluß aus, zu Gunsten seines Sohnes Viktor Emanuel, des Herzogs von Savoyen, abzudanken. Ein paar Stunden später hatte sich ein einfacher Reisewagen den österreichischen Vorposten genähert, welche die Straße nach Alessandria besetzt hielten, ein hoher, düster aussehender Mann war durch die ausschwärmenden Husaren zu dem kommandirenden Offizier dieses Postens geführt worden und hatte, irgend einen Namen angebend, um freien Weg durch die österreichische Truppenlinie gebeten. Eine Antwort erwartend, die darüber von dem nächsten höher stehenden Offizier gegeben werden mußte, ließ er sich am Wachtfeuer nieder und sprach ruhig über den Verlauf der eben beendigten Schlacht, nahm auch eine Tasse Kaffee an, und als hierauf die Erlaubniß zu seiner Weiterfahrt kam, entfernte er sich kurz und gemessen grüßend und verschwand im Dunkel der Nacht — — es war Karl Albert, gestern noch König von Sardinien.

Das war am frühesten Morgen schon im Hauptquartier gemeldet worden, und da sich zu gleicher Zeit das falsche Gerücht verbreitet hatte, der neue König Viktor Emanuel werde hieher nach Vespolate kommen, um mit dem Feldmarschall über einen Waffenstillstand zu unterhandeln, so war nicht nur die ganze Einwohnerschaft in Aufregung, sondern auch Alles neben uns, was gerade nichts zu thun hatte, Soldaten wie Offiziere, bewegten sich um das Gehöft, wo der Feldmarschall wohnte, oder blickte erwartungsvoll nach der Straße von Novara. Nicht einmal das einfache Mittagsmahl wurde mit gehöriger Ruhe verzehrt; denn wenn wir auch bereits wußten, der König würde nicht hieher kommen, so stand uns doch heute noch die hochinteressante Zusammenkunft mit demselben in Vignale, einem kleinen Oertchen bei Novara, bevor. Endlich Mittags um ein Uhr stieg der Feldmarschall Radetzky zu Pferde und ritt, von einer heute ausnahmsweise großen und glänzenden Suite begleitet, gegen Novara; voraus zogen die Screschaner mit ihren rothen Mänteln, dann kam ein Generaladjutant des Marschalls, dann er selbst und hinter ihm drein in bunter Schaar Offiziere fast aller Waffengattungen, worauf ein Zug der Stabsdragoner den Schluß machte. Bald erreichten wir das Schlachtfeld vom gestrigen Tage. Heute hell und glänzend von der Sonne bestrahlt, zeigten sich deutlich die schrecklichen Verwüstungen, die namentlich die schweren sechzehnpfündigen Batterien der Piemontesen angerichtet. Fußdicke Bäume waren wie Halme geknickt, breite und tiefe Furchen hatten die Granaten in die aufkeimenden Saaten gerissen, Wegsteine und massive Garteneinfassungen lagen zerschmettert umher, jubelnde Lerchen, die rechts und links emporstiegen, schienen den armen Gefallenen, die zerrissen und blutend den ewigen Schlaf schliefen, von einer fröhlichen Auferstehung zu singen.

Ein Schlachtfeld ist ein entsetzlicher Anblick, namentlich aber am Tage nach der Schlacht, wo Alles kalt und starr umherliegt, und wo man nicht zerstreut ist durch das Rollen des Geschützes, den Hurrahruf der Angreifenden, das Zischen der Raketen und Pfeifen der Kugeln. — Vorbei! vorbei! —

Novara, das wir durchritten, war mit weißen Fahnen geziert und von vielen Balkonen winkten uns Frauen und Mädchen freundlich entgegen. Alle Straßen waren mit langen Linien österreichischen Militärs besetzt und „evviva l'imperatore! evviva Radetzky!" dröhnte mit der Feldmusik kräftig in den engen Gassen. Bald darauf erreichten wir Vignale und nachdem der Feldmarschall, umgeben von seinem zahlreichen und glänzenden Gefolge in der Mitte des Orts eine Zeit lang gewartet, kam der neue König von Sardinien in vollem Galop mit seinem Gefolge angesprengt. Damals noch ein junger Mann, hatte der spätere Rè galantuomo etwas Keckes und Frisches in seiner äußeren Erscheinung, was zu der flotten Art, wie er zu Pferde saß, und zu seiner mit Pelz besetzten Husarenuniform recht wohl paßte; unter seiner Feldmütze mit rother Einfassung, die er sehr gegen das rechte Ohr gesetzt trug, rollte er seine Augen auf eine sonderbare Art umher, uns alle scharf betrachtend, und strich dann mit der rechten Hand seinen ungeheuren hellblonden Schnurr- und Knebelbart. Ich hielt zufällig neben dem Erzherzog Leopold, der mir lachend sagte: „Mich, seinen Schwager, wird er wahrscheinlich nicht erkennen wollen," was auch in der That der Fall zu sein schien; denn als der König, nun grüßend, die Hand an seine Feldmütze legte, schaute er auch den Erzherzog an, ohne den Ausdruck seines Gesichtes irgendwie zu verändern. Dann ritt er mit dem Feldmarschall und dem General

Heß in den Hof eines nahe liegenden Hauses, wo nach kaum viertägigem Feldzuge über den Frieden unterhandelt wurde.

Es war ein großer historischer Moment. Die drei Männer standen in der Mitte des Hofes zusammen und in einem weiten Kreise um sie herum Sereschaner in ihren rothen reich= verzierten Kostümen. Einer meiner Bekannten, der liebens= würdige junge Graf Schönfeld von Reuß=Husaren, der dem König entgegengeschickt worden war, um ihm anzuzeigen, daß ihn der Feldmarschall erwarte, erzählte mir, Seine Majestät sei in vollem Galop aus einem Bauernhofe ihm entgegen= gesprengt und habe unter Anderem gesagt: „Nun, in Mortara habt ihr mir sechs Pferde genommen, wie ich in meinem Leben keine mehr bekomme; es ist ein schwarzbrauner darunter; warnen Sie den, der ihn bekommt, er überschlägt sich gern." Eines dieser Pferde, einen prachtvollen Rappen, ritt der Stall= meister des Feldmarschalls im Gefolge, und als ihn der König bemerkte, gab der alte Herr ihn Seiner Majestät mit der größten Liebenswürdigkeit zurück. ·

Ueberhaupt war Graf Radetzky, der siegreiche General, bei dieser Zusammenkunft von einer fast rührenden Ehrerbie= tung gegen den jungen König, in diesem allerdings nur das monarchische Prinzip ehrend, für welches er stets gelebt und gekämpft hatte. Als der König vom Pferde gestiegen war, beugte sich der alte Marschall tief vor ihm, was aber Viktor

Emanuel dadurch ausglich, daß er seine beiden Hände ergriff und herzlichst schüttelte.

Die Unterhandlungen dauerten über eine Stunde, und es wurde ein vorläufiger Waffenstillstand abgeschlossen; wenigstens ergieng, nachdem der König mit seinem Gefolge sich im Galop entfernt, an alle Armeekorps der Befehl, nicht mehr vorzurücken, sondern in ihren Stellungen zu verbleiben.

Obgleich die Straße nach Novara mit zahlreichen Kolonnen Infanterie, Kavallerie, Artillerie und Wagen aller Art bedeckt war, ritten wir sehr scharf nach der Stadt zurück, voran die Sereschaner und Stabsdragoner mit ihren flatternden Mänteln. Am Himmel hatte sich ein Gewitter zusammengezogen, die Blitze leuchteten, die Wachtfeuer rechts und links qualmten und flammten hoch empor, die Soldaten schrieen jubelnd ihren Gruß, die Lunten der Artilleristen glühten wie Leuchtkäfer durch die Nacht, die Pferde sprangen auf und scheuten — es war ein wilder Ritt!

Oefters wurde ich, meistens durch General Schönhals, zum Feldmarschall geschickt, um diesem etwas aus meinen Berichten vorzulesen oder etwas mit ihm zu plaudern, wobei der General wohl zu sagen pflegte: „Heitern Sie den alten Herrn ein bischen auf, er ist nicht gut gelaunt." Zufällig, aus welchem Grunde weiß ich nicht, war dieß auch nach dem Tage von Vignale der Fall, und Schönhals, der mich auf meinem Zimmer schreibend fand, nahm mich mit, um dem Feldmarschall den eben beendigten Bericht über die gestrige Zusammenkunft vorzulesen. Es freute ihn und ich mußte mich zu General Heß auf's Sopha setzen, während er auf der Tischecke Platz nahm und Schönhals, wie er gern zu thun pflegte, im Zimmer auf= und abschritt.

Kopfnickend und bald besser gestimmt hörte der alte Herr zu und streckte nur zuweilen die Hand gegen mich aus, wobei er sagte: „Nur nicht so viel von mir reden, erzählen Sie lieber von den braven Offizieren und Soldaten, und von meinem Freund Heß da, der das Alles gemacht hat." Doch war er im Ganzen mit meiner Arbeit vollkommen zufrieden, nur als ich am Schluß von unserem Marsche heimwärts las, „am Himmel hatte sich ein Gewitter zusammengezogen, die Blitze leuchteten, die Wachtfeuer rechts und links flammten und qualmten hoch empor, die Soldaten schrieen jubelnd ihren Gruß, die Lunten der Artilleristen glühten wie Leuchtkäfer durch die Nacht, die Pferde sprangen auf und scheuten, — es war ein wilder Ritt," — da schaute er mich mit erhobenem Zeigefinger und einem wahrhaft komisch=ernsten Ausdruck an, indem er sagte: „Hören Sie, Lieber, ist das nicht zu viel gesagt; war es wirklich ein wilder Ritt?"

„Gewiß, Excellenz, man kann das nicht anders sagen und werden Sie sich erinnern, wie Euer Excellenz selbst ein paarmal stark im Gedränge waren."

„Hm," gab er zur Antwort, „man könnte aber glauben,

wir seien, wie junge Galopins, querfeldein gesprengt, —
was meinen Sie, Heß?"

„Ah, Excellenz, es war schon ein recht wilder Ritt."

„Und Sie, Schönhals?"

„Ich denke auch so und war recht froh, als wir Alle
heil und gesund wieder zu Hause waren."

„Nun denn," — entschied der Feldmarschall Graf Radetzky nach einer kleinen Pause in sehr ernsthaftem Tone,
„so wollen wir denn auch in Gottes Namen den Schluß
gelten lassen und ich kann Sie versichern, mein lieber Freund
Hackländer, daß Sie wieder ein recht hübsches Stück Arbeit
gemacht haben," — dabei reichte er mir die Hand und wer
möchte zweifeln, daß ich bewegt, ja gerührt war.

Doch gelang es mir nicht immer so leicht, seine trübe
Laune zu brechen und ihn heiter und redselig zu stimmen.
Wie ich später in Mailand an einem trüben Regennachmit-
tage wieder einmal zu ihm beordert wurde und ihn so finster
im Zimmer auf- und abgehend fand, daß ich es kaum wagte,
ihn anzureden und mich an's Fenster stellte, um in den Hof
hinabzuschauen, wo gerade eine Ordonnanz von den Husaren
im Begriffe war aufzusitzen, um davon zu reiten.

„Ist er fort?" fragte der Feldmarschall endlich, mitten
Zimmer stehen bleibend.

„Eine Ordonnanz reitet soeben zum Thore hinaus, Excellenz."

Dann trat er langsam an's Fenster, blickte an den grauen Himmel empor und sagte, das Zeichen des Kreuzes auf seiner Brust machend: „Jesus, Maria und Joseph."

Feldmarschalllieutenant Haynau kommandirte damals in Brescia und der alte Herr hatte soeben ein recht trauriges Aktenstück unterschreiben müssen. Es dauerte auch ziemlich lange, bis sich sein gutes, gefühlvolles Herz wieder vollkommen beruhigt hatte und der tiefe Schatten auf seinen Zügen anfieng zu verschwinden. Das gelang am besten, wenn man sich erlauben durfte, das Gespräch auf längst vergangene Jahre zu bringen, besonders, wenn er sich geneigt zeigte, aus seinen früheren Feldzügen zu erzählen; da stand Alles auf's klarste vor seinem Gedächtniß und aus seinen Campagnen gegen die Türken, die er während der Jahre 1787—1791 als Oberlieutenant im zweiten Kürassierregiment mitgemacht hatte, erinnerte er sich der kleinsten Begebenheiten und beschrieb auf Befragen gern die phantastischen Costüme und Bewaffnung der damaligen Reiterschaaren:

In Novara, wo wir nach der Schlacht einquartiert wurden, wohnte ich in dem Albergo d'Italia, einem einfachen Gasthofe, wo wir von dem Besitzer freundlichst empfangen und bewirthet wurden. Auch die Einwohner des kleinen Städtchens ließen es uns in keiner Weise empfinden, daß wir als Sieger eingezogen, und so erinnere auch ich mich heute noch mit Vergnügen, wie freundlich ich von der Familie eines

Sattlers, der mir an meinem Pferdezeug etwas ausbesserte,
behandelt wurde und wie gern seine hübsche schwarzäugige
Tochter, die übrigens erst sechzehn Jahre alt war, mich stets
auf den andern Tag vertröstete, wo mein Sattelzeug gewiß
fertig sein werde.

Unser Einzug in Mailand sollte zuerst ohne Gepränge
stattfinden, weßhalb auch mein Pferd vorausgeschickt und
mir ein Platz in einem Wagen angewiesen wurde; doch
änderte sich das noch in der letzten Stunde, und als ich, wie
das übrige Hauptquartier Morgens am 28. März zu Pferde
steigen wollte, fehlte Weiler mit meinem Rothfuchs, was mir
sehr unangenehm war, glücklicherweise aber war einer der
Sereschaner erkrankt, dessen Pferd mir zugewiesen wurde und
das ich nun wohlgemuth bestieg, um mich dem Gefolge an=
zuschließen. Aber oh weh! Dieß Pferd, gewohnt, stets bei
seinen Kameraden an der Spitze des Zuges zu sein, war,
sobald sich derselbe in Bewegung gesetzt, durch keine Kraft=
anstrengung zu halten, sondern gieng mit mir auf und davon
durch das ganze Gefolge hindurch, bei dem Feldmarschall und
seinem Generaladjutanten vorüber, bis es seinen gewohnten
Platz erreichend wieder ruhig wurde, weßhalb ich in meinem
grauen Offizierspaletot mitten zwischen den Rothmänteln in
Mailand eintriumphirte. Nie vergesse ich das herzliche Lachen
eines wohlwollenden Bekannten, des Herzogs Alexander von

Württemberg, als er mich an der Porta Vercelina in der ersten Reihe der Sereschaner einreiten sah.

Unvergeßlich großartig war übrigens der Einzug des sieggekrönten Feldmarschalls, besonders jener Augenblick, wo er, am Hauptportal des Domes haltend, Regiment um Regiment an sich vorüber ziehen ließ; die Feldmusiken spiel=ten: „Gott erhalte unsern Kaiser!" und die lauten herzlichen Vivats, Eljens und Evvivas der Truppen begrüßten den Feldherrn, die eroberten feindlichen Kanonen rasselten auf dem Pflaster, wobei es einen fast unheimlichen Kontrast bil=dete, die Tausende und Tausende von Einwohnern auf dem weiten Platz an den Fenstern und Balkonen zu sehen, wie sie ohne Bewegung in tiefer Stille dort standen, wie erstarrt darüber, daß die piemontesischen Siegesberichte falsch gewesen und daß die verhaßten Oesterreicher abermals als Sieger in ihre schöne Stadt einzogen.

Vierzehntes Kapitel.

Soldatenleben im Kriege. II.

Bei meinem guten Freunde Alfons Reichmann bezog ich wieder das behagliche Zimmer, das ich vor dem kurzen, aber unvergeßlich schönen Feldzuge bewohnt hatte, und wenn auch die Strapazen während desselben nicht allzu groß gewesen waren, so empfand ich es doch recht angenehm, nicht mehr bei jedem Trompetensignal in's Freie eilen oder mich auf's genaueste erkundigen zu müssen, wann das Hauptquartier wieder aufbrechen werde. Ich ordnete die flüchtigen Notizen meiner Brieftasche, schrieb auch ein paar ausführliche Artikel für die Augsburger Allgemeine Zeitung und hatte das Vergnügen, einen allerdings mit Bleistift geschriebenen Zettel des verehrten Redakteurs derselben, Doktor Kolb, zu erhalten, worin er mir in seiner bekannten Kürze schrieb: „Ihre Artikel sind frisch, lebendig, köstlich und werden stets von hundert

Zeitungen nachgedruckt." Größeres Lob konnte er mir nicht spenden und ich war sehr erfreut darüber.

Im Hotel Reichmann wohnten mit mir verschiedene österreichische Offiziere, alle aus guten, ja berühmten Familien, wie unter anderen zwei junge Fürsten Windischgrätz, Söhne des Feldmarschalls, und wurde nach der Tafel gewöhnlich noch etwas gemeinschaftlich getrunken, zuweilen auch, wenn das Wetter schlecht war und wir nicht in's Theater giengen, ein kleines Macao aufgelegt, woran ich mich aber nur sehr bescheiden betheiligte. So war ich schon mehrere Tage lang nicht in's Hauptquartier, in die Villa Reale, gegangen, als mir eines Morgens ein Stabsdragoner einen kurz gefaßten Befehl des Oberstlieutenants Eberhardt brachte, mich um ein Uhr beim Diner des Feldmarschalls einzufinden. Vor= geschrieben war: Campagna=Uniform, was für uns Civilisten so viel als gewöhnlicher Straßenanzug bedeutete; vorher aber hatte ich mich auf der Kanzlei des Generalkommando's zu melden.

Dort fand ich mich auch pünktlich ein, wurde aber von Eberhardt, auch von Oberst Schlitter und anderen, die da waren, mit nicht geringen Vorwürfen empfangen, ob mir denn der Marschall nicht ausdrücklich befohlen hätte, daß ich mich auch hier in Mailand als zur Familie gehörig zu be= trachten habe, und ob es dabei nicht selbstverständlich wäre, mich mindestens täglich zum Diner einzufinden.

„Bescheiden, wie alle Unsterblichen!" rief Eberhardt lachend und empfahl mir dringend an, droben wie ein gutes Kind sogleich um Verzeihung zu bitten. Das that ich denn auch heiteren Muthes und wurde auch nach einer kurzen, liebenswürdigen Strafpredigt wieder zu Gnaden angenommen, mußte aber versprechen, nur in den dringendsten Fällen bei der Mittagstafel zu fehlen. Hier waren gewöhnlich fünfzig bis sechzig Offiziere versammelt, wobei die liebenswürdige Baronin Heß, Gemahlin des Feldmarschalllieutenants, als einzige Dame die Honneurs des Hauses machte und von dem alten Herrn stets zu Tisch geführt wurde. Bei diesen Mittagessen um ein Uhr gieng es immer ungezwungen, häufig recht heiter zu, und der Feldmarschall hatte es gern, wenn man plauderte und sich recht laut freute; ja häufig mußte ihm ein guter Einfall von Mund zu Mund berichtet werden, wobei er auf's herzlichste mitlachen konnte. Im Essen war er sehr mäßig und trank nur rothen Wein mit Wasser gemischt; meistens gieng er um neun Uhr zu Bette, erwachte gegen drei bis vier Uhr Morgens, blieb gewöhnlich bis zum Tagesanbruch liegen, erhob sich aber auch zuweilen, um bei Licht im Lehnstuhl zu lesen.

So wieder feierlich in die Familie aufgenommen, gieng ich dort häufig zu Tisch, ohne aber deßhalb meine Bekannten im Hotel Reichmann ganz zu vernachlässigen, und als ich dort eines Tages bei der Tafel erschien, bemerkte ich auf

meinem Couvert ein kleines Paketchen mit großen Dienst=
siegeln in einem zierlichen Lorbeerkranze liegen, auch wurde
mir, bevor ich mich setzte, in einer schönen Rede gratulirt
und zwar zum württembergischen Militärverdienstorden, wie
der Inhalt des Pakets auf der Adresse allerdings angegeben
war. Begreiflicherweise wurde sogleich Champagner verlangt,
nur in dem Falle nicht auf meine Kosten, wenn der Orden,
wie ich ganz genau wußte und auch versicherte, für Jemand
anders bestimmt sei. War ich doch meiner Sache sicher;
denn wie sollte der mir allerdings sehr gnädig gesinnte König
von Württemberg dazu kommen, mir, der ich nichts geleistet
hatte, einen Militärverdienstorden zu verleihen. Doch wurde
ich überstimmt und zuerst der Champagner größerer Ueber=
raschung wegen getrunken und dann erst das Paketchen ge=
öffnet, worauf ich lachend das zu der Sendung gehörige
Schreiben aus dem Kabinet des Königs las, worin ich be=
auftragt wurde, den beifolgenden Orden Seiner königlichen
Hoheit dem Herzog Wilhelm von Württemberg zu über=
geben.

Dieser junge Prinz, Sohn des Herzogs Eugen Erdmann
von Württemberg, Vetter des Königs, befand sich seit Kurzem
in der österreichischen Armee, hatte als Lieutenant im Regi=
ment Giulay unter Oberst Benedek das Gefecht von Mor=
tara, sowie die Schlacht von Novara mitgemacht, sich bei
jeder Gelegenheit durch Energie und Tapferkeit ausgezeichnet,

war vor Novara durch einen Flintenschuß gefährlich unter=
halb des Knie's verwundet worden und lag im Hospital zu
Pavia.

Noch am selben Nachmittage zeigte ich seiner Excellenz
dem Feldmarschall den erhaltenen Auftrag, worüber dieser
sich aufrichtig freute, an und fuhr in der Frühe des anderen
Morgens nach Pavia. Unbeschreiblich war die Freude des
jungen liebenswürdigen Prinzen über die erhaltene, wohlver=
diente Auszeichnung; er breitete Orden, Etui und Dekret mit
kindlicher Freude vor sich auf der Bettdecke aus und dankte
auch mir wiederholt auf's herzlichste. Noch lange Jahre nach=
her hatte er an jener Verwundung zu leiden und wenn ich
ihn wiedersah, was oft geschah, erinnerte er mich stets an
jene freudige Ueberraschung, die ich ihm bereitet habe, und
ist mir bis heute so freundlich zugethan geblieben, daß er mich
häufig besucht, wenn er nach Stuttgart kommt; in ihm lernte
ich damals wieder einen jener württembergischen Prinzen ken=
nen, die das Herz auf dem rechten Flecke haben und die, un=
beirrt von äußeren Einflüssen, nach eigenem Ermessen handeln
und es unter ihrer Würde fühlen, durch getrübte Gläser
Anderer alles schwarz zu sehen.

In nicht allzu langer Zeit hatte ich mein Feldzugs=
material aufgearbeitet, und wenn auch der vollständige Frie=
densabschluß zwischen Oesterreich und Piemont noch nicht zu
Stande gekommen war, so hatte man bei der vollständigen

Niederwerfung des Letzteren doch wieder die verbürgte Aussicht auf eine Reihe ruhiger Jahre.

Die Einwohner von Mailand freilich sahen schmerzvoll zu, wie sich die Oesterreicher in der fetten Lombardei abermals wohnlich einrichteten, und selbst wenn sie gen Venedig schauten, wo die stolze Königin der Adria noch ihr Banner gegen Oesterreich hoch hielt und durch die Fluthen des Meeres geschützt auf ihre Unüberwindlichkeit trotzte, so hatte der Feldmarschalllieutenant Haynau bis zum Ufer jener Fluthen so rasch und rücksichtslos mit der Revolution aufgeräumt, daß es selbst dem Hoffnungsvollsten bange wurde für diesen letzten Hort oberitalienischer Freiheit. Bergamo, Brescia, kurz alle jene bedeutenden Städte waren wieder genommen und so zu sagen beruhigt worden, das berühmte Festungsviereck unberührt geblieben und bei Mestre hatte man angefangen, durch Belagerung des starken Fortes Malghera sich Venedig zu nähern. Dorthin, wo Haynau befehligte, giengen häufig Offiziere des Hauptquartiers theils mit Depeschen, theils in eigenem Urlaub, und dorthin beschloß auch ich aufzubrechen, um ein anderes großartiges militärisches Schauspiel, die Belagerung einer Festung, mit anzusehen; dazu ertheilte mir Feldmarschall Radetzky gerne Urlaub, belobte meinen Entschluß mit freundlichen Worten und sagte, indem er mir die Hand reichte: „Kommen Sie aber ja bald wieder zu uns zurück!“ Vom Hauptquartier bekam ich einen Paß, von Oberstlieutenant

Eberhardt auch einen vertraulichen Brief an den gefürchteten Haynau, und da die Post jetzt lange im Voraus besetzt war, so wurde ich einem Hauptmann der Grenadierkompagnie zugetheilt, der über Verona und Trevijo eine wichtige Depesche nach Olmütz zu überbringen hatte.

In Brescia sah ich die furchtbaren Zerstörungen, die der Straßenkampf in einzelnen Stadttheilen hinterlassen. Oft bezeichneten nur noch große Schutt- und Trümmerhaufen den Ort, wo Häuser gestanden; andere Gebäude, deren schwarz gefärbte Mauern noch emporstarrten, waren im Innern ganz ausgebrannt, und an den leeren Fensteröffnungen sah man, wo der schwarze Rauch hinausgeschlagen hatte. Ein Café in der Nähe des Thors war bis auf den untern Stock zusammengestürzt und dort hieng noch das halbverkohlte Schild mit der Aufschrift „Café“. Die goldenen Buchstaben waren weiß gebrannt. Diese Trümmerhaufen und verbrannten Häuser zogen sich von dem Thore bis zu dem eine halbe Stunde entfernten Dorfe St. Eufemia, wo der Kampf am heftigsten gewüthet.

Es war uns leichter um's Herz, als wir diese traurigen Anblicke hinter uns hatten und durch die lachende, reizende Gegend dahin rollten. Der Frühling trat mit aller Kraft auf und sein warmer Hauch sprengte die Knospen der Bäume; so weit das Auge sah, sproßte saftiges Grün auf Feldern und Wiesen, an Bäumen und Rebgeländen. Rasch fuhren

wir abwärts und bald sahen wir die violett gefärbten Berg=
formen, welche den Gardasee einschließen, und im nächsten
Augenblick entdeckten wir zwischen den Hügeln vor uns den
tiefblauen Wasserspiegel des herrlichen, mir bis jetzt unbe=
kannten See's.

Der Anblick des Gardasee's ist durch die tiefblaue Farbe
seines Wassers und durch herrlich geformte Berge und Felsen,
die ihn umgeben, einer der reizendsten See'n, die man sehen
kann. Schöne Inseln liegen in demselben, doch sind sie, wie
überhaupt die Ufer des Gardasee's, wenig bebaut, auch spär=
lich von Fremden besucht, und deßhalb wenig bekannt. Es
liegt dieß hauptsächlich wohl daran, daß dem Fremden die
Transportmittel, Dampfboote, Eilwagen, nicht so häufig
und bequem zu Gebote stehen, wie an dem Comersee und
Lago maggiore. Auch sieht man hier wenig Landhäuser
und Villen; größere Städte, wie Lecco und Como, fehlen
gänzlich. Die Partieen auf dem Gardasee sollen großartig
und reizend sein und sehr der Mühe lohnen, ihnen einige
Tage zu widmen. Man findet in den Städten Desenzano
und Riva gute Gasthöfe, und die Preise für Fahrten auf dem
Gardasee sind sehr billig. Die Umgebungen des Gardasee's
sind ernster und großartiger, als die der andern italienischen
See'n. Er ist ein ächter Alpensee; in heitern, klaren Tagen
voll lieblicher und pittoresker Schönheit, aber leicht erregbar
und bei Gewitter und Sturm sehr gefährlich. Der Postillon

versicherte mich, daß seine Wellen oftmals bis auf die Straße von Desenzano herüberschlagen.

Unter welch ganz anderen Verhältnissen sah ich Verona wieder! Doch blieben wir nur ein paar Stunden, worauf ich mich von meinem freundlichen Reisegefährten, der von hier über Treviso gieng, trennte und allein nach Vicenza weiterfuhr. Der Kommandirende war hier Oberst Müllner, Chef von Bohneburg-Dragoner, der mich auf's zuvorkommendste empfieng und mir in seinem eigenen Wagen die merkwürdigsten Punkte des blutigen Kampfes besonders um die furchtbar befestigten Monti Bericci zeigte. Die italienischen Batterien lagen etagenförmig über einander und unterstützten das Kloster und die Kirche Madonna del Monte, welches, äußerst massiv erbaut, zu einer kleinen Festung umgeschaffen und, als ein Hauptschlüssel der ganzen Vertheidigung, mit den besten Truppen, mit Schweizern, besetzt war. Seitwärts dieses Klosters, wo sich die Berge etwas höher erheben, fiengen die Verschanzungen wieder an und erstreckten sich bis zu dem höchsten Gipfel, wo auf einer kegelförmigen, einzeln stehenden Spitze „zur schönen Aussicht" ein sehr festes Blockhaus aufgeführt war, welches in der Verlängerung des einzigen breiten Wegs, der über diese Höhen führt, so stand, daß man denselben vom Blockhaus aus sehr wirksam mit Kartätschen bestreichen konnte. Alle diese Verschanzungen waren außerordentlich fest und umfangreich und aus allem möglichen Material gebaut, eine wahre Musterkarte von Batterien. Neben Schanzen von Faschinen und Erde war an einem steilen Abhang eine Sandsackbatterie erbaut, welche den untern Theil des eben erwähnten Weges Verderben drohend beherrschte. Doch wurden sie von den braven Truppen unter dem tapferen Marschall Radetzky an einem schönen Vormittage erstiegen, eine Batterie nach der andern im Sturmschritt genommen und die ganze Position erobert, ehe man sich dessen versah.

Wir fuhren bis auf die Spitze des Berges, wo eine prachtvolle Villa, die Casa Ramboldo, mit einer herrlichen Aussicht nach allen Seiten hin einsam und trauernd in einem jetzt stillen und melancholischen Garten liegt, umgeben von hohen Fichten und hohen Pinien. Das Haus war verlassen und nur von einem Aufseher bewohnt. Es hatte bei dem Kampfe, welcher hier begann, nicht so viel gelitten, als man wohl glauben könnte. In dem schönen Garten mit seinen Blumenbeeten, mit Teichen voll stillen Wassers, mit Brücken und seinen Kieswegen herrschte tiefe Stille. Kein seidenes Kleid rauschte zwischen den Laubgängen und kein menschlicher Laut störte die ländliche Ruhe. Der Wind rauschte durch die Pinien und hoch über uns stieß zuweilen ein Raubvogel einen kurzen, gellenden Schrei aus! — Auch die Berge vor uns lagen in tiefem Schweigen erstarrt nach all' dem Schreck=lichen, das sie vor nicht langer Zeit erlebt, und dem Traurigen, was sie in ihrem Schooße bargen: — wir sahen an vielen

Orten große Gräber der hier gefallenen Krieger. Von hier aus soll des Morgens der Anblick der kämpfenden Armeen ein herrlicher gewesen sein. Das Wiederhallen des Geschützes in den Bergschluchten, das Aufblitzen aus den Batterien, der Pulverdampf, der in den verschiedenartigsten Formen über dem grünen Strauchwerk herdrang; das Hurrah der angreifenden Jäger, welche an den Abhängen vertheilt unaufhaltsam vordrangen, und dazu die weite Aussicht auf das Thal, wo im Sonnenschein die Bajonnette der österreichischen Truppen in langen Reihen blitzten und wo der schwarze Adler im gelben Feld munter flatterte; weiter hinaus gegen Venedig aber die schöne fruchtbare Ebene, wie im tiefsten Frieden mit wallenden Korn- und Reißfeldern, mit Rebgeländen und immer grünen Olivenbäumen reich bepflanzt.

Bei der Rückfahrt sahen wir noch die stark zerschossene Villa Rotonda, aus der Oberst Baron von Reischach erst nach schweren Kämpfen die tapferen Schweizertruppen vertreiben konnte; brachte auch später diesem wohlwollenden Freunde, den ich unverhoffter Weise in der berühmten Restauration Alle tre Cerrefolli traf, einen Lorbeerzweig aus dem Garten mit, was ihn sehr erfreute.

Vicenza ist eine sehr angenehme und hübsche Stadt, und überall staunte ich die prächtigen Bauwerke Palladio's an, mit welchen dieser große Architekt seine Vaterstadt so herrlich geschmückt hat; man sieht hier, was gute Vorbilder vermögen;

denn auch die meisten später entstandenen Gebäude haben angenehme und edle Formen und zeigen die vortreffliche Schule des berühmten Baumeisters. Die Straßen sind gerade und reinlich, die öffentlichen Plätze groß und mit schönen Bauwerken umgeben, und dabei liegt Vicenza in einer fruchtbaren, wasserreichen, herrlich angebauten Gegend an den Ufern des Bachiglione, der mit seinem klaren, schönen Wasser bei den alten, mit Epheu bedeckten Stadtmauern vorbeifließt und dort zwischen den alten Gebäuden mit schönen Brücken und zerfallenen Mauern die malerischsten und schönsten Aussichten bildet.

Die Gegend, in welcher Vicenza liegt, ist der Garten von Venedig und verdient diesen Namen mit Recht. Aber nicht bloß die Vegetation, auch die Menschen sind hier schön. Berühmt waren von jeher namentlich die Mädchen von Vicenza wegen ihrer Schönheit, doch vertraute mir mein Kellner mit einem tiefen Seufzer, daß seit der Zeit, wo die fremden Legionen unter Durando hier gehaust, manche Schönheit verblüht und mit dem abziehenden Heere verschwunden sei.

Um von Vicenza nach Mestre zu kommen, benutzte ich mit mehreren Offizieren einen Eisenbahnzug, der einen großen Pulvertransport zu dem Belagerungsheer brachte. Wir fuhren ohne Aufenthalt durch Padua und bemerkten bald darauf am Horizont, daß wir uns einer belagerten Festung näherten. Hie und da stieg weißer Pulverdampf auf und ein dumpfer Schuß dröhnte von dem Fort Malghera herüber. Als wir näher kamen, bemerkte man deutlich, daß sie mit schweren sechzigpfündigen Bomben nach Mestre warfen. Bald sah man eines der schweren Geschosse zu unserer Seite in den Boden hineinschlagen und die Gewalt der platzenden Kugel warf die Erde hoch empor, bald zersprang eine Bombe in der Luft und man hörte einen dumpfen Knall, und hoch über uns, an der Stelle, wo die Kugel zersprungen, schwebte eine schwarze, kompakte Rauchwolke, die erst nach einiger Zeit vom Winde langsam verweht wurde. Da die Eisenbahnstation von Mestre den feindlichen Schüssen zu sehr ausgesetzt war und die Kugeln oftmals weit darüber hinausschlugen, so machte der Convoi diesseits desselben, bei dem letzten Telegraphen= thurm vor Mestre, Halt, wo wir dann ausstiegen.

Mestre hatte sich sehr verändert, seit ich früher im Gefolge des Kronprinzen hier gewesen war. Von den Einwohnern war fast Niemand zurückgeblieben und aus den unverschlossenen Fenstern blickten nur Offiziere und Soldaten heraus, auf den Straßen sah man ebenfalls nur Militär in Trupps beisammen= stehend, auch vorübermarschirend oder kleine, häusliche Arbeiten verrichtend. Nur zwei bis drei Kramläden, ein paar Café's auf dem Marktplatz und der erste Gasthof der Stadt mußten auf Befehl des Kommandirenden, Baron Haynau, in voll= kommen solidem Stand fortgeführt werden, auch fehlte es dort nie am Nöthigsten; doch ließen sie sich, besonders der Wirth des Gasthofs, dem eine Wache beigegeben war, damit er mit seinem Personal nicht durchgehe, wie er schon einmal versucht hatte, Alles so hoch bezahlen, daß man hier weit theurer speiste, als in der besten Trattoria zu Mailand.

Schon längst hätte General Haynau gern diese enormen Preise ermäßigt; doch war dieß durch einen Befehl oder sonstigen Druck nicht möglich und mußte eine passende Gelegenheit erwartet werden, die sich denn auch alsbald zeigte. Man hatte den Wirth schon seit einiger Zeit in Verdacht, daß er durch farbige Zeichen und Nachts durch wechselnde Lichter mit dem belagerten Fort Malghera korrespondire, und wurde er auch eines Tages dabei ertappt, worauf ihm der Kommandirende die Wahl ließ, entweder standrechtlich behandelt, also wahrscheinlich erschossen zu werden, oder es sich gefallen zu lassen, daß die Preise seines Gasthofs durch eine Kommission anständig geregelt würden; natürlich wählte er das letztere und ließ sich bescheidene Preise gefallen, wobei er aber immerhin noch bestehen konnte. Dergleichen Vorfälle machten dem Kommandirenden ganz besonderes Vergnügen, und er würde eben so leicht ein blutiges Urtheil haben vollstrecken lassen, als er nun die Speisekarte lachend genehmigte. Es war überhaupt ein seltsames Gemisch von furchtbarem Ernst und drolligem Humor in ihm, ja letzterer konnte bei ernsten Gelegenheiten schwer verletzend hervortreten und etwas von den Gefühlen der Katze preisgeben, die mit der gefangenen Maus spielt. Anderentheils aber konnte er oft von Herzen warm und gutmüthig erscheinen, so daß man ihm auch nicht die kleinste Härte hätte zutrauen mögen. Bekanntlich war Feldmarschalllieutenant Haynau auffallend groß und sehr hager, seine Gesichtszüge waren meistens ernst, fast strenge und wurde dieser Ausdruck noch durch den starren Blick seiner glänzenden grauen Augen, in welchen es aber häufig humoristisch aufblitzte, vermehrt; eigenthümlich erschien sein außerordentlich langer, grauer Schnurrbart, der auf der Oberlippe dünn beginnend sich an den Enden fächerartig ausbreitete und seinem Kopfe etwas Wildes, Unheimliches gab. Er wohnte eine Viertelstunde vor Mestre auf der Straße gegen Udine in der Casa Papadoppoli, dem Landhause eines venezianischen Bankiers; dort gab ich, da ich ihn nicht zu Hause antraf, mein Empfehlungsschreiben seinem Generaladjutanten, Oberstlieutenant von Schiller, der mich äußerst freundlich empfieng, bis der Feldmarschall zurückkehrte. Er las Eberhardts Brief, betrachtete mich sehr genau, und sagte gerade nicht unfreundlich: „Ich habe von Ihnen Günstiges gehört und gelesen, und will gestatten, daß Sie dableiben," dann entließ er mich mit kurzem Kopfnicken. Ich gieng dann nach Mestre zurück, um mir ein anständiges Quartier zu verschaffen, was übrigens in dem überfüllten Orte seine große Schwierigkeit hatte, fand aber trotzdem in kurzem ein geräumiges Zimmer mit ganz gutem Bett, Tisch und ein paar Stühlen, von dem es mich nur wunderte, daß es bei diesem Komfort leer geblieben war.

Unten befand sich eine Wachtstube, die stets mit einigen dreißig Mann Infanterie besetzt war; und außerdem hatte mein Quartier noch andere Schattenseiten, wie ich gleich am Abend und besonders während der Nacht erfuhr — nicht, wie man wohl glauben möchte, eine anderweitige lästige Einquartierung, die auch nicht ganz fehlte, sondern, da das Haus in einer Linie mit dem belagerten Fort Malghera und dem bekannten Guelphenthurm lag, wo Haynau eine Beobachtungsstation errichtet hatte, weßhalb die Schweizerkanoniere Stunde um Stunde dorthin schossen, so flogen die fünfzigpfündigen Bomben meist über meine Wohnung hinweg, auch wohl rechts und links einschlagend und platzend, es war das ein recht unheim- liches Gefühl, besonders wenn man sie bei der stilleren Nacht herankommen hörte, immer stärker und stärker zischend, wobei man dann recht zufrieden war, den dumpfen Knall zu ver- nehmen, wenn sie irgendwo zersprangen. Doch gewöhnt man sich eben an alles, auch erfreute ich mich damals noch eines recht festen Schlafes und hielt es deßhalb in der sonst nicht unbehaglichen Wohnung ziemlich lange aus.

Am andern Tage suchte ich den mir vom piemontesischen Feldzuge her bekannten preußischen General von Willisen auf, der nach Mestre gekommen war, um der Belagerung anzu- wohnen, fand ihn gleich wohlwollend, wie damals, und habe in der belehrenden Gesellschaft des liebenswürdigen Mannes und vortrefflichen Offiziers vieles gelernt.

Das Wetter war herrlich und beständig, ein prachtvoller Frühling, wie man ihn sich nur wünschen mochte, die Sonne glänzte Tag für Tag am tiefblauen Himmel, spiegelte sich im Wasser der Lagunen und warf ihren goldenen Schimmer auf die saftig grünen Reis= und Fruchtfelder rings umher, auch hatte das Leben und Treiben hier, wenn man sich erst einmal an die veröbeten Straßen mit zerschossenen Häusern gewöhnt hatte, anfänglich wenig von dem Ernst einer Belagerung. Die Mannschaften giengen lachend und singend in leichten Linnenkitteln, die Filzmütze auf dem Kopf, mit Hacke und Schaufel zur Arbeit in die Laufgräben, als giengen sie zu einer anderen Feldarbeit; auch gab es damals noch wenig Unglück durch einschlagende Kugeln vom Fort Malghera, man gewöhnte sich bald an das stärkere Krachen in den Nachmittagsstunden, und wenn wir nach Tisch unsere Cigarren angezündet hatten, giengen wir häufig trotz des Verbotes „zum Schießen“, das heißt an den großen Kanal, den eine mächtige Sandsack=Batterie schloß und wo sich die Soldaten, besonders die lustigen Jäger, häufig das Vergnügen machten, bekleidete Strohpuppen aufzustellen, nach denen dann von Malghera aus zu unserem großen Vergnügen wüthend geschossen wurde; zuweilen schlugen aber auch Kugeln in verdächtiger Nähe bei uns ein und bewahre ich heute noch eine davon zum Andenken auf.

Auf dem Marktplatz vor den Kaffeehäusern traf man

sich morgens früh, es wurde dort auch Parole und Tages=
befehl ausgegeben und man merkte schon in der Frühe an
dem mehr oder minder heftigen Schießen, wie die Artilleristen
in Malghera gelaunt waren. Gleich am Tage nach meiner
Ankunft schlug ein Bombenstück eine Ecke unseres Kaffeetisches
ab. Der Kommandirende fuhr hier täglich in seinem Wagen an,
um sich auf die Höhe des Guelphenthurms zu begeben, wo er
sich unter der großen Glocke des Uhrwerks niederließ und
um ihn herum alle höheren Offiziere, so die Erzherzöge Karl
Ferdinand und Leopold, sowie der Herzog Alexander von
Württemberg, höchst interessante Gruppen, die Maler Adam
in seinem schon früher erwähnten großen Werke treu und
wahr dargestellt hat.

Das Fort Malghera hatte man gerade vor sich und
übersah es vollkommen mit allen seinen Werken und Gräben.
Die Venetianer waren fleißig gewesen und hatten nach den
vorgefundenen österreichischen Zeichnungen das Fort fertig
gebaut. Ernst und still lagen die Lagunen da und am
Horizont mitten im Wasser das alte Venedig, jetzt wo keine
Gondel, kein Fahrzeug das Wasser durchschnitt, doppelt ernst
und trübe. Mit den Fernröhren konnte man alle Arbeiten
der Belagerten genau beobachten; sie hatten in Malghera
einen großen Aufwand an dreifarbigen Fahnen gemacht, alle
Werke waren damit besteckt, was übrigens gar nicht von Vor=
theil war, denn man konnte hieburch noch deutlicher die aus=

und einspringenden Winkel erkennen. Man sah, wie sie an ihren Batterien arbeiteten, Kugelhaufen aufbauten und ihre Geschütze bedienten. Namentlich auf den Werken gegen Mestre und einer Lünette, die dem Thurm, auf welchem wir uns befanden, zugekehrt war, erblickte man sie beständig in großer Thätigkeit. Viele hatten rothe Hosen an, welche weit hinausglänzten. Sie hatten auf der genannten Lünette zwei schwere Mörser aufgestellt, mit welchen sie den Thurm beständig beschossen. Von Viertelstunde zu Viertelstunde sah man, wie sie ihr Geschütz fertig machten, wie sie sich bemühten die Richtung auf's Genaueste zu nehmen und wie oft mehrere nach einander hinzutraten, dieselbe zu untersuchen und zu verbessern. Jetzt sind sie fertig, plötzlich quillt weißer dicker Dampf hervor, es kracht und im nächsten Augenblick zischt hoch in der Luft die Bombe. Viele aber zerplatzen, ehe sie sich abwärts neigen, andere aber kommen oft sehr verdächtig und unangenehm in unsere Nähe. Vor dem Thurme schlugen sie zuweilen in's Wasser oder in die Häuser, fuhren oft rechts und links bei uns vorbei, und einige Mal sauste eine Bombe über den Thurm und nicht gar hoch über unsere Köpfe weg. Glücklicherweise haben sie das Gebäude selbst, während der ganzen Belagerung, nicht ein einziges Mal getroffen, wodurch ein furchtbares Unglück hätte entstehen können, denn die Plattform, sowie die hölzernen Treppen wären unfehlbar zerstört worden, und was an Personen, die sich oben befanden, nicht mit hinabgestürzt wäre, würde wohl seinen Tod oder schwere Verwundung in den Flammen gefunden haben, die durch die brennenden Kugeln in dem dürren Holzwerk jedenfalls entstanden wären.

Ein paar Tage nachdem ich mich dem Feldmarschalllieutenant vorgestellt, fuhr er eines Morgens wieder auf den Platz, stellte sich aufrecht in seinen Wagen, rief laut meinen Namen, und als ich zu ihm eilte, sagte er freundlich: „Da Niemand gewußt hat, wo Sie sich einquartiert haben, so muß ich Sie hier zum Essen auf heute einladen, um fünf Uhr, natürlicherweise so wie Sie da sind; auch weiß ich noch nicht," setzte er mit sarkastischem Lächeln hinzu, „ob Sie Muth genug haben, mit da oben hinauf auf den Guelphenthurm zu gehen, sollen aber bestens willkommen sein." Daß ich hierauf sogleich die steilen hölzernen Treppen nachkletterte, verstand sich von selbst.

Nach meinem ersten Besuch auf dem Guelphenthurm, wo ich ebenso unbefangen wie alle übrigen meine Cigarre, jenen wohlbekannten italienischen Rattenschwanz, rauchte, wurde ich von General Haynau häufig zu Tisch eingeladen, meistens mit dem General von Willisen, und holte mich derselbe gewöhnlich zu einem gemeinsamen Spaziergang nach Papadoppoli ab. Recht viel verdanke ich dabei seiner Unterhaltung, speziell über die Belagerung von Malghera und Venedig, anderentheils auch seinen interessanten Erinnerungen aus früherer Zeit; auch gab er mir zuweilen scherzhafterweise Probleme auf, so zum Beispiel einmal eine ganz kurze und korrekte Uebersetzung eines bekannten Ausspruchs von Napoleon, den dieser, wie ich glaube, den Zöglingen von St. Cyr ge=thau, mit dem ich aber ebenso wenig wie er selbst zu Stande kam. Oefter gieng ich auch mit dem General von Willisen in die Laufgräben und vergesse nie seine unbeschreibliche Heiterkeit, als ich mich einmal, da eine schwere Bombe ziemlich dicht bei uns einschlug, rasch auf den Boden niederwarf, um den auseinander fliegenden Stücken zu entgehen, wobei er behauptete, nie etwas komischeres gesehen zu haben. Ein anderes Mal war er aber in der That ernsthaft besorgt um mich, ich war nämlich allerdings so vorsichtig als möglich an der Schanzverkleidung einer fertigen Batterie hinaufgeklettert, um nach Malghera hinüber zu schauen, als ich dort einen Schuß aufblitzen sah und einer raschen Eingebung folgend meine Hände losließ und in die Laufgräben zurückfiel, während fast zu gleicher Zeit eine schwere Vollkugel auf dem Platze einschlug, wo noch eine Sekunde vorher mein Kopf gewesen war, aller=dings ein Zufall, aber der General eilte bestürzt herzu, um zu sehen, ob mich nicht die Kugel verletzt habe, was aber glücklicherweise nicht der Fall war.

In den ersten Tagen des Wonnemonats Mai war endlich eine Vorparallele mit sechs Batterien fertig geworden, aus welchen man versuchsweise Malghera beschießen wollte, wozu auch Feldmarschall Radetzky mit dem Handelsminister von Bruck von Mailand herüber kam, zugleich auch um einen letzten Versuch zu machen, Venedig zur freiwilligen Uebergabe zu bestimmen, indem er bei augenblicklicher Unterwerfung der Stadt und Uebergabe aller Forts und Schiffe Jedem freien Abzug bewilligte, sowie den Soldaten vom Feldwebel abwärts vollkommene Amnestie.

Für meine Korrespondenzen war es mir begreiflicherweise um den Wortlaut dieser Kapitulationsbedingungen zu thun, weßhalb ich, wie ich in ähnlichen Fällen häufig zu thun pflegte, zu Baron Haynau gieng und ihn darum bat. Er war jedoch schlecht gelaunt und schnaubte mich mit den Worten an: „Wie können Sie sich nur einbilden, diese Bedingungen, die noch nicht einmal in Venedig bekannt sind, jetzt schon für Ihre Zeitung zu erhalten," worin er im Grunde nicht Unrecht hatte, doch hatte ich ihn schon öfters durch eine kecke Bemerkung lachen gemacht und erwiederte jetzt: „Gut, so werde ich vier Kapitulationspunkte an die Zeitung schreiben, wie sie mir eben einfallen;" worauf er heftig den Kopf gegen mich wandte und ausrief: „Gut und ich werde Sie dagegen einstecken lassen, so lange es mir gefällt." Zu meinem Glücke wurden draußen Schritte laut und Feldmarschall Radetzky kam mit einigen seiner Offiziere; nicht als ob ich Angst gehabt hätte, Haynau würde mich in der That im Ernst fortgeschickt haben, sondern es war mir nur um die Punkte der

Kapitulation zu thun, weßhalb ich dem Feldmarschall, der mich auf's freundlichste begrüßte, in komischer Weise mein Leid klagte, was selbst Haynau zu einem Lächeln zwang, obgleich er mir ziemlich unverblümt andeutete, ich solle ihn in Frieden lassen und nicht wieder mit solchen Forderungen kommen.

Nach der Tafel erhielt ich aber doch meine vier Punkte und zwar schriftlich durch den Adjutanten Haynau's, wobei mir dieser sagte: „Feldmarschall Radetzky selbst hat gemeint, man dürfe Sie schon davon in Kenntniß setzen."

Wie bekannt, hatte aber weder diese Aufforderung noch jene Beschießung mit zu schwachen Mitteln irgend welchen günstigen Erfolg, vielmehr feuerten sie aus Malghera von da an fast unausgesetzt herüber, um die weiteren Belagerungs= arbeiten zu stören und um auch endlich vielleicht einmal den Guelphenthurm zu treffen. Letzteres war nun allerdings nicht der Fall, wogegen die herüberfliegenden Kugeln für das Quartier, in dem auch ich wohnte, so belästigend wurden, daß man die Wache verlegte, und als eines Mittags zwischen zwölf und zwei Uhr, während ich schrieb, vier schwere Bomben, davon zwei im Garten meines Hauses platzten, gieng ich zu Ge= neral von Willisen, um seinen Rath einzuholen, den er mir in Folgendem gab: „Wie Sie wissen, wohne ich nicht weit von Ihnen und bekomme auch mein redlich Theil von jenen singenden Vögeln, darf aber in meiner Eigenschaft nicht daran denken auszuziehen, was ich aber unbedingt heute noch thäte, wenn ich in Ihrer Stellung hier wäre." Wie vergnügt packte ich nun meine Habseligkeiten zusammen; denn ich hatte mich wirklich vor spottenden Bemerkungen der Offiziere gefürchtet, und da in Mestre selbst nichts zu finden war, so suchte ich mir eine von den vielen leerstehenden Villen auf der Land= straße gegen Padua aus und fand dort auch bald ein reizen= des Appartement von vier herrlich möblirten Zimmern mit vortrefflichem Bett, Sopha, Fauteuil, Bibliothek, kurz Allem, was man nur wünschen konnte, und in das mich der alte Hausmeister, der mit seiner Frau allein hier hauste, freund= lichst aufnahm; ja als ich Abends bei einem schweren Ge= witter ziemlich durchnäßt einzog, fand ich ein wärmendes Kaminfeuer und ein bescheidenes, aber genügendes Nachtessen. Wie fest schlief ich in dem guten breiten Bett, nicht mehr gestört durch das Zischen der Granaten, und wenn ich jetzt bisweilen einen Schuß dumpf herüberkrachen hörte, so ver= ursachte mir das ein fast behagliches Gefühl.

Hier in dem angenehmen Hause mit dem dichten schat= tigen Parke hätte ich es monatelang aushalten können, wenn es nur Interessantes zu berichten gegeben hätte; doch waren die Belagerungsarbeiten gar so einförmig und wurden die Laufgräben, je mehr man sich dem Feinde näherte, immer unzugänglicher und der Zutritt für uns endlich ganz verboten. Baron Haynau wurde Feldzeugmeister und übernahm den Ober= befehl in Ungarn, wogegen Feldmarschalllieutenant Graf Thurn als Kommandirender vor Venedig eintraf, auch hatte sich das Wetter schlimm geändert, es regnete Wochen lang, wodurch sich das ohnedieß feuchte Erdreich in Schlamm verwandelte, und war dieses wohl mit Schuld daran, daß die Cholera, die bisher nur in einzelnen Fällen auftrat, zur Epidemie ausartete; sind doch hier bei 20,000 Menschen begraben worden, wovon nur ein kleiner Theil den feindlichen Kugeln erlag; das Alles zugleich mit beunruhigenden Nachrichten aus der deutschen Heimath, wo in Baden die Revolution ausgebrochen war, bestimmte mich, nach Hause zurückzukehren, weßhalb ich nach Mailand fuhr, um mich dort von dem hochverehrten Feldmarschall Radetzky und lieben Bekannten und Freunden zu verabschieden. Bis Trevijo begleiteten mich General von Willisen und Maler Adam, und nahm ich dort von Beiden herzlichsten Abschied auf Wiedersehen. Maler Adam besucht mich noch von Zeit zu Zeit, und den verehrten General traf ich einige Jahre später als Oberststallmeister des Königs Friedrich Wilhelm IV. in Berlin und fand ihn unverändert freundlich und wohlwollend für mich.

Als ich in Mailand von dem Feldmarschall Radetzky Abschied nahm — es war in der reizenden Abgeschiedenheit des schattigen Gartens der Villa Reale — reichte er mir die Hand, seine rechte Hand, die so lange und ruhmvoll den Säbel geführt, und ich bin so glücklich, sagen zu können, daß er mich ungern scheiden sah, denn er sprach ja zu mir: „Kommen Sie recht bald wieder — Sie gehören zur Familie."

Trotzdem mir, wie schon früher erzählt, die Fahrt über den Simplon durchaus nicht behagte, wählte ich doch diesen Alpenübergang für die Heimkehr und beschloß, über Genf, Bern und Basel zu gehen, um von da aus bis Karlsruhe einen flüchtigen Blick in die revolutionären Wirren des unglücklichen Badens thun zu können. Es war herrliches Frühlingswetter, als ich an den Ufern des schönen Lago maggiore fuhr, ganz allein im Postomnibus, und so Zeit und Muße genug hatte, in den Erinnerungen an die letzte Vergangenheit zu schwelgen. Auch sonst kam noch Manches hinzu, mir das Scheiden von dem schönen Italien zu erschweren, und nur die Hoffnung, recht bald wieder dorthin zurückkehren zu können, ließ mich heiterer in die Zukunft blicken. Sah es doch bei uns zu Hause trostlos genug aus, und wer konnte wissen, wie es bei der aufgelockerten Disziplin und dem Mangel an tüchtigen Führern auch in Württemberg enden werde. Schon in der Schweiz gab es erregtes und bewegtes Leben genug, und auf dem Wege von Brieg nach Sion wurde hinter mir im Wagen auf's heftigste politisirt. In Sion versammelte sich der große Rath, es war irgend eine wichtige Wahl im Gange, für welche auf den verschiedenen Stationen immer neue Passagiere zu uns einstiegen; es erschienen viel schäbige Schlapphüte und viel wildes Bartwerk. Es wurde für die

französische Republik geschwärmt und von einzelnen der be=
zeichneten Individuen die badische Erhebung stark gelobt. Ich
glaube, es war in Monthey, wo wir zu einem kleinen schlechten
Frühstück in einen großen, ziemlich leeren Saal getrieben wur=
den. Meine österreichische Feldmütze schien einigen der Passa=
giere durchaus nicht zu gefallen, und als ich mich mit andern
gleichgesinnten Passagieren ziemlich offenherzig über die badi=
schen Zustände und die aufkeimende rothe Republik aussprach,
schlug eines der bärtigen und beschlapphuteten schäbigen In=
dividuen mit der Faust auf den Tisch und rief aus: „va pour
les rouges!" eine Aeußerung, die übrigens mit mir einige
der anwesenden Schweizer sehr übel zu nehmen schienen, die
den Frieden des Posthauses beinahe gestört und um ein Haar
das besagte Individuum in unfreiwilliger Weise vor die Thüre
gesetzt hätten.

Doch beruhigten sich die erhitzten Gemüther wieder, wir
krochen nach eingenommenem Kaffee auf unsere Plätze zurück,
ich befand mich angenehmer Weise im Coupé, und so fuhren
wir endlich weiter an einem der herrlichsten Maimorgen, er=
reichten nach einigen Stunden Villeneuve und den lieblichen
Genfer See. Links tief im Wasser sah ich das alte Schloß
Chillon, rechts ließen wir die bekannten, reizenden und durch
ihre Bewohner berühmten Landhäuser liegen, kamen gegen Elf
noch nach Vevey und Abends fuhr ich, leider bei Regen=
wetter, auf dem Dampfboote nach Genf, wo ich einen Tag

blieb, worauf ich über Bern nach Basel fuhr. Es war ein prachtvoller Morgen, als ich die Schweiz verließ und mit ganz außerordentlichen Erwartungen das badische Ländchen betrat, das sich zum Vorkämpfer der deutschen Republik aufgeworfen hatte. Wie trostlos aber sah es schon auf dem Wege zur Eisenbahnstation Efringen aus, wo uns Soldaten der verschiedensten Truppentheile, Dragoner und Infanterie, begegneten, die alle sich der neuerrungenen Freiheit freuten, zu zwei und drei Arm in Arm dahin zogen, die Militärmützen schief auf's Ohr gesetzt, die neben badischen und deutschen Farben mächtige rothe Schleifen zeigten.

Wie mir, der soeben von der vortrefflichen österreichischen Armee kam, diese verwilderte Soldateska wohlthat, kann man sich denken. Ich glaubte, nicht nur seit den letzten Tagen hundert Stunden gemacht zu haben, sondern auch hundert Jahre vorwärts oder vielmehr rückwärts gekommen zu sein.

Obgleich es noch sehr frühe am Tage war, schienen doch die meisten der Herren Soldaten schon stark gefrühstückt zu haben, und wenn sie auch keinen Unfug begiengen, so machten sie doch mit ihren offenen Uniformen, ihrem nachlässig umgeworfenen Lederzeug, ihrer gänzlich unmilitärischen Haltung einen höchst unangenehmen Eindruck. Viele Dragoner kamen aus den Häusern am Weg; sie hatten den langen Reitermantel umgehängt und schleppten ihre Säbel gewaltig. Man las in ihren herausfordernden Mienen so recht das Bewußtsein ihrer großen Wichtigkeit; sie waren voll Errungenschaften und geistigen Getränkes; so lange die Welt steht, ist ein so schmählicher Abfall von der Fahne, wie der des badischen Militärs, noch nicht vorgekommen. Ich freute mich sehr über das Verhalten einiger Eisenbahnbeamten, die das unentgelt= liche Spazierenfahren des Militärs durchaus nicht duldeten und sie aus den Waggons wiesen, wenn sie die Fahrt nicht bezahlen wollten.

Bald hinter Freiburg mehrten sich die Soldaten aller Waffengattungen mit und ohne Gepäck. Jubelnd und singend kamen sie daher, große rothe Bänder an Tschako's und den Bajonnetten. Vorn im Zuge hatten sie eine Klarinette, die mit schreienden Tönen, und zwar sehr verstimmt, lustige Tanz= weisen spielte. Während des Fahrens, beim Rasseln und Schnauben, hörte man nur einzelne klägliche Töne derselben, wenn aber der Zug hielt, entfaltete sich die Melodie in ihrer ganzen Herrlichkeit.

Die Regierungsbeamten, welche große Schärpen um den Leib geschlungen hatten, bemühten sich ebenfalls umsonst, die Söhne des Vaterlandes zur Ordnung zu bringen, und alle ihre Anreden, reichlich gespickt mit „Bürger" und „Freunde", hatten keine Wirkung. Die militärischen Brüder setzten sich doch hoch hinauf auf die Wagen, und einer derselben ließ den Zug eine Zeit lang anhalten, bis er seine Pfeife gefunden, die ihm zwischen die Räder gefallen war, und bei all diesem

Lärm und Spektakel schrie die Klarinette lauter als je, und jubelte in den entsetzlichsten Klagetönen: „Freiheit, die ich meine, die mein Herz erfüllt" u. s. w.

Zur Vermehrung des wüsten Lärms auf den Bahnhöfen befand sich auf jedem derselben eine Wache, die unter Gewehr, zuweilen auch unter die Sense oder den Säbel trat, wenn der Zug ankam. Es mochten ganz ehrenwerthe Leute sein, diese Wachmannschaften, aber wie sie dastanden, in den großartigen badischen Bahnhöfen, neben der brausenden Lokomotive, ihrer acht bis zehn in Blousen und Jacken, Ueberröcken und Fräcken, mit allen nur erdenklichen Waffen, hatte ihr Anblick etwas traurig Komisches.

Eigenthümlicherweise gab mein grauer Militärpaletot, meine österreichische Offiziersmütze und Säbel hier durchaus keinen unangenehmen Anstoß, im Gegentheil, man schien mich für irgend Jemand zu nehmen, der gekommen sei, um gleichfalls mit zu fraternisiren, und häufig reichte mir irgend ein biederer Schlapphut seine Faust, um sich, ohne ein Wort zu sprechen, mit mir zu verständigen. Unter einer preußischen Pickelhaube hätte ich allerdings die Fahrt damals nicht mitmachen mögen. So kam ich endlich unangefochten nach Karlsruhe und Durlach, und wer sich für diese höchst merkwürdige Fahrt besonders interessirt, mag sie im zweiten Theile meines Soldatenlebens im Kriege nachlesen, wo ich Alles getreu und der Wahrheit gemäß erzählt habe.

Da der Eilwagen, der von Durlach nach Stuttgart fuhr, bereits besetzt war, so mußte ich meine Zuflucht zu einem der zahlreichen Omnibusse nehmen, welche — ein irdisches Fegfeuer zur Qual der Reisenden — den Weg nach der württembergischen Residenz machten. Wir waren in dem Wagen eng zusammengepfropft und als derselbe nach langen Vorbereitungen endlich von drei schlechten Pferden in Bewegung gesetzt wurde, krachte er in allen Fugen, verschob seine Ecken auf eine bedenkliche Art und wackelte langsam, man konnte sagen kopfschüttelnd aus der gesinnungstüchtigen Stadt Durlach auf die freie deutsche Chaussee hinaus. Diese freie deutsche Chaussee sah aber auch stellenweise gar zu sonderbar aus. Ueberall befanden sich badische Volkswehren in kleinen Trupps mit Sensen, alten Musketen und dergleichen bewaffnet, und exerzirten nach Herzenslust. Da nun Baden in diesem Augenblicke ein freies deutsches Land war, so hatten sich diese Volkswehren immer mitten auf dem Fahrweg der Chaussee aufgestellt, obgleich rechts und links genug Platz gewesen wäre, und zwangen auf diese Art mit großer Genugthuung die ebenfalls freien badischen Omnibusführer, mit ihrem Gefährt eine ewige Schlangenlinie zu beschreiben. Zuweilen stand diese Volkswehr auch in zwei bis drei Gliedern und alsdann fehlte an einem Hineinfallen in den deutschen freien Chausseegraben unsererseits außerordentlich wenig. Meine Reisegesellschaft bestand größtentheils aus Frauenzimmern, die alle nach Württemberg reisten, um der zu stark emporkeimenden badischen Freiheit zu entgehen; auch befand sich ein Papagei in einem messingenen Käfig auf dem Wagen — es war eigentlich eine Papageiin, — und auf dieselbe hatte all der Lärm, all das merkwürdige Getreibe in Baden einen solchen erschrecklichen Eindruck gemacht, daß sie sich veranlaßt sah, in der vergangenen Nacht ein Ei zu legen, was von einem derartigen Vogel, der sich seit undenklichen Jahren in Einzelhaft befindet, doch jedenfalls von einer großen geistigen und körperlichen Erschütterung Zeugniß ablegt.

Wie wohl that es mir endlich, die württembergischen Farben wieder zu erblicken, schwarz und roth ohne Gold, dessen ich in den letzten Tagen so viel falsches gesehen. „In Vaihingen an der Enz werde bloß umgespannt,“ hatte der Omnibusführer in Durlach gesagt, doch dauerte dieses Umspannen anderthalb Stunden, welche Zeit mir aber durchaus nicht lang wurde, denn die nächtliche Ruhe in dem schlafenden Städtchen that mir nach dem wüsten Lärm des vergangenen Tages außerordentlich wohl, und das Murmeln der Röhrbrunnen, sowie das Schlagen einer gefangenen Wachtel begrüßte mich in Friede verheißenden Tönen.

Endlich wurden die Pferde wieder eingespannt und wir fuhren weiter. Der Morgen dämmerte bereits, als wir durch Schwieberdingen kamen und der klare Himmel versprach einen schönen Tag. Auf der Prag sah ich die Sonne aufgehen, und von da rollten wir langsam und schaukelnd zur Residenz hinab. Es mochte fünf Uhr sein, als wir in die Stadt fuhren. Die Fenster waren allenthalben noch geschlossen und auf den Straßen bemerkte man nur hie und da an den Brunnen ein frühzeitiges Dienstmädchen. Am Schloßplatz verließ ich den Omnibus und wunderte mich ungemein, als ich bei dem Theater und dem Schlosse vorbeigieng und bemerkte, daß dort allenthalben der Wachtdienst von der Bürgerwehr versehen wurde.

Obgleich sich die Bürgerwehr damals recht gut benommen hatte, mit großer Aufopferung alle Strapazen des Wachtdienstes ertragen, die Ruhe der Stadt bewahrt und, wo es nöthig war, selbst den Excessen der Soldaten gesteuert, so machten doch auf mich, der ich zuletzt noch die strammen Wachtposten der österreichischen Grenadiere vor dem Hause des Feldmarschall Radetzky gesehen, hier vor dem königlichen Schloß die Bürgerwehrmänner in ihren einfachen Röcken und Schlapphüten, sowie in der gleichgiltigen Art, das Gewehr zu handhaben, einen eigenthümlichen, nichts weniger als angenehmen Eindruck. Auch sonst erschien mir Stuttgart recht ungemüthlich, die Regierung hatte die Reichsverfassung anerkannt, die königliche Familie war nach Ludwigsburg übergesiedelt und dort auch das Militär zusammengezogen worden, um es dem demoralisirenden Fraternisiren zu entziehen, und in Lagern vereinigt, um die schlaff gewordenen Zügel der Disciplin wieder fest anziehen zu können. Ich war wieder in meinem früher so behaglichen Gasthof, im König von England, eingekehrt, befand mich aber dort im Hauptquartier des sogenannten Landesausschusses, was auch nicht zur Erhöhung der Gemüthlichkeit beitrug; es war dieß eine Nachäffung des sogenannten regierenden Landesausschusses in Baden. Die bekannte Volksversammlung in Reutlingen hatte am 28. Mai getagt, und von den Beschlüssen, die dort gefaßt worden waren, versprach man sich rothe Pfingsten, worauf auch der obengenannte Landesausschuß hinzuwirken hatte; was sich dabei für Gestalten sehen ließen, ist unbeschreiblich: Heckerhüte in allen Farben mit rothen Federn, und darunter eine ganz unerhörte Menge von Bartwerk! Da saßen sie den ganzen Tag bei ihren Schoppen und ließen sich von den Neuangekommenen, die meistens mit Hirschfänger und Büchse erschienen, berichten, wie es draußen im Lande ausschaue, wie stark die Bürgerwehr dieses oder jenes Ortes morgen erscheinen werde, und welche Freischaaren schon den braven Badensern und Pfälzern zu Hilfe geeilt wären.

Dann fieng das Frankfurter Parlament an zu wandern und der übrig gebliebene Theil desselben kam, auf dringende Einladung der württembergischen Demokraten, nach Stuttgart, um dort ferner zu tagen. Vorläufer desselben war der berüchtigte Fickler, der mit Geld von Baden herübergeschickt worden war, um das württembergische Militär zu verführen,

doch betrieb er dieß Geschäft nur sehr wenige Tage, und seine
Verhaftung war äußerst komisch. Er trat aus der Kammer=
sitzung in den Laden eines Kleiderhändlers, wo er sich einen
Sommerrock gekauft hatte, worauf er wieder in die Droschke
steigen wollte, in welcher er hergefahren war, als ein Polizei=
kommissär mit einem Polizeisoldaten ebenfalls zu ihm in den
Wagen stieg mit den Worten: „Mein Herr, ich fahre mit
Ihnen!" Der Polizeikommissär befahl dem Droschkenführer,
vor das Gebäude der Stadtdirektion zu fahren. Schnell war
der Wagen um die Ecke gebogen, Fickler wurde in das Gebäude
der Stadtdirektion geführt. Nach einem Aufenthalt von kaum
vier Minuten wurde er in den Wagen zurückgebracht, begleitet
von Oberpolizeikommissär Kegelen und einem Polizeisoldaten,
und im raschen Lauf zum Königsthor hinausgefahren. Vor
der Abfahrt, wie sich bereits zahlreiche Gruppen um das Stadt=
direktionsgebäude gesammelt hatten, rief Fickler noch aus dem
Wagen: „Bürger, saget Seeger und Becher, daß Fickler so=
eben verhaftet worden sei." Kegelen erwiderte hierauf: „Herr
Seeger ist Stadtdirektor." Fickler: „Gut, so saget es dem
Abgeordneten Seeger." Die Droschke fuhr Ludwigsburg zu,
in dessen Nähe bekanntlich Hohenasperg liegt. Auch in der
unteren Königsstraße rief Fickler noch einmal zu den Vorüber=
gehenden aus dem Wagen: „Machet bekannt, daß Fickler ver=
haftet worden ist."

Zuweilen gab es auch ohne nennenswerthe Ursachen

Aufläufe in den Straßen, besonders Abends, wo man dann bisweilen mitgieng, um eine Zeit lang dem unsinnigen Spektakel und Gejohle zuzuhören; doch verlief alles das ohne irgend welches Blutvergießen und wurde meistens als Wortgefecht in den Wirthshäusern bis tief in die Nacht hinein fortgesetzt.

Das Rumpfparlament hatte unterdessen Deutschland mit fünf Herrschern beschenkt in Person von fünf Reichsregenten, die sich durch Proklamation an das deutsche Volk und an die Truppen lächerlich machten, deren Treiben aber endlich doch nicht mehr geduldet werden konnte, weßhalb man am 18. Juni ihren Sitzungssaal im Fritz'schen Reithause schloß, mit Kavallerie besetzte und dann die Ankommenden unter Vortritt des Präsidenten Löwe, den leider zwei ehrwürdige Männer, Schott und Uhland, geleiteten, durch einen Regierungskommissär höflich ersuchte, zurückzugehen, was denn auch ohne Weiteres geschah. Gewaltthaten gegen Parlamentsmitglieder, von denen damals so viel gefabelt wurde, kamen in keiner Weise vor, und nur, als Präsident Löwe eine Ansprache an das allerdings zahlreich herbeigeströmte Volk versuchen wollte, wurde er durch Trommelwirbel daran verhindert.

Wolfgang Menzel, mit dem ich übrigens nie in persönlichem Verkehr gestanden, den ich nur hie und da bei unserem gemeinschaftlichen Verleger Adolf Krabbe gesehen habe, sagt in seinen Denkwürdigkeiten über jene Regierungsmaßregeln:

„Wären wir nicht so verfahren, hätten wir uns in jene ein=
fältige badische Revolution fortreißen lassen, so würden unsere
demoralisirten Truppen und demokratischen Freischaaren eben
so wenig wie die pfälzisch=badische Armee im Stande gewesen
sein, die Reichsexekution aufzuhalten, und wir wären in Un=
kosten, Schimpf und Schande hineingerissen worden wie die
Badener und Pfälzer. Um eine große Revolution durchzu=
führen und eines großen Reiches Einheit herzustellen, dazu
gehören andere Männer und eine ganz andere Begeisterung
im Volk. Bescheidene Helden wie 1813 und nicht feige
Schwätzer, Fresser und Säufer."

Darin hatte er Recht; es herrschte eine recht unerquick=
liche Wirthschaft in der Stadt, wobei ich mich nur glücklich
fühlte, wenn ich dem wüsten Geschrei und Lärmen den Rücken
kehren und meinen geliebten Garten besuchen konnte, in dem
ich nichts von der Residenz sah, dagegen einen wundervollen
Blick hatte auf die schönen Formen der Berge des Neckar=
thals, über welchem stets ein wonnevoller, nervenberuhigender
Friede lag. Hier oben fand ich denn auch nach so langer
Abwesenheit genug zu thun, und da mir aus meinen Korre=
spondenzen für Cotta auch wieder Gelder eingiengen, so konnte
schon Einiges auf nothwendige Dinge und Phantasieen ver=
wandt werden.

Zu den ersteren gehörte eine Zusammenziehung der
verschiedenen kleinen Grundstücke, die ich nach und nach

erworben hatte, und zu den letzteren muß ich Vorarbeiten und Zeichnungen rechnen, um die unglückliche Windmühle in besserer Gestalt wieder erstehen zu lassen. Auch im Hause gab es genug zu thun, was mir aber großes Vergnügen gewährte; da mußten noch verschiedene Zimmer tapezirt, vorhandene Möbel an ihre Plätze gebracht, andere nothwendige dazu gekauft, und mit meinen vielen, allerdings nicht sehr werthvollen Bildern und Lithographieen die Wände verziert werden. Wollte ich mich doch jetzt schon droben häuslich niederlassen und mich sogar verheirathen, was aber vorläufig noch unterblieb, weil mich Cotta — der große Brodherr, wie wir ihn nannten — ersuchte, unter sehr annehmbaren Bedingungen im Interesse der Allgemeinen Zeitung nach Baden und zwar in's Hauptquartier des Prinzen von Preußen zu gehen, der dort bei der Belagerung von Rastatt anwesend war. Die badische Wirthschaft hätte mich wenig gereizt; dagegen freute ich mich darauf, den liebenswürdigen Prinzen wieder zu sehen, und es war mir interessant, einen Vergleich zwischen meiner Aufnahme bei den Oesterreichern und der bei meinen Landsleuten und ehemaligen Kameraden anstellen zu können.

Am 11. Juli Abends fuhr ich nach Karlsruhe und den andern Tag mit der Eisenbahn gegen Rastatt weiter, wobei mir die auffallende Veränderung besonders auf den Bahnhöfen recht angenehm auffiel; hier war doch wieder Zucht und

Ordnung eingekehrt, vorüber die Zeit der Schlapphüte und des Bartwerks, kein brutaler Kerl, den die bunte Schärpe um den Leib als Regierungsbeamten kennzeichnen sollte, drängte sich mehr hervor oder griff hindernd in dem Dienste ein, um Züge länger halten zu lassen oder sonstigen Unfug zu treiben, und wenn man das und Aehnliches gesprächsweise hervorhob, so ballte Mancher, der vielleicht noch vor wenigen Wochen selbst mitgethan hatte, unter einem kräftigen Fluch gegen jene Lumpen die Faust. Daß man sich überhaupt in dem badischen Ländchen so rasch und rücksichtslos mit fortreißen lassen konnte, hatte gewiß Jeden gewundert, der sich erinnerte, wie man gerade hier so fest am Hergebrachten, Eigenthümlichen hielt und heute noch stets was Apartes haben muß, was immer eine Zeit lang auf's hartnäckigste vertheidigt wird; so die ehemaligen breiteren Schienengeleise, was im allgemeinen Eisenbahnverkehr wie eine chinesische Mauer wirkte, oder andere allerdings kleine Absonderlichkeiten, durch die sich Baden auszeichnet, wie, daß die Dienstmützen der Bahnhofinspektoren statt wie im ganzen übrigen Deutschland roth, hier amarant=farben sein müssen, und daß der Landesherr auf den Doppel=kronen, die sich nebenbei noch durch eine hellere Goldfarbe auszeichnen, im Gegensatz zu seinen Herren Kollegen nach der andern Seite schaut. Wohlthuend war es mir auch, in den Bahnhöfen preußische, hessische und nassauische Soldaten gemüthlich rauchend beisammen sitzen zu sehen, doch wieder einmal anständig vereinigt und wieder einem rechtmäßigen Kommando gehorchend.

Weiter als bis Muggensturm fuhr übrigens der Bahnzug nicht, denn hinter jenem kleinen Dörfchen, das dicht mit Militär besetzt war, fieng der Rayon an, wo die Bahnlinie durch Kugeln aus Rastatt bestrichen werden konnte, ein Schieß- und Privatvergnügen, das sich die Belagerten auch häufig machten, um den Damm zu zerstören und die Wärter= häuschen wegzuputzen. —

Hier endigt Hackländer's Testament an das Publikum.
Der Tod hat dem „Roman seines Lebens" ein unerwartet
schnelles Ende gemacht und hat auch diese seine Selbstbio=
graphie jählings unterbrochen. Sie umfaßt die dreiunddreißig
ersten Jahre seines Lebens, insofern jedenfalls ein Ganzes,
als diese Periode bis zum Abschluß seiner ersten Anstellung
am württembergischen Hofe führt. Was er uns noch von
seiner Stellung und Betheiligung bei dem österreichisch=ita=
lienischen Feldzug von 1849 sowie von seinen Erlebnissen
im badischen Freischaarenkriege erzählt, das können wir als
einen interessanten Anhang zum Uebrigen betrachten. Daß
es Hackländer nicht vergönnt war, auch die achtundzwanzig
weiteren Lebensjahre zu beschreiben, das werden Viele mit uns
auf's tiefste beklagen. Kein Anderer ist ja im Stande, in
der einfachen und ungeschminkten Weise, keiner, mit der
gleichen Unterhaltungsgabe, wie er, dieses Werk fortzusetzen,
auch wenn es einer von denen unternehmen wollte, die ihm

am nächsten standen und Alles, was ihn betraf, miterlebten. Es ist übrigens nicht zu bezweifeln, daß dieser Theil der Biographie, so wie er uns jetzt vorliegt, vor Allem, was Hackländer selbst über sein späteres Leben noch hätte hinzufügen können, durch zwei wichtige Vorzüge hervorragen müßte. Einmal nämlich bringt jene frühere Lebensperiode den Reiz der Jugendlichkeit und der Schlag auf Schlag sich verändernden merkwürdigen Scenerien mit sich. Dann aber wäre der Verfasser selbst sicher nicht im Stande gewesen, die späteren Ereignisse, die sich mehr und mehr der Gegenwart nähern, mit der gleichen Objektivität zu behandeln und mit voller Unbefangenheit zu schildern.

Wir unsererseits begnügen uns damit, den Rahmen zu bezeichnen, innerhalb dessen sich sein späteres Leben fortbewegte. Mit der ihm eigenen Versatilität und Elastizität des Geistes wandte sich Hackländer am Anfang der fünfziger Jahre wieder der schriftstellerischen Thätigkeit zu. Vor Allem wurden die Berichte, welche er über den italienischen Krieg verfaßt hatte, zu einem Buche umgewandelt: den vielgelesenen „Bildern aus dem Soldatenleben im Kriege". Dann aber warf er sich mit Energie auf das Abfassen jener leicht lesbaren und mit anziehender Laune gewürzten Erzählungen und Romane, die ihm in adeligen und bürgerlichen Kreisen ein ungemein großes Publikum zuführten und in denen er Erlebtes und nicht Erlebtes wohl zu mischen verstand: Handel und

Wandel (1850), Namenlose Geschichten (1851), Eugen Still=
fried (1852), Europäisches Sklavenleben (1855). Und zu=
gleich rührte sich auch gewaltig in ihm der dramatische Trieb,
von dem er uns, aus der früheren Zeit, in diesem Buche selbst
öfters Proben giebt. Er wagte sich an die Ausarbeitung
eines größeren Lustspiels, das seinem Namen nun auch einen
glänzenden Weg auf der Bühne eröffnen sollte. „Der geheime
Agent" (1851), worin Hackländer einen originellen Gedanken
geschickt durchführte, fand Eingang auch auf den größten
Bühnen Deutschlands und Oesterreichs und ist heute noch nicht
von dort verschwunden. Auch mehrere seiner späteren Lust=
spiele, wie namentlich: „Magnetische Kuren" (1853) und
„Zur Ruhe setzen" (1857) schlugen ein und gaben Zeugniß
dafür, wie gut er verstand, was auf der Bühne wirksam ist.

Neben dieser schriftstellerischen Beschäftigung war ihm,
was sich aus seiner früheren Lebensweise sowie aus seinem
unwiderstehlichen Triebe, immer neue Anschauungen in sich
aufzunehmen, leicht erklärt, auch das Reisen zum förmlichen
Bedürfniß geworden. Es würde eine lange Aufzählung
geben, wenn man auch nur die bedeutenderen Punkte aller
der kleineren und größeren Touren nennen wollte, die er in
der zweiten Hälfte seines Lebens machte. Besonders fest haf=
tete in seinem Gedächtniß die Reise nach Spanien, welche
Hackländer im Winter 1853 auf 1854 mit dem Architekten
Leins und mit dem Maler Horschelt ausführte und auf die

er auch in seinen letzten Jahren noch stets mit sichtbarem Vergnügen zu reden kam. Er hat dieser Reise ein besonderes Denkmal in seinem Werke „Ein Winter in Spanien" (1855) gesetzt. Im Uebrigen sei zunächst nur noch seines Aufenthalts in Paris und London (bei der Weltausstellung), beides im Jahre 1851 und einer Reise durch Ungarn 1857 Erwähnung gethan. Seine Berichte darüber, die in den gelesensten Blättern standen, sammelte er später (1861) in den „Tagebuch= blättern".

Sein außerordentliches Talent für geselliges Leben fand einen erwünschten Spielraum in der von ihm und einigen seiner Freunde im Jahre 1850 zu Stuttgart gegründeten Künstlergesellschaft „Bergwerk". Die „Glocke", von der uns Hackländer erzählt, war aus den Fugen gegangen und es war namentlich ein Theil der früheren Glockenbrüder selbst, welcher zu der neuen Gesellschaft den Grundstein legte. In den ersten fünfzehn Jahren des Bestandes war Hackländer Vorstand dieses Künstlervereins, der nicht nur in Stuttgart selbst fast alle Künstlergrößen auf kürzere oder längere Zeit an sich zog, sondern auch die meisten berühmten Gäste, welche die Schwaben= hauptstadt berührten, in seinen Kreis zog. Selten nur er= lebte diese Gesellschaft einen ihrer Festtage, ohne daß Hack= länder den Löwenantheil zu dessen Gelingen beigetragen hätte, und auch, als an seine Stelle als „Bergmeister" sein Freund Leins getreten war, entzog er sich keineswegs den Geschäften und den oft mühevollen Vorbereitungen für die öffentlichen Kundgebungen dieser Gesellschaft, und noch, als in den letzten Jahren das „Bergwerk" sein fünfundzwanzigjähriges Stiftungsfest und bald darauf seine tausendste „Schicht" feierte, stand er in der vordersten Linie, und seinen sechzigsten Geburtstag, am 1. November 1876, wollte er am liebsten unter seinen Freunden im „Bergwerk" gefeiert wissen.

In der Mitte der fünfziger Jahre hatte Hackländer mit Edmund Hoefer die Herausgabe der „Hausblätter" begonnen, worin sie kürzere Geschichten — „sittlich, aber nicht prüde, wahr, aber nicht niedrig, dem Erwachsenen und Erfahrenen eine interessante Unterhaltung und der Jugend eine gesunde, bildende, anregende Nahrung" — geben wollten. Es ist bekannt, wie sich diese Art seiner Thätigkeit fortsetzte und wie sein Name fort und fort an der Spitze vielgelesener Unterhaltungsblätter stand, vor allem in der illustrirten Zeitung „Ueber Land und Meer", sodann in der Hallberger'schen „Romanbibliothek", so wie in den „Sorgenlosen Stunden", und wenn auch seine schriftstellerische Mitwirkung hiebei häufig eine sehr beschränkte war, so beweist diese Art der Benützung seines Namens um so deutlicher, wie schwerwiegend dieser Name vor allem in den buchhändlerischen Kreisen und folglich auch in der großen Lesewelt war.

Kleinere Geschichten, wie sie die „Hausblätter" gaben, namentlich solche, die sich an seine täglichen Lebenserfahrungen

anschloßen, sammelte Hackländer damals in dem Buche „Er=
lebtes" (1856) sowie in „Krieg und Frieden" (1859). Eben
damals entstand ein Roman aus dem Salon= und Hofleben
„Der Augenblick des Glücks" (1857) und der fünfbändige
„Neue Don Quixote" (1858), dessen Inhalt allerdings weit
abliegt von dem guten Ritter aus der Mancha.

Uebrigens hatte seine Energie in den letzten fünfziger
und am Anfang der sechziger Jahre neben dem literarischen
ein anderes großes Feld gefunden. König Wilhelm von
Württemberg, der ihm, wie zur Genüge aus Hackländer's
eigener Darstellung hervorgeht, ein besonderes Wohlwollen
schenkte, hatte sich auch nach der Entlassung im Jahre 1849
fortwährend für ihn interessirt, und da er sein Talent zum
Ueberwachen und Betreiben von Kunstbauten namentlich vom
Bau der Kronprinzlichen Villa her kannte und auf seine reiche
Erfahrung in allen künstlerischen Gebieten mit Recht große
Stücke hielt, so hatte er ihn im Jahr 1859 zu seinem Bau=
und Gartendirektor gemacht. Die „Wilhelma" war schon
gebaut; der König hatte aber in seinem höchsten Alter noch
den Plan gefaßt, die nächste Umgebung des Residenzschlosses,
die, gerade von der Front des Schlosses aus betrachtet, ab=
gesehen von ein paar schönen Alleen und der Jubiläumssäule,
aus zwei öden Kiesplätzen, einem mißlungenen Theaterbau
und dem mehr als einfachen Redoutensaalgebäude bestand, in
würdiger Weise umzuformen. So stieg denn jetzt die große

Kolonnade des Königsbau's als schönes vis-à-vis des Schlosses empor, es wurde der äußere Schloßplatz in einen wundervollen Garten verwandelt und namentlich durch die zwei herrlich ausgedachten und ausgearbeiteten Fontänen, welche die Jubiläumssäule flankiren, zu einem symmetrischen Ganzen gemacht; hiebei besonders entwickelte Hackländer eine außerordentliche Thätigkeit. Der innere Schloßhof aber erhielt einen erfreulichen Mittelpunkt durch die Eberhardstatue, welche jetzt in den Hof des alten Schlosses versetzt worden ist.

Daß eine solche fast fieberhafte Bauthätigkeit, die sich in wenige Jahre zusammendrängte, Millionen verschlang, war natürlich; und daß man Hackländer, der bei der Ausführung großartiger Kunstwerke sich früher über die Kosten niemals besonders schwere Gedanken gemacht hatte, nun großentheils für die übergroßen Ausgaben verantwortlich machte, ließ sich ebenfalls leicht begreifen. Es mag dieß auch besonders viel zu seinem jähen Sturz beigetragen haben, der unmittelbar nach dem Tode des Königs Wilhelm erfolgte und um so empfindlicher wirken mußte, weil sich Hackländer eben damals (1864) wegen eines schweren Augenleidens, das ihn eines seiner Augen kostete, in einer verhältnißmäßig hilflosen Lage in Berlin befand.

Mancher Andere hätte wohl unter solchen Umständen das Feld vollständig geräumt und sich anderswo angesiedelt. Hackländer blieb, theils wohl, weil er in Stuttgart zwei angenehme Ansiedlungen hatte, theils auch, weil die Stadt als buchhändlerischer Markt fast unentbehrlich für ihn geworden war.

Jene Jugendphantasien von einem lieblichen Daheim, in dem er theils träumend sich in den Anblick einer paradiesischen Gegend versenken, theils ruhig der Schöpfung neuer Erzählungen obliegen könnte, wurden mehr und mehr Wahrheit. Das „Haidehaus" wurde in eine köstliche kleine Villa mit anmuthigen Anlagen umgeschaffen, und in der Stadt selbst, an einem sehr ruhigen, scheinbar abgelegenen und doch vom Mittelpunkt der Stadt nicht weit entfernten Platze, erstand ihm ein stattliches, sehr bequemes Wohnhaus, welches aber für seine eigenen Verhältnisse etwas zu großartig angelegt war; weßhalb er es später verkaufte, um sich unmittelbar daneben in einer neu gebauten einfacheren, aber ganz nach seinen und seiner Familie Bedürfnissen gebauten Wohnung niederzulassen. Auch das liebe Haidehaus wurde verkauft, aber nur, weil ein noch lieblicherer Sommersitz bei Leoni am Starnbergersee dafür gewonnen werden sollte.

Und diese schönen Erdenwinkel behielt er nicht als einen Raub für sich. Hackländer war ungemein gastfreundlich, und bei seinen höchst ausgebreiteten, interessanten Bekanntschaften ist es nicht zu viel gesagt, daß die Gastfreundschaft einen wesentlichen Theil seines Lebens ausfüllte. Fast alle bedeutenden Künstler, die sich in Stuttgart sehen ließen, lernten

in ihm den heiteren und angenehmen Wirth kennen, und
wie Manchen öffnete sich sein Sommerhaus an dem bayrischen See!

Unter Künstlern war es ihm immer besonders wohl.
Diese Neigung spiegelt sich in vielen seiner Romane, insbesondere im „Tannhäuser, eine Künstlergeschichte" (1860) und
im „Künstlerroman" (1866). Ueberhaupt fuhr er auch nach
dem verhängnißvollen Jahr seiner zweiten Entlassung fort,
mit ungeschwächter und ungetrübter Phantasie ein Jahr um's
andere seine Erzählungen zu schreiben; und wenn er, wie er
es liebte, sich irgendwo eingefunden hatte, wo sich eben ein
Stück Weltgeschichte abspielte, wie z. B. bei der Pariser
Weltausstellung von 1867 oder bei der feierlichen Eröffnung
des Suezkanals, so finden wir die deutlichsten Spuren davon
in seinen Schriften „Eigene und fremde Welt" (1868), und
„Das Ende der Gräfin Pataßky" (1877).

Die großen Umwälzungen, welche durch die Jahre 1866
und 1870 vor sich giengen, wirkten auf ihn nicht so be-
geisternd wie auf die Mehrzahl der Romanschriftsteller, hauptsächlich weil ihm die Trennung von dem ihm besonders theuer
gewordenen Oesterreich schwer auf dem Herzen lag. Er wußte
übrigens die Größe der deutschen Erhebung und ihrer Führer
wohl zu schätzen. —

Hackländer war kein klassischer Schriftsteller und machte
auch nicht den Anspruch, es zu sein; aber er war und ist ein

vielgeliebter Erzähler, dessen Frische und Unmittelbarkeit vielfach an die des Improvisators erinnert, dem man gerne Schwächen im Ausdruck und in der Komposition nachsieht. Hackländer war auch das nicht, was man einen Charakter nennt; aber er imponirte durch die Kraft, womit er ein Unternehmen festzuhalten und durchzusetzen vermochte und schneller als Andere die geeigneten Mittel für die ihm vorgesetzten Zwecke fand. Er wollte nicht besser, aber auch nicht schlechter erscheinen, als er war. In beiden Richtungen wird der „Roman seines Lebens" zu seiner Beurtheilung einen gewichtigen Beitrag liefern.